단 하나의 문장

단 하나의 문장

구병모 소설

문학동네

차례

어느
피씨주의자의
종생기

소설가 P씨의 계정을 팔로한 지는 이 년 남짓 되었다. P씨의 팔로워는 오만여 명인데 팔로잉은 세 명에 불과했으며, 그것은 친구나 가족이 아니라 지금까지 그의 책을 출간한 출판사들의 계정이었다. 그는 일 년에 평균 한 권꼴로 육 년째 저서를 출간했는데 모두 소설이었고 웬만큼 쓴다는 작가라면 으레 한 권쯤 낼 법도 한 산문집은 없었다. 그러고 보면 P씨는 신문 잡지 방송 어디에도 칼럼을 싣는 법이 없었다. 생활밀착형 미셀러니를 비롯하여 무게감 있는 에세이나 사회 문화 논평에 이르기까지, 말하자면 소설 아닌 글은 무엇 하나 발표하지 않았다. 소설은 인물이나 줄거리 따라가는 재미에 집중하느라 티가 잘 나지 않지만, 상대적으로 스토리텔링이 적은 산문에서는 저자의 평소 사고 수준과 문장의 밑천이 드러나게 마련이었다. 그가 평소 SNS에 올리는 토막 단상들은 그럴듯한 삽화를 얹어 책으로 대강 엮어 팔기에 큰 무리는 없지만 범상한 문장만큼이나 사유 또한 단순하여 지나가는 누구를 붙잡고 물어도 그 정도 말은 구사할 수 있겠다 싶은, 말하자면 저자 특유의 개성이 드러나지 않는 글이었으니, 산문집을 굳이 출간하지 않는 것은 암만 수익지상주의 업체라도 글을 보는 최소한의 눈 내지는 출판의 사회적 책무를 고려하는 양심이 있다는 뜻이며, 이 세상의 푸르른 나무들을 위해서도 올바른 선택일 터였다.

딱히 내세울 것 없는 문체와 살짝 빈곤한 사유에도 불구하고 P씨가 매해 꼬박꼬박 신간을 내보내며 꾸준한 판매 지수를 유지하는 한편 웹에서는 수많은 팔로워를 거느린 까닭이라면 역시 그거지. 첫 책이 16부작 케이블 드라마로, 두번째가 영화로, 세번째가 20부작 웹드라마로. 진정한 의미에서의 대박은 첫번째뿐이며 작품이 유명세를 탔다고 하여 그걸 쓴 작가가 셀러브리티는 아니겠으나, 이후 꾸준한 중박으로 업계 입장에서는 뭘 해도 본전치기는 하겠다 싶은 작가가 그리 흔치 않지. OSMU가 가능한 작가 중 하나, 계산기 두드려봤을 때 손해는 안 나고 언젠가 다시 터질 잭팟에의 기대를 완전히 접을 필요도 없는 고른 작품 수준—알다시피 우리가 대형 마트의 팝업 보드나 식당 메뉴판에서 종종 발견하는 '고른

품질' 내지는 '균질한 맛' 따위의 표현은 딱 가성비에 준하든가 그보다 살짝 밑도는, 하여간 그리 큰 기대를 하지 않는 편이 좋다는 뜻이다—거기에 얼굴을 드러내지 않고 인터뷰에도 응하지 않음으로써 본명과 성별 및 나이와 직업, 거주지 등 정체를 궁금하게 만드는 은둔자 이미지도 한몫할 터다.

매년 발표하는 소설마다 소비되기 좋고 소진되기도 쉬운 적당한 감흥을 안겨주는 P씨의 계정을 처음 팔로했을 때의 이유는, 마침 그 무렵 논란이 된 사례에 대해 P씨가 어떻게 대처하는지 보려고—그보다는 이런 논란을 일으키는 사람의 일상을, 그의 토막글과 사진만으로 어디까지 파악할 수 있을지 호기심이 생겨서였다고 할 것이다.

당시 P씨가 발표한 신작은 그전까지 재개발 구역의 휴먼코미디-병원 배경의 미스터리 로맨스-고등학교 신임교사의 참교육 도전기 등으로 이어져온 일련의 소설에서 따뜻하고 푹신한 톤을 덜어낸 것으로, 소위 사회파 스릴러로 분류할 수 있는 내용이었다. 이때 주인공을 통해 선악의 모호한 경계를 성공적으로 형상화했다는 북 섹션 리뷰와 함께, 기존 그의 작품들이 거쳐온 수순대로 영화사에서 수시로 접촉이 들어온다는 보도가 뒤따랐다. 그런데 인물들을 하나씩 톺아보면, 주인공 옆에 상당한 비중으로 다루어지는 악인은 불법체류중인 외국인 노동자였고, 그 외에 시골 총각과 결혼한지 한 달 만에 가산을 돌라내어 도망가다 잡히자 배 째라고 내미는 캄보디아 여인에다, 주인공의 보조자로 미모의 청각 장애인이 등장했다. 인물만 열거해서는 무슨 이야기인지 도무지 알 수 없을 법한 소설이라는 점은 접어두고, 삼백오십여 쪽의 책에서 열두 개 문단 정도가 캡처 편집되어 서브컬처 게시판에 올라가자 아직 책을 접하지 않은 이들은 그 편협함과 낡은 세계관에 경악했고, 이미 책을 읽은 이들은 자신들의 둔감함을 돌아보았다. 나는 그때까지 누구에게 선물로 줄까 말까 고민하면서 그 책을 세 부 정도 장바구니에만 담았다가, 끝내 결제 버튼을 클릭하지 않고 이듬해 보관함으로 이동시켰다.

게시판에서 SNS로 이동한 편집본이 리트윗 단계로 넘어가자, P씨의 소설은 외국인 노동자가 악인이라는 편견을 고착화하여 기피 대상으로 규정하는 데에 한몫하며, 매매혼에 다름 아닌 현 사회의 뒤틀린 국제결혼 문화에 대한 반성과 고찰 없이 외국인 신부를 사기꾼으로 몰아간데다 그녀의 서툰 한국어를 지속적으로 드러내어 희화화하는 한편, 선한 행동에서 성스러운 느낌마저 자아내는 청각장애인 여성이 주인공의 보조자에 그침으로써 장애인은 모두 착하고 순박해야 마땅한 사람들이라는 고정관념—강요된 이미지를 재생산 및 배포하는 이야기가 되었다. 특히 주인공이 제 분을 못 이기고 그녀에게 '병신'이나 '귀머거리'라고 반복적으로 토해내는 장면은 해당 인물의 내적 갈등을 보여주는 장치로 기능하기보다는 청각장애인에 대한 잘못된 인식과 명칭을 공고히 하며, 설령 그것이 주인공의 내적 갈등을 형상화하기 위한 장면이라고 주장한들, 반드시 한 주체의 인격을 짓밟음으로써 갈등을 표현할 수밖에 없다면 작가의 소양이 저급하다는 뜻이라는 사람들의 분석이 이어졌다. 주인공의 폭언을 듣지 못하나 입 모양과 행동으로 무슨 뜻인지 알아차린 여성이 분노하기는커녕 그를 포옹하는 장면은 모성 판타지의 일종이겠는데, 이때 그녀가 하필이면 날씬하고 아름다운 여성이라는 사전 묘사는 각종 혐의에 화룡점정을 찍었다. 고작 한 권의 소설에서 이렇게 용납하기 어려운 대목이 쏟아져나온다는 건 그 저자가 평소 어떤 가치관을 지녔는지를 보여준다는 댓글과 타래들이 달렸다.

문제가 불거지고 일주일 넘게 P씨는 자신의 SNS에 글을 올리지 않아서, 사람들은 그가 접속을 자주 하지 않는 것으로 여겼다. 그도 그럴 것이 그는 평소 정치적 신념이 드러날 만한 외신 기사 한 토막을 리트윗하는 데 손가락을 놀리는 일에조차 매우 인색했으며, 대부분은 사진과 함께 있어도 없어도 그만이며 자기 건지 누구 건지 모를 단상 한 토막을 올리는가 하면 저자가 명시된 시나 소설의 일부를 가끔 인용하는 걸로 활동을 유지하고 있어서였다. P씨의 저서는 그때그때 출판사 계정에서 알아서 홍보했고 그 자신은 신간이 나왔다거나 이번에도 잘 부탁드린다든지 같은, 개인 육성이 드러나는 말 한마디를 보태지 않았다. 팔로워가 책을 잘 읽었다든가 앞으로도 꾸준한 활동을 부탁드린다고 말을 걸면 웃음 이모티콘에 'Thank you'라고 적힌 이미지로만 답글을 보내는데, 무성의하다는 지적을 피하기 위해서인지 'Thank you' 문구만 고정이고 배경 이미지는 매번 다양한 사진과 그림을 사용했으며, 악플이나 시비 거는 말에는 대꾸하지 않았다. 따라서 그동안에도 이렇게 소극적으로 소통할 거면 애당초 자물쇠를 채우거나 익명으로 할 일이지 뭐하러 P씨라는 이름으로 공개 계정을 팠느냐는 불평과 비판이 종종 있었다.

이대로 사안이 묻히게 두고 볼 수 없었던 유저들은 작가가 먼저 입을 열지 않으니 출판사 계정에 지속적으로 멘션을 보내 해명과 이후 방침을 요구하기 시작했는데, 그런 다음 올라온 P씨의 첫 게시물은 놀랍게도 카메라의 제원만 밝혔을 뿐 별다른 캡션이 없는 사진 세 장이었다.

물론 그전에도 P씨는 설명 없이 직접 찍은 듯한 사진들을 종종 올렸고, 사진에는 그 자신이나 지인으로 추정되는 인물은 전혀 없이 주로 자연 풍경, 국내외의 거리 모습과 타인임이 분명한 사람들, 박물관이나 전시관 같은 장소와 정물을 비롯한 인테리어가 나타나 있었다. 사람들은 그 대중없는 이미지의 파편들을 조합하여 그가 어느 지역에 사는지 어떤 곳을 여행하고 어디에 들렀으며 무슨 종류의 문화생활을 영위하고 관심사가 무엇인지를 추측하는 한편, 그렇게 드러난 관심사를 통해 성별과 나이와 가족 사항을 분석하기도 했다. 구도 잡는 방식이 거칠고 대범하며 아기자기한 소품에는 관심이 없는 한편, 분위기 좋은 이탈리안 레스토랑에 몇 번이나 가놓고도 테이블의 음식 사진이 단 한 번도 올라오지 않았고 고양이나 강아지 사진은 전무한데, 서로 다른 디지털카메라의 스펙을 비교하는 장면이나 무언가를 분해하고 조립하는 장면이 종종 올라온 것으로 보아서 안정적 수입원이 있는 남성일 확률이 높다든가, 아니 굳이 사진으로 판단할 거 없이 이미 발표한 소설마다 매번 삼십대 중반의 남성이 중심화자라는 사실만으로도 알조라거나, 일상에 찌든 느낌이 드러나지 않는 수많은 미술관과 여행지 사진으로 보아선 결혼하지 않았거나 최소한 자녀가 없는 우아하고 윤택하며 기품 있는 생활을 누리고 있으리라는 추측, 어딘지 모를 초등학교 운동회 장면이 최소한의 연출과 구도를 무시한 채 올라온 걸 보면 아이를 둔 부모라는 또다른 추측, 그 정도야 단지 지나가다 찍은 풍경일 수 있다는 반론, 아니 확실히 일련의 다른 사진들에 비해 소재가 이질적일 뿐만 아니라 결이 달라 결이, 뭐가 됐든 사진과 글을 주로 올리는 시각으로 볼 때 회사원은 아니고 자영업자겠지, 아니 자영업이 가게 놔두고 이렇게 많은 곳을 돌아다닐 수 있나, 결론은 프리랜서나 전업 작가, 그런데 포털 연재도 아닌 연 한 권 전작 출간만으로 먹고 살 수 있는 전업 작가가 우리나라에 몇 명이나 되겠으며, 매번 영화나 드라마의 2차 판권료를 억대로 받지 않고서야 불가능하지 않나, SNS에 비교 분석기가 올라온 그의 카메라를 보자면 렌즈 포함 오백만원에 이르니 애당초 돈 좀 있는 딜레탕트이겠다든가, 아니면 또다른 필명으로 대중성 있고 접근성 좋은 플랫폼에 좀더 로맨틱하거나 에로틱하거나 속도감 넘치는 무언가를 연재하여 생계를 해결할지도…… 같은 식이었다.

그러나 그전까지의 짐작이 일종의 유희 차원에서 오간 이야기였다면, 이번 경우는 P씨 자신과 직접 관련된 일이 벌어지는 중인데 관련 피드백 없이 파도가 덮쳐오는 찰나를 찍은 사진만 올리다니, 책을 내놓고 나 몰라라 하는 무책임이 도를 넘어 독자를 무시하는 처사에 다름 아니라는 평이었다.

그러자 재차 해명을 요청하는 목소리가 높아지는 막간을 틈타, P씨의 첫 책부터 의심스러운 대목이 깻단 속 낟알처럼 털려나오기 시작했다. 첫번째 재개발 구역의 경우, 이미 반쯤 헐려 벽 너머가 드러난 집에서 맘에 두고 있던 여성과 다른 남성이 관계하는 모습을 목격한 주인공이 그쪽에 대고 소변을 발사하는 장면이나, 우연히 이 소변 줄기를 맞은 길고양이를 학대 살해하는 행위가 적나라하게 묘사된 장면이 문제점으로 꼽혔으며 이 단락의 캡처본은 동물사랑협회 관계자들에 의해 대거 리트윗되었다. 케이블 드라마에서는 이 부분이 최대한 각색 편집되어, 빈집의 성관계는 방송 매체라는 특성상 등장하지도 않았고 소변 맞은 고양이는 오히려 주인공을 할퀴고 도망가는 장면으로 처리되었으며 이때 대놓고 코믹한 배경음악이 깔렸는데, 드라마만 보았던 대부분의 사람들은 뒤늦게 원작 소설의 해당 대목을 보고 경악했다. 소설 속에서 고양이가 다루어진 방식이 오랜 옛날 에드거 앨런 포의 플루토는 저리 가라인데 그것이 인간에게 내재한 본질적 악을 환기하는 공포의 미학보다는 혐오와 불쾌감을 유발하니 선정적이고 저급한 수준에 불과하다는 보충 멘션이 달리는 동안, 사면을 가리지도 못한 집에서 성관계를 맺은 동네 여성의 생리적 수치심은 상대적으로 덜 부각되었을 정도였다. 두번째 소설의 배경인 병원에서는 삼십대 후반의 수간호사와 의사, 이십대 후반의 간호사와 담당 환자의 불륜이 나오는데 각 장면과 상황이 에로티시즘의 기름기를 쏙 빼고 고요한 분위기로 그려지자 오히려 수채화 같은 풍경이 연출되는 바람에 불륜을 미화할뿐더러 사명감으로 고된 노동을 버티는 간호사 집단을 모욕한다는 판결을 받았으며, 특히 의사의 가족과 환자의 가족에게 이입한 가정충실주의자들의 공분을 사는 한편, 의사와 환자가 결국 각자의 가정으로 돌아가 연착륙하자 불륜을 저지른 자들이 그리 손쉽게 면죄부를 받아서는 안 된다는 주장이 뒤따랐다. 거기에 전현직 간호사를 칭하는 일련의 무리가 뜨더귀판에 참전하여, 종합병원급의 간호사는 결혼이나 임신 차례까지 정해주는 삼교대에 연애할 시간은커녕 기초적 가정생활도 건사하기 힘들어 끝내 퇴직하는 경우가 적지 않을뿐더러, 설령 의사와 연애를 한대도 그것은 상하 수직관계에서 발생하는 권력에 마지못해 끌려간 겁박의 일종일 가능성이 크고, 한편 피고름과 토사물 같은 감염 위험물을 삼시세끼처럼 마주하며 소변줄 등의 교체 과정에서 오랫동안 씻지 못한 아랫도리를 보게 되는 입원 환자와의 사이에 연애 감정이 성립하기도 어려운 현실이니, 그저 환상과 낭만에 의존한 작가의 조사가 얼마나 부실했는지를 보여주는 증거라 못박기도 했다. 세번째는 교사의 서사와 병행하여 움직이는 중심축의 고등학생 두 명이 모두 강인하고 순수하여, 어른들이 요구하는 프레임을 씌운 소위 대견한 청소년들로 묘사된다는 점에서 올드한 교훈주의라는 얘기가 나왔다. 공교롭게도 그 세 권의 소설은 모두 우리집에 있었고……

특히 세번째 책 같은 경우는 당시 전형적 힐링물로 평가받기도 해서, 자녀 교육 문제에 관심 있는 주위 엄마들에게 몇 권이나 선물로 돌렸었다. 그뒤 교내 봉사활동 모임 후 커피숍에서 만난 엄마들의 감상평이 대략 어땠는가 하면, 자신의 딸과 아들이 꼭 그 주인공들처럼 자랐으면 싶은 바람과, 그럼에도 불구하고 소설 속에서 아이들이 좌충우돌하는 교사를 돕다가 겪은 각종 환난을 생각해볼 때, 가능하면 튀지 않고 조용히 수행평가와 입시에 전념했으면 좋겠다는 염려가

공존한다는, 상식적 보편적 차원의 것이었다. 그중 한 엄마는, 그 상황에서 아이들이 어떻게 자신감을 잃지 않고 갈등을 일소하면서 큰 방황 없이 올바른 인간으로서의 선택을 할 수 있었는지 모르겠다며, 자신은 인물 형상화의 성공적 요인이 입체성에 있다고 여기는 만큼, 작가가 세계를 바라보는 시각이 평면적이고 나이브한 것 같다고 첨언했다. 그러자 다른 엄마는, 고작 극적 구성을 위해 아이들이 크게 잘못된 길에 빠졌다가 올바른 길로 돌아오는 것이 오히려 나태하거나 개연성 없게 여겨진다면서, 처음부터 맑았던 아이들이 큰 굴곡 없이 끝까지 맑다는 점이야말로 이 소설의 특색이자 강점이라고 반박했다. 그러자 또다른 엄마는 문학의 결말에서 주인공들이 항상 올바른 길로 돌아와야 한다는 법은 없다고 말했고 마지막 엄마는, 그러면 남은 선택지라곤 처음부터 탁했던 아이들이 끝까지 탁한 인간으로 남는 것뿐인데 혹시 소설 속 아이들이 파멸하기를 바랐던 거냐고 반문하면서, 이 소설은 인물들이 정규 교육을 받는 고교생들이라는 점에서 학교 밖 청소년들에 대한 교육과 돌봄을 배제한 반쪽짜리라 말했다. 그들이 문제의 원인을 제공한 내 쪽으로 고개를 돌리더니 너는 어느 쪽이냐고 묻기에, 나는 어려운 건 잘 모르겠으나 어디로도 치우치지 않고 일상에 널린 참괴와 환멸을 용의주도하게 피해가며 자신의 삶에 성공적으로 안착한 뒤 아이를 최소한 넷은 낳아 길러서 국가에 이바지하는 것 이외의 다른 가능성을 생각한 적 없어 보이는 사람이 쓰는 반듯한 세계관의 이야기를 굳이 읽을 필요가 있겠느냐는 동문서답으로 때워서 그들 가운데 적어도 세 명을 실망시키거나 혼란에 빠뜨렸고, 이때 서로 언성을 살짝 높인 두 사람의 사이가 싸늘해졌기에, 다음에는 실로 취향이 통하는 친구가 아닌 다음에야 선불리 책 선물 같은 것은 말아야겠다고 결심하기도 했었다.

어쨌거나 거론되는 사안들의 파편은 시간이 지남에 따라 타임라인에서 그대로 밀려날 듯하면서도 잊을 만하면 한두 번씩 되는 리트윗으로 고로롱팔십의 밭은기침처럼 생명력을 획득했기에, 더이상 두고만 볼 수는 없었는지 그사이 P씨와 협의를 마친 듯한 출판사가 메인 트윗에 자사 홈페이지 공지사항의 링크를 걸어놓았다. 그러나 그 공지는 안 그래도 미적지근했던 P씨의 대응에 이미 실망할 대로 실망한 독자들을 분노의 단계로 이동하도록 부채질했다.

본사에서 발간한 P작가의 신작 소설에 큰 관심을 보여주셔서 감사드립니다. 우선 P작가가 익명으로 활동하는 저자라는 특색을 유지하기 위해 본인의 계정이 아닌 출판사가 대리 발표하는 점을 헤아려주시면 고맙습니다. 이 소설은 작가가 데뷔 당시부터 관심을 가지고 삼 년간의 자료조사와 구성 끝에 완성한 것으로, 소설에 등장한 각종 사례와 인물 묘사는 조사 과정에서 만난 사람들의 일화와 배경을 변용하거나 자료에 기초한 순수 창작이며, 누구를 폄하하거나 공격할 의도로 쓰인 게 아닙니다. 다만 인물의 개성을 드러내고 사회의 이면을 풍자함에 있어서 과도한 묘사나 진술이 따랐을 수 있으며, 이는 대다수 작가들이 창작을 할 때 부딪치는 대상화의 문제를 P작가 역시 피해가지 못한 결과라고 볼 수 있습니다. 더구나 이 소설은 P작가가 처음으로 시도하는 사회물인 만큼 세계관 표출과 상황 전개에 있어 다소 정치하지 못했을 가능성도 있습니다. 이런 부족함을 앞으로 발전하는 과정의 하나로 여겨주시면 작가에게 그 이상의 격려는 없을 것이며, 이와 같은 설정이나 소재로 인해 누군가에게 상처가 되었다면 독자님들께 사과드립니다. 이 소설은 실존하는 타인의 명예를 작품 내에서 직접 훼손하거나 타인을 약취하는 등의 범죄 행위와는 무관하므로 시중에서 책을 회수하는 조치는 없을 예정입니다. 또한 내부 논의 끝에, 재쇄 시 해당 부분들을 수정하거나 삭제하는 것 또한 작품의 전체 맥락과 구조를 해치게 되어 좋은 해결책이 아니라고 보았습니다. 이 부분 독자님들의 너른 이해를 구하며, 다음 작품에서 더욱 발전한 작가의 모습을 응원 및 기대해주시기를 부탁드립니다.

도서출판 ○○ 편집부

이 공지에 대한 최초의 반응은 그 똥 참 길게도 싸네,였다. 결국 이것도 못하겠고 저것도 안 되겠으니 너네가 다 이해해라, 싫으면 보지 마라네? 독자를 무시하는 ○○사의 책은 오늘부터 모두 불매합니다. 이를 시작으로 대규모 성토의 타래가 뒤를 이었다. 우선 '과도한' '다소' '부족함' '가능성' 등의 애매모호한 표현들로 때워서 자사 발간 도서의 문제점을 깨끗이 인정하기보다는 외부에서 핑곗거리를 찾는 느낌을 주며, '대다수의 문제'라는 말로 다른 멀쩡한 작가들 머리채를 잡아끄는 물귀신 작전에, 맥락도 못 찾는 사람들로 독자 수준을 후려치고 있다는 원성이 나왔다. 그중 독자로서의 목소리 이전에 도서를 구입한 행위에 초점을 맞춘 즉 실속에 예민한 소비자들은, 자기들이 스스로 인정할 정도로 '부족한' 소설을 출간하고 유료 판매한 출판사의 비양심적 상혼이야말로 모든 문제의 근원이라는 입장을 취했다. 앞으로 발전하는 과정으로 여겨달라니, 아무리 사소한 공산품이라도 각종 시험과 검수를 거친 합격품을 내놓는 법인데 돈 받고 파는 책이 미래를 위한 발판 수준의 시험작이라니, 독자를 봉 취급하는 데에도 정도가 있다는 것이었다.

한편 사태가 이 지경인데 본인은 한가롭게 사진이나 올리고 출판사에 대리 발표를 시키는 P씨의 인성 및 사고 능력에 대한 진단이 이어졌다. 지금이 과연 익명 저자로서의 권리를 계속 찾아도 되는 상황인지에 대해 당사자 없는 공간에서의 난상 토론 끝에, 익명의 정체성을 그대로 가져가더라도 최소한 이번만은 본인이 직접 등판해야 하는 일인데 큰 회사 뒤에 숨어 혼자 고고한 척하는 건 비열한 행위이며, 그토록 철저한 비밀주의 엄수를 구실로 댈 것 같으면 애당초 SNS 계정을 파지 말았어야 한다는 결론이 내려졌다. 계정조차 본인 것 아닌 팬이나 출판사가 돌리는 봇일지도 모른다는 가정에다가, 시원을 따지기 시작하자면 계정은 둘째 치고 애당초 책 같은 것도 쓰지 않았어야 마땅한 거냐는 소수의 반문이 있었지만 말 그대로 소수였으며, 얼마 뒤엔 샐린저와 쥐스킨트를 비롯한 몇몇 사례가 언급되고, 최소한 그들은 얼굴과 이름이라도 깠지 그거랑 이거랑 같냐를 시작으로 비밀주의자와 전략적 은둔자의 개념이 뒤엉키는 한편, 어디 헬조선의 삼류 글쟁이를 외국의 거장들에게 갖다대냐는 준엄한 일갈이 사방에서 창궐했다.

나로 말할 것 같으면 그 수많은 타래에 멘션을 직접 섞지는 않았으며 약간 흥미를 갖고 지켜보는 정도였다. 무언가를—누군가를 표현하고 논평할 만큼의 말발과 글발이 달리는 문제도 있거니와, 아무 데라도 한두 마디나 혹은 전체 사안 중 극히 일부에 동조하는 말을 얹을라치면 그것은 곧 가볍고 제한적이며 선별적인 동의가 아닌 적극적 변호이자 독선적 '쉴드'이며 그 나머지를 배제하는 행위로 간주되어 불똥이 튀는 경우를 종종 보아왔으므로, 어느 흙탕물에도 발을 담그지 않으려면 입을 열지 않는 게 가장 유리하다는 사실쯤 알고 있었다. 참전이 아닌 관전. 나는 철저한 관중으로서의 권리와 여흥을 누렸다. 짧은 글들의 맹사猛射가 나열되자 사람이 대체로 어디서 꼭지가 돌고 뚜껑이 열리는지 압력의 평균값을 측정할 수 있었는데, 그러면서도 비등점은 제각각이라는 점이 특기할 만했다. 그리 오래지 않은 SNS 경험에 따르면 그곳의 말들은 전기포트 속 물방울이었다. 포르르 끓다가 부서지는 거품이 수면에 다시 합류했다. 일부는 증발하여 공기 중을 떠돌았다. 그대로 두면 물은 식었다. 때를 보아 스위치를 넣으면 다시 끓어 방울진 거품을 피워올렸다. 그 과정을 무수히 반복하면 거품의 토대가 되는 수면의 높이만큼은 어느새 눈에 띄게 낮아진다는 사실이, 예정된 부서짐에도 불구하고 말을 그치거나 가두지 않는 이유일 터였다…… 그런 점에서 몇몇 부작용에도 불구하고 유의미한 난장이라는 인식 정도는 있었지만, 세상은 아무렴 주전자보다는 크고 넓을뿐더러, 그 유의미에 내가 뭔가를 보태기에는 에너지가 빈곤했다. 저마다 입에 칼을 물고 손에 도끼를 들었는데도 구체적인 형태가 없는 전기적 신호의 공간에서 최상의 포지션은 구경꾼이었다. 안 그래도 충분히 바쁜 일상을 영위하고 있었다. 아이들이 다니는 초중학교의 학부모회를 비롯한 각종 봉사는 작년부로 물러났지만, 때마침 친정과 시가에 질병과 빚 보증과 철이 덜 든 남동생의 사업 실패 등 진부하기까지 한 문제들로 늘 신경이 곤두선 상태에서, 책을 읽는다든지 사람들의 반응을 눈여겨본다든지 하는 일도 일종의 사치였다. 육체적 실무와 감정 노동을 제외하더라도, 누구도 증오하지 않으며 어디에도 환멸을 느끼지 않는 것처럼 보이는 삶을 꾸리는 일이란, 생각보다 높은 열량을 필요로 했다. 친밀한 사람들—그보다는 서로 조심해야 할 관계로 이루어진 그물망을 유지 보수하기 위해 단순성과 모호성을 동시에 장착하고 자유로이 구사해야 했다. 삶을 오엑스 퀴즈로 간주하고 그 중간에 발을 걸쳤다가, 어느 쪽으로든 건너오라는 요구를 받으면 다수가 선 자리로 이동하는 식이었다. 반드시 누군가를 만족시키기 위한 제스처라기보다는, 그것이 내가 생각하는 최선이자 최소한의 올바름이었다.

유수 종합 출판사가 P씨의 책만 출간한 것도 아닌데다 당장 그의 책이 수십만 부 베스트셀러라도 되어서 특별 관리 보호 작가로 돌보는 상황도 아닌 모양, 지속적 피드백에 신경 쓰지 못하고 마침내 총알받이로서의 기능을 상실한 이틀 뒤, P씨가 자신의 계정에 다음과 같은 간단명료한 글을 올렸다.

> 저는 다큐가 아닌 소설을 썼을 뿐입니다. 소설로 누군가를 다치게 할 생각은 지금도 앞으로도 없습니다. 그럼에도 본의 아니게 어떤 개인이나 집단이 불편을 느끼셨다면 죄송합니다.

P씨는 여전히 얼굴과 실명 등 정체를 까지 않았으나, 적어도 캡션 없는 사진이나 다른 책 인용구를 제외하고 거의 처음으로 들려주다시피 하는 본인의 목소리이자, 백사십 자라는 글자 수 한계상 최소한의 이유와 구실을 배제하고 단순 입장과 소회만 밝힌 글이었다. 그러자 이번에는 최초의 반응이, 너무 성의 없이 자기 하고 싶은 말만 툭 던지고 사라진다,였다. 출판사는 해명을 하랬더니 변명을 하고 앉았는가 하면 P씨는 변명이란 없는 대신 설명도 대안도 없으니 총체적 난국이라 했다. 죄송하다는 한마디는 사뭇 귀찮다는 뉘앙스로 이제 해달라는 대로 해줬으니 그만 떠들라는 말의 다른 표현으로 보이며, 더욱이 '느끼셨다면'이라는 조건을 붙인 것은 실제로 상처 입은 사람들을 지우는 동시에, 귀에 걸면 귀걸이 코에 걸면 코걸이가 되는 '불편'이라는 말을 선택함으로써 자신의 책임을 인정하지 않는 태도라 했다. 그러므로 그의 붓끝이 놀린 말 가운데 정확히 무엇이 잘못되었으며 그가 어떤 오류를 저질렀는지, 무엇보다 이후 어떤 수정 조치가 따를 것인지를 명시하는 2차 해명서가 필요하다는 지적이 따랐다. 이어서 폭주하는 멘션에 P씨는 답을 달지 않았으나 그렇다고 자신의 계정에 자물쇠를 채우지도 않았다.

—그래서 절필은 언제 하실 건데요?

—'앞으로도' 없다는 걸 보니 그러고도 계속 쓰긴 할 건가 보네.

—어쨌거나 깔린 책은 회수 안 하시겠다는 거죠?

—최소한 이미 팔린 책에 대해서는 토해내시는 게 맞죠. 도의적 책임이라도 느끼신다면 말이지만.

—그동안 자랑질했던 카메라들도 인세니 계약금이니 받아 샀을 텐데. 다 팔고 기부라도 해야 하지 않나.

그러자 다음날엔 2차 해명 대신 좀더 구체적인 감정을 담은 글이 올라왔다.

설정상 그렇게밖에 쓸 수 없는 부분이 있습니다. 내용 진행을 위해서입니다. 양해 부탁드립니다. 직업이나 처지나 성별을 바꿔볼까 하는 생각도 없지 않았습니다. 그러나 어떻게 해봐도 느낌이 살지 않아서 원래 생각대로 썼습니다.

첫번째 트윗이 삼십여 회 리트윗되는 동안 P씨는 두번째 연결 트윗을 올렸다.

서로 다른 입장들을 고려하고 지나치게 균형을 맞추려다 전체의 그림이 어그러지도록 하는 것보다는, 누군가가 조금 불편하더라도 소설의 개연성과 완성도에 집중하는 게 맞다고 보았습니다. 현실에 아주 없는 일을 쓴 것도 아니고 소설적 과장과 허구가 들어간 겁니다.

그의 육성이 조금 더 추가되자 빠른 속도로 반응이 달렸다. 한 시간 만에 이백여 회의 리트윗이 되고 타래는 이러했다.

—느낌 안 산다는 것도 자기 생각일 뿐. 어떻게 해도 느낌이 안 산다면 능력 부족의 증거.

—타인을 배려하고 균형을 맞추는 행위가 지나친 일이라는 분, 잘 가세요. 멀리 안 나가요.

—양념 반 후라이드 반도 아니고 언제 균형 맞춰달랬나요? 머리를 쓰고 공부를 하랬지. 누군가를 꼭 불편하게 만들고 싶으면 님이나 님 가족을 제물로 삼지, 왜 애매한 사람들을 갖고 그러는지.

—설정상 그렇게밖에 안 된다면 애당초 설정부터 바꿨으면 되는 문제잖아요? 출판사나 님이나 지금 계속 전체 그림 무너진다고 징징대는데, 그렇게 무너질 그림이면 처음부터 그리지를 말라고.

—그놈의 소설적 과장과 허구는 왜 만날 약자만을 대상으로 하는지 모를……

—그런 구린 방법을 써야만 내용 진행을 할 수 있다는 것 자체가 이미 자기가 얼마나 게으른지를 광고하는 거 아닌가…… 지금껏 버셨으면 이제 그만하심이.

—됐고, 그래서 지금 님한테는 이 개연성이랑 완성도가 만족스러운가보죠? 거기에 집중하느라 다른 걸 내다버리셨다니까. 그것만 한번 말씀해보세요.

P씨가 입을 열수록 사태는 진정되기는커녕 게 자루를 풀어놓은 듯했다. 전체 타래 가운데 비웃음이 약 오십 퍼센트로 제일 높은 비중을 차지했으며 삼십 퍼센트가 맹비난이었다. 이십 퍼센트는 『가르강튀아·팡타그뤼엘』이나 『인생의 첫출발』 같은 목록을 예로 들며 예로부터 풍자적 묘사란 기괴한 이방의 존재들, 신체가 뒤틀리거나 왜곡된 사람들, 어딘가 모자란 사람들이나 부스럼쟁이 등을 대상으로 이루어져온 만큼, 현대의 작가가 장애인이나 외국인을 오락적 소재로 삼았다고 하여 비난하는 것은 폭력적 염결주의라는 주장을 펴기도 했으나, 이는 P씨를 얘기하는데 본질을 벗어나서 이국의 라블레와 발자크를 끌어오느라 먹물들이 퍽이나 애쓴다는 조롱과 함께 묻혔다. 그사이 시일이 두 달 남짓 흘렀으므로 P씨의 신작은 자연스레 종합 순위에서 자취를 감췄고, 그뒤로 미디어 판권이 계약되었다는 소식은 들려오지 않았다. 그리하여 책이 폭발적인 반응을 얻을 기회를 잃었으므로, 사람들 대부분의 기억에서도 밀려났다. 매일 새로운 사건이, 주로 사고가 있었으며 그전의 사건은 너무 익어 발끝에 떨어진 무른 열매 같았다. 이미 출판사는 자사의 다른 신간 홍보에 집중하느라 아무 일도 없었다는 듯 각종 실용서와 교양인문서를 소개하는 중이었고, 실상 그런 책들이 더 많이 화제도 되고 팔려나갔으므로, P씨의 거취에 대해 출판사 계정에 문의하는 글은 곧 뜸해졌다. P씨의 계정에는 다시 일상

적인 사진이 가끔가다 올라오기 시작했으며 사람들은 분위기 있게 찍힌 사진을 관성적으로 리트윗만 할 뿐 더이상 그의 지나간 책에 대해 캐지 않았다. 그것을 힐문할 만큼의 관심과 여력이 있는 사람들은 이미 그 타래를 떠나가 다른 주제에 집중하느라 P씨와 그의 사생활이 눈에 들어오지 않았다. 적어도 그가 새 책을 내놓음으로써 사정거리 안으로 재진입하기 전까지는.

그다음 해에 출간된 P씨의 다섯번째 장편소설은, 전작의 논란을 의식했음인지 상대적으로 안전한 수비 범위 안에서 인물들이 움직이고 있었다. 그가 겪어내고 직접 부대끼며 살았을 가능성이 높은, 그러므로 현장감 좋고 굴절률이 작은 묘사를 기대할 수 있는 일상생활 테마의 가족극이기도 했거니와, 문제적 인물이나 상황이 줄었으며, 큰 굴곡 없이 평탄하다 가끔 완만한 곡선을 그린 뒤 제자리로 안착하는 갈등 구조를 지녔다. 그러고 보니 P씨는 이미 그전에도 불륜 묘사에서 증명한바, 다른 쪽의 역량은 몰라도 으레 중대히 다뤄질 법한 상황과 사건에 대해 호들갑을 떨지 않는 잔잔한 터치 감각 정도는 있었다. 샘물과 바람과 나뭇잎과 다람쥐 정도만 존재하는 듯싶은 세계를 그려내는 것도 재능이었다. 그러나 이렇다 할 사건이 발생하지 않는 서사를 한 권 분량으로 흥미를 유지시키며 이끌고 나갈 엄두는 처음부터 내지 못한 듯, 인물들이 한 번씩 폴리스 라인을 넘을 뻔했다가 돌아오는 고전적 패턴이 엿보이기도 했다. 오래 앓던 시모의 장례가 끝난 뒤 아내가 남편의 휴대전화에 문자메시지 한 통만 남긴 채 트렁크를 끌고 가출하는 것이 이야기의 시작이었다. 바로 그녀가 중심 화자가 되었으므로, 사람들은 그전에 내내 작가 자신의 페르소나로 추정되는 삼십대 중반의 남자들만 전면에 내세웠던 P씨가 조금은 달라지려 노력했다는 점을 눈치챌 수 있었다. 한편 그녀의 고교생 딸은 학교를 일찌감치 떠난 친구를 우연히 만났다가 일행의 꼬드김에 빠져 삼십대 중반의 회사원과 조건만남을…… 가졌다면 또다시 큰 파장을 일으켰겠지만, 사태는 그쪽으로 흘러가지 않았다. 약속 장소에 나타난 회사원은 아빠의 부하 직원이었던 것이다.

몇 가지 아슬아슬한 지점을 돌파하면서 용케도 휘청거리지 않은 이야기에 대해, P씨의 애독자들은 그전과 달라진 점이나 나아졌다고 판단하는 점을 꼽아 자기 블로그나 SNS에 올려놓았는데, 그중에는 몇몇 키워드 노출로 출판사의 의뢰를 받고 쓴 티가 심하게 나는 바이럴 마케터들도 있었다. 작년에 있던 소란의 주인공 정도로 P씨를 기억하는 새로운 독자들은 호기심에 넘겨보았다가, 역시 사람들이 말리는 콘텐츠는 건드리는 게 아니라며 넌더리를 내곤 떨어져나갔다. 이번에 문제가 된 대목은 이러했다. 주인공 여성이 병든 시모를 쭉 모셨다는 대목부터가 고릿적 티브이 주말 대가족극에서 무한 반복 및 소비된 맏며느리 이미지를 벗지 못했으며,

트링크를 끌고 나선 정도가 무슨 대단한 일탈인 양 묘사되는데 헛웃음이 나온다는 이야기였다. 그 와중에 그녀는 현관을 나서기 전 다섯 시간에 걸쳐 집안 대청소와 식구들 빨래를 마치고 그걸 건조대에 하나하나 널어놓기까지 했다는 것. 특히 압권이었던 건, 상하지만 않는다면 남편과 아들딸이 열흘은 두고 먹을 수 있는 밑반찬을 대량 제조한 뒤 종류별로 투명한 밀폐용기에 나눠 담아 라벨까지 붙여놓고 냉장고 칸칸이 쟁여두었다는 점이었다. 누군가는 그 정밀 묘사에서 한국사회가 엄마에게 답습하기를 요구하는 모습의 전형이 느껴져 소름이 돋는 바람에 그대로 책을 도서관에 반납했다는 후기를 남겼다—마침 작성자 자신의 엄마 또한 수술을 앞두고 식구들 한 달 치 반찬부터 걱정하던 모습이 오버랩되었다는 첨언과 함께.

한편 남편과 아들에 대해서는 별다른 얘기가 없는데 왜 딸만 일탈 직전까지 가느냐 그것도 하필이면 엄마가 부재중일 때, 그건 여성이 위기 상황에서 상대적으로 나약하다고 주입하려는 의도이며, 엄마가 자리를 비운 책임이 그만큼 위중함을 부각시키고자 조건만남 소재를 넣었다는 분석이 있었다. 더구나 만남의 상대가 하필 아빠와 같은 회사 직원이라는 우연의 타당성은 차치하고라도, 회사원은 상사의 딸이라는 걸 알지 못했는데도—딸이 남자의 정체를 알아볼 수 있었던 것은 아빠의 야유회 단체 사진에서 본 얼굴이었기 때문—그녀가 열여덟 살이라는 걸 알자 근사한 저녁과 옷만 사주고 잘 달래서 돌려보냈다는 점이 수목 멜로드라마에서나 볼 수 있는 판타지라는 지적도 나왔다. 친구의 함정에 빠진 여학생이 순전히 남자 어른의 변심과 동정에 기대어 그 상황을 모면한다는 것으로, 문제 해결을 남자가 하도록 하여 여학생을 수동적 존재로 묘사하고, 그런 품위 있는 남자란 적어도 이 땅에는 존재하지 않으며, 남성들 일반에 씌워진 혐의를 벗겨보고자 몸부림치는 작가의 작위가 느껴지는데, 그래봤자 애당초 조건만남에 응하여 그 자리에 나온 것부터가 이미 틀려먹은 인간이라는 점에서 인물 묘사의 일관성마저 떨어진다는 것이었다. 결국 P씨는 이번에 큰맘 먹고 엄마와 딸을 중심으로 한 이야기를 써보고자 했겠으나 실은 자신이 그것을 시도했다는 사실 자체에 취했을 뿐, 사유 부족 또는 공부 부족으로 그전과 달라진 점은 없다는 종합 결론이 내려졌다. 그럼에도 소설의 설정과 결말은 비교적 순하게 흘러간데다 화제성과 세일즈포인트 또한 전 같지 않아서 예년과 달리 출판사의 계정으로 민원이 폭주하지는 않았고 다만 '당신이 집에서 부인을 어떤 존재로 취급하는지 잘 알겠다' 내지는 '솔직히 말해봐요 조건만남 해봤죠? 여고생이 나오는 바람에 철창 갈까 겁나서 용돈만 쥐여주고 보내셨다거나?' 정도의 비소가 한두 달에 걸쳐 간간이 달렸다. 적어도 입장 표명이나 해명 요구의 움직임이 있던 전년도보다는 나았지만 나는 이번에도 P씨의 책을 장바구니 대신 기약 없는 보관함으로 옮기고, 누구에게든 선물할 생각을 접어두었다. 도대체가 이 시대에 책 선물이라니 어림 반푼어치 없는 이야기이기도 하고, 세상 읽고 볼 것들 천지인데 원래 책이란 꼭 필요한 것만 도서관에서 빌려 읽으면 된다고 보통들 여기니까. 신간에 대한 일반의 관심과 조소가 사라질 무렵, P씨는 그전의 누적된 멘션들에 대한 일종의 답을—이제 와선 누구도 새삼 확인하러 들어오지 않을 한마디를 올려놓고 또다시 SNS 휴식기를 가졌다.

현실에서만큼은 누구에게도 피해를 주지 않고 올바르게 살아가려고 노력중이며 무엇보다도 저한테는 아내가 없습니다.

그간의 글 모두를 털어 비로소 밝힌 P씨의 유일한 개인 정보였다. 아내 없음.

이 글은 다음과 같은 세 개의 반응만 달린 채 타임라인 바깥으로 밀려났다.

—현실에서만큼은, 이라면 소설에서 누군가에게 피해를 줬다는 사실은 인정한다는 뜻인가요?

—소설을 읽고 상처받은 사람들은 현실에 존재하는 사람이 아닌가보네.

—와, 사람들 다 잊어버릴 때까지 기다렸다가 한 줄 쓱 날리고 튀는 용의주도함 봐라. 안 물어봤어요, 안 궁금해요, 안 사요.

그리하여 이제 P씨의 가장 최근, 그리고 어쩌면 마지막 책에 대해서 이야기해야 할 것 같다. 그는 두 달 전, 지치지도 않고 반성도 없이 꾸준히 잘도 쏟아낸다는 눈총을 받으며 신작 장편소설을 출간했는데, 여느 때보다 볼륨이 좀 작았다. 판형이며 표지 일러스트까지 어른을 위한 동화라는 느낌을 물씬 풍겨서, 이번에야말로 선물용이니 업어가라는 팬시한 오라를 서점 매장 진열대에서 뿜어내고 있었다. 내용과 설정은 그전보다도 한층 더 위험 요소—욕동欲動이든 열광이든 폭력이든, 하여간 식물적이지 않은 것들 가운데 위험하지 않은 게 있기나 한지 모르겠으나—가 빠져 있어서, 그런 P씨의 노력은 오래전 LP시대 국내 가수들의 앨범에 사이드 A와 B의 마지막 트랙마다 의무적으로 수록되어 있던 〈어허야 둥기둥기〉를 비롯한 건전가요 목록을 떠올리게 했다. 아무리 그래도 그렇지 개과천선한 문제아들의 농구대회 출전 우승기라니, 대놓고 감동팔이를 노린 듯한 클리셰에 좀 너무 내려놓고 쉽게 간다는 생각도 들었고, 그 푸르른 스토리와 인물들은 그가 더이상 어떤 새로운 시도나 현실 반영 내지는 현실 변용을 하려는 의욕이 없다는 증거였다…… 그러나 그런 걸 필요로 하는 이들이 생각보다 많으니 이렇게 옷을 입고 나왔지, 어쨌거나 태어났다는 이유만으로 조난자가 된 사람들은 그런 맑은 서사를 구호물자처럼 여기기도 하며, 이야기책 속에서마저 비애나 고난을 목도하기 원치 않는다 하니. 일부 고정 독자들은 냉소 가운데의 예기치 못한 폭소, 고소苦笑 가운데의 은근한 미소가 주력 상품이었던 P씨가 차포 다 떼고 뭐하자는 건지 모르겠다는 의구심과 실망 섞인 의견을 내놓았다. 잔잔한 것도 좋지만 정도껏, 이전에 그의 잔잔함에는 그래도 간과하지 못할 긴장감이 있었는데, 지금은 밋밋하고 굴곡 없고 좋은 게 좋다는 식이고 더이상 볼 필요가 없겠네요 하차합니다, 정말로 이제는 그만 써도 될 것 같아요…… 그런데 사람들은 생각보다 날카로운 면도날들을 저마다 혀 밑에 숨기거나 손끝에 꽂고 있어서, 종합 순위 근처에도 가지 못한 이 농구 이야기 역시 서사의 포가 떠지는 걸 피해갈 수 없었다. 다섯 명의 선수들은 모두 소년원 출신으로 각각 폭행 상해 및 금품 갈취는 기본이며 그중엔 강간 미수마저 있는데, 그들로 인해 오랫동안 고통받은 사람들은 이름조차 등장하지 않은 채 그 존재가 페이지 밖으로 지워지고, 선량한 이들을 괴롭힌 범죄자들은 운동하는 동안 눈물 콧물 짜내는 시늉 좀 하다가 승리를 거머쥔다는 점이 문제되었다. 그들에게 우승컵을 들고 환호를 올릴 자격이 있나, 자기들끼리는 경기 결과를 놓고 반성회 같은 모임도 가지면서, 피해자들을 찾아다니며 사과한 적은 있나. 소년원에서 단체생활을 한 것 말고는 이렇다 할 대가를 치르지 않은 자들이 감동의 주역이 된다니 모순이지 않나. P씨는 어둠에 웅크린 아이들을 끄집어낸다면서 그들로 인해 더욱 깊은 어둠 속에서 신음하는 이들의 목소리는 들려주지 않았고, 각각의 아이들에게 주정뱅이 아비와 병든 어미 내지는 집 나간 어미를 비롯한 식상한 플롯을 끼얹음으로써 그들은 비행을 저지를 수밖에 없는 환경에 있었다는 손쉬운 면죄부를 주고 싶었던 게 아닐까(이때 집을 나가는 사람이 꼭 어미라는 점에서 여성을 무책임한 존재로 묘사하는 작가의 의도는 더 부연할 가치가 없겠다). 양쪽의 고통을 나태한 붓으로 팔아먹는 이야기를 예쁜 그림 좀 얹어다 책으로 엮어내고 재미 좀 보겠다는 출판사는, 언제까지 그런 식의 장사를 계속할 텐가.

안 그래도 사진이 올라오는 간격마저 뜸해졌던 P씨의 계정은 그즈음 마침내 자물쇠가 채워졌고, 오만여 명의 팔로워 가운데 이제 실제로 그를 지켜보는 소위 살아 있는 계정은 내 것을 비롯해 오천 명이나 될까 싶었는데, 서점 매대에서 책이 내려가고 얼마 뒤 그의 계정은 삭제되었다. 그러나 마지막으로 보여준 이야기의 임팩트가 그리 크지 않았으므로 그가 사라진 것을 알아차리거나 그걸 두고 비아냥거리는 이들은 많지 않았다. 그들 중 누구도 출판사 계정에 문의를 넣지 않았고, 출판사가 P씨의 근황을 펠 만큼 그에게 공을 들이는 것처럼 보이지도 않았으나, 어쩐지 P씨는 소설가로서의 삶을 종료하고 자신의 일상이나 취미에 조용히 스며들었으리라는 확신이, 드는 것이었다. 그는 어떻게 해봐도 부족한 말들의 숲을 어설피 배회하는 자가 될 것이며, 어디서도 그의 발자국을 다시 발견하지는 못하리라는, 확신이.

문자메시지가 연달아 네 개 도착한 걸 확인하느라 인터넷 창을 닫았다. 하나는 이번이 마지막이라는, 감방 가지 않게만 도와달라는 남동생의 문자. '누나 그동안 알게 모르게 벌어둔 거 내가 모르지 않거든' 따위 말만 덧붙이지 않았어도 맘이 움직일 뻔했다. 그다음, 아버지의 검사 결과와 검사비 이십사만원이 찍힌 영수증 사진 파일은 엄마가 보낸 거였다. 다음 문자는 큰형님한테서 왔다. 내일모레 제사에 몇 시까지 올 수 있느냐는 물음이었다. 예 형님, 저 아이들 학교 보낸 다음 바로 찾아뵐게요. 아이들은 학원까지 마치고 저녁때 시간 맞춰 오도록 할 거고요. 전송 아이콘을 클릭하고 마지막 문자를 열었다. 정말로 다 없던 일로 해도 괜찮으시겠어요? 선생님 의향을 존중할 거고요, 기지급된 계약금 이백만원을 저희 쪽에 따로 돌려주실 필요는 없으세요.

거기에는 답장을 보내지 않은 채 좀 이따 하교할 아이들의 간식거리를 준비하기 위해 일어났다. 문득 다시 펼쳐보지 않을 책들의 일렬로 늘어선 등을 손가락으로 훑으며 방을 나섰다. 돌보아야 할 남편과 아이들, 엄마 아빠 동생까지 있는데 유일하게 나한테 없는 건 아내였다…… 펜 끝에서 한번 번져 나가기 시작한 말들이 그리는 궤적을 바라보는 일은 나름대로 의미 있었다. 그러나 내가 지금까지 해온 일들은 흘러가는 말들을 포착하여 언제 부서져도 이상하지 않은 물방울의 표면에 새겨나가는 일이었는지도 모른다. 그리하여 지금은 원래의 가장 올바른 자리로 돌아가기에, 그리고 말의 죽음을 맞이하기에 가장 적절한 시간일 뿐이다.

한 아이에게
온 마을이

이완의 이번 전근은 보복성 발령의 혐의가 짙었으나 증거가 없었다. 지금이라도 증인을 비롯한 협력자를 물색하고 녹취를 뜨는 등 강압에 의한 서류 작성 여부를 다툰다고 한다면, 소송이란 게 으레 그렇듯 최소 삼사 년은 내다볼 각오를 한다는 뜻인데, 법률 비용이야 양가에 손 벌리거나 머리 좀 조아리면 어른들이 영 모른 척하진 않겠지만 흘러가는 시간과 축가는 몸은 어쩔 텐가 싶어서 정주는 싸우라고 부추기지 않았다. 그런 불편과 긴장을 유지하다 사 개월로 접어든 태아에게 무슨 일이 생겨선 안 된다는 염려, 출산과 동시에 생활비 규모가 두 배로 늘어날 것이 예상되는 상황에서 이완의 경력에 어떤 트러블이나 공백도 없기를 바라는 마음이 컸다.

입지가 좁아지고 왕따 분위기가 무르익어가던 회사에서 임신으로 인해 더욱 제 발로 나가달라는 압박에 시달리던 정주는 겸사겸사 삶의 반경을 대폭 변경해보는 것도 나쁘지 않은 선택이라 여겼다. 연고가 전혀 없는 산골생활이란 그저 나쁘지 않은 느낌 정도로 덤벼선 안 되며 엄청난 각오와 에너지가 필요하다는 이야기를 몇몇 귀농한 동창들에게 들은 적 있으나, 그것도 사람마다 달라서 지나치게 핏대를 세우고 준비하다간 오히려 죽도 밥도 끓기 전에 지쳐버리니 맨땅에 헤딩이 차라리 낫다는 의견도 있었다. 도피 수단으로 귀농을 선택해선 안 된다는 일반론은 그다지 설득력 없었던 것이, 사람은 매 순간 어딘가로부터 도망치지 않고는 맨정신으로 살아가기도 어렵거니와, 평생 도시생활에 젖었던 사람이 그럼 숨 좀 트고 살려고 도망치는 거지 뭐 엄청난 대오각성이라도 해서 내려가겠나. 정주는 농사를 지으러 가는 것이 아니었다. 당장 눈앞의 해코지가 미확인된 두려움을 압도했다.

양가에는 이완이 행정상의 복잡한 문제로 인해 전근 신청서에 써낸 지역과 무관한, 전교생이 스물다섯 명인 시골 분교에서 교사생활을 하게 됐다고 둘러댔다. 공무원 인사 규정 관리법과 각종 구비 서류가 뻔히 있는 상황에서 현실성 없는 소리였지만, 평생 장사를 하며 살아온 양가 어른들은 불가해한 공직 사회의 인사이동 체계에 대해 의문을 제기하지 않았다. 협박에 다름 아닌 강권을 받아 서류를 썼다고 하자니 학교에서 수년간 이완이 어떻게 지내왔는지부터 설명하기가 난감했다. 이완은 지금 있는 학교에서 사 년째 근무중이었고, 교장 교감 학부모 모두에게 불미스럽게 치여 심신이 지치기도 했겠다 순환 발령 시기도 마침 되었겠다 자포자기 심정으로 정주에게 상의 없이 1학기 말에 본가가 있는 도시로 전출 희망 서류를 쓴 적이 있긴 했다. 그러나 수도권을 비롯한 주요 도시는 전출입 희망 대기자가 언제나 많았고 매번 경쟁률이 높아서, 전출입 인원의 맞교환이 순조롭게 이루어지지 않았고 우선순위가 아닌 이들은 밀려났으므로 실제 원하는 곳으로 발령날 확률은 희박했다. 그런데 2학기에 교감이 작성하라며 내민 것은 이완도 정주도 전혀 연고 없는 모 분교로의 전근 신청서였다. 그저 형식상 써두기만 하면 된다고, 한 학년마다 이미 근무중인 교사들이 있으니 거기 배정될 가능성은 한없이 제로에 가까우며 그럼에도 당신을 눈엣가시로 여기는 이들의 심신 평화를 위해 적절한 노력의 제스처를 보일 필요가 있어서일 뿐이라고 교감은 그랬었다. 이완은 교감의 말을 조금이나마 신뢰한 것이 제 발등을 찍는 일이었음을 뒤늦게 알았다.

정주의 친정에서는 처음에는 당혹스러워하다가 출산이 반년 앞으로 다가온 딸을 위로하려고 자신들도 확신하지 못하는 진부하고 원론적인 장점들을 주워섬겼다. 공기 맑은 데서 애 키우면 좋지, 가서 친환경 주택 같은 거 짓고 황토벽 바르고, 아토피니 뭐니 그런 건 생전 걱정 없겠다. 아이들은 물 맑고 흙냄새 나는 데서 뛰어노는 게 제일이다. 송서방도 한갓진 데서 근무하면 얼굴 좀 안 펴겠니. 지난 명절 때 보니 새카맣게 타들어갔던데. 우리랑 멀어지지만 시댁이랑은 가까워지는 셈이니 너무 겁내지 말고…… 그 말대로, 그전까지 차로 편도 네 시간 거리였던 시댁과의 거리가 한 시간 사십 분으로 줄었다. 대폭 줄기는 했으나 한 시간 사십 분이란 유사시에 뭔가 심정적으로 의지가 될 만한 시간이라고 보기는 어려웠으며 어디까지나 자차를 몬다고 가정했을 때 그 정도였다. 하루 네 번 운행하는 버스를 타려면 삼십 분을 걸어 나가야 정류장이 나오는 산골의 교통 상황을 생각하면 어림없는 일이었다. 면 소재지의 산부인과에 다니려 해도 자차는 필수일 테고, 그나마도 출산이 가능한 곳인지 의문이며 두통 치통 복통을 비롯해 내과 계통을 두루 살펴주는 진료소 정도로 예상되니 처음부터 군청이나 시 단위의 병원을 알아봐야…… 퇴사하기 바쁘게 이사 견적을 뽑는 틈틈이 정주는 일어날 수 있는 경우의 수를 가능한 한 다양하게 꼽아 체크리스트를 정리했다.

어디까지나 임시로 살 집이라는 생각에, 포장이사 견적을 내기 전 무거운 웨딩앨범을 비롯한 추억거리와 결혼 패물이며 귀금속 일체 및 각종 인테리어 장식물과 일 톤 트럭 분량의 책을 친정에 맡겼다. 정주의 남동생이 틈나는 대로 실어날랐다. 길어야 사 년 살 건데,라는 생각이 들수록 소파나 침대 같은 덩치 큰 가구들도 맡기고 싶었으나 친정에 그만한 공간은 없었다. 대신 당장 쓰지 않고 자리만 차지하는 부엌 살림살이도 떠넘겼다. 주로 어디에서 선물로 받았는지 모를 와인글라스니, 혼수로 쓰이는 십이첩반상용 한식 사기그릇 세트 같은 것들이었다. 부부가 쓸 그릇 두 벌과 수저 두 벌, 머그잔만 있으면 되었다.

그렇게 짐을 덜어냈는데도 편도 다섯 시간 떨어진 지역, 게다가 산골이라 하니 이삿짐센터에서는 일박 이일로 견적을 냈다. 잠깐 무슨 다섯 시간씩이나, 휴게소에서 먹고 싸고도 네 시간이 채 안 되는데요? 정주가 흥분하며 뒷목을 잡자 센터 팀장은 대답했다. 사모님, 고속도로 사정과 관계없이 화물차는 속도 제한이 걸려 있답니다…… 그보다 네 시간 차 몰고 달린 사람들이 당일로 짐을 내리는 일까지 가능할까요? 자연히 인건비를 이틀치 지불하는 셈이어서 어떤 수를 써도 이사비는 보통 집의 두 배가 나왔고, 눈 밑이 새까만 임부를 긍휼히 여긴 업체에서는 손 없는 날 명목으로 받는 추가금액을 빼주는 정도로 합의를 보았다.

교장과 행정사무직을 포함, 교사가 학년별로 배치되어 총 여덟 명이 근무하니 분교 치고 소규모는 아니었다. 내년 신입생은 한 명이거나 아예 없을지도 모른다지만 현재는 학년

별로 최소 두 명에서 많게는 일곱 명까지 다니고 있었다. 말하자면 완전 험지 근무는 아니라는 것이며, 그런 곳에서 근속 연한을 채운 교사는 그만큼 가산점을 챙겨받아 추후 전근에 유리하니 감사한 줄 알라고 그전 학교 교감은 오히려 큰소리쳤었다.

근무 환경은 젊음과 사명감으로 수용 가능한 범위라 치고, 문제는 학교 코앞에 곧바로 이사를 들어갈 집이 없었다. 워낙 인가도 드문드문 있었던데다 갑작스러운 이사여서 즉시 입주가 가능한 곳을 찾았는데 몇 군데 있는 빈집은 웬만한 청소나 수리로 해결될 성싶지 않은 흉가였다. 새로 집을 지을 빈 터는 많았으나 부지를 매입하거나 건축업체를 선정하는 등의 과정을 추가할 시간적 금전적 여유가 없었다.

그래서 선택된 곳이, 근무지에서 차로 십오 분 거리만큼 더 안쪽으로 들어온 곳에 자리한 이 집이었다. 업자의 설명에 의하면 삼 년째 비어 있으나 산골 다른 집들에 비해 폐가로 방치된 기간이 짧은 편이며, 주인이 건축 당시의 자재비에도 못 미치는 수준의 가격으로 내놓은데다 가격에 비해 집 상태는 마을에서 제일 깨끗하고 튼튼한 편으로 LPG가스로 식생활과 난방을 하고 원하면 인터넷 연결도 가능한 환경이라 했다. 이 마을은 노령 인구가 대부분이어서 인터넷을 설치한 집이 많지 않은 까닭에 도시에서처럼 초고속 통신을 기대하기는 어려우나, 최근 농산물 거래에 스마트폰을 사용하는 어르신들도 계셔서 설비는 갖춰두었다는 것이다. 그 외에 두어 곳 후보가 있었으나 학교와 떨어진 거리가 대체로 비슷하다는 점, 마을 초입에서 십오 분만 걸어나가면 포도밭 앞에 작은 슈퍼가 있다는 점 등을 고려하여 지금의 집으로 정했다.

도배나 장판을 새로 바를 필요도 없이 용역업체를 섭외하여 급한 수리와 청소를 마치니 집은 생각보다는 그럴듯했으며, 인터넷 업자도 사흘 내로 방문하겠다고 확답을 주었다. LPG가스는 예약해둔 대로 휴일을 아랑곳 않고 이사 당일에 와서 설치를 마쳤고, 임신 칠 개월째인 정주의 배를 보고 힘드시겠다며 값을 깎아주었다. 시골 인심이 이런 건가보다, 정주는 첫출발부터 나쁘지 않은 느낌이 들었다. 이사와 관련된 이 모든 실무는 정주가 홀로 전투적으로 진행했다. 이완은 원치 않았던 근무지 발령으로 인해 아직까지 넋이 반쯤 나간 상태로 새 학교 사람들에게 인사를 다니는 일만으로도 고되어 보였고, 사회생활을 순조롭게 이어가는 대부분의 봉급생활자가 그러하듯이 자기가 아닌 것을 자기 안에 이식하기라도 한 것처럼 혼곤한 미소를 지어 보이며 학교와 무슨 관계인지 모를 지역 어르신들과 안면을 트는 중이었다. 그가 그런 중대한 바깥일을 수행하는 동안 정주는 퇴직으로 수입 절반이 잘려나간 만큼, 암만 해도 빛 안 나고 안 하면 대책 없는 자잘한 노동을 전담해서 이완의 짐을 덜어야 한다는 강박에 시달리고 있었다.

뒷마당에 쌓인 나무판자를 비롯하여 마지막 폐기물을 업자들이 트럭에 싣고 떠난 뒤, 가구 배치와 세탁기 설치 등을 지시하느라 줄곧 서 있던 정주는 비로소 복부에서 기지개를 켜는 아기의 움직임에 반응하며 토닥거리고 기지개를 켰다. 임신한 몸으로 자주 다녀갈 여건이 안 되어 물이니 전기 같은 생활에 필수적인 수리만 최소한으로 의뢰했고 그 결과를 오늘 처음 보게 된 셈인데, 염려했던 것보다 집 상태는 양호했으며 특히 과거에 창고였던 작은 별도 건물이 마음에 들었다. 경력 단절을 피할 길 없으나 회사 시절 뚫어두었던 인맥이나마 잘 붙들어두면 아이가 조금 자란 뒤 디자인 외주를 받는 일도 꿈만은 아닐 터, 그때의 작업실로…… 그러자면 무엇보다 감각이 뒤떨어지지 않도록 평소 꾸준히 공부를…… 생각하며 고개를 돌리다가, 언젠지 모르게 마당 울타리 너머 다가온 이와 눈이 마주치는 바람에 정주는 비명을 지르며 어깨를 움츠렸다. 뱃속 아이가 무슨 일이냐는 듯 엄마의 배를 노크했다. 아무리 인가가 적은들 사람 사는 곳이니 사람이 지나간대서 놀랄 일은 아니었으므로 정주는 귀신이나 본 양 소리친 스스로가 민망해졌으나, 따지고 들자면 인기척도 없이 다가와선 수많은 주름 사이 눈이 어디 붙었는지 얼핏 분간하기 어려운 얼굴을 들이대며 빤히 이쪽을 넘겨다보고 선 백발 노부인의 잘못이었다.

누구세요.

오늘 이사오셨나.

그런데요. 누구세요.

저기 윗집이에요.

윗집이라고만 하면 어디 사시는 뉘신지 알 길이 없으나 그거야 차츰 알게 되겠지 몰라도 그만이고, 생각하면서 정주는 고개 숙여 인사했다.

집 좀 봐도 되나, 여기 사람 사는 거 너무 오랜만에 보고…… 어떻게 고쳤는지 궁금도 하고.

노부인은 여기가 원래 자기 집터라도 되는 양 이미 대문 안으로 발 하나가 들어와 있었다. 정주는 혼자만의 시간을 막 가지려던 참이었으나, 몸을 절반 밀고 들어온 사람을 단호하게 돌려보내는 일은 상대방이 잡상인 내지는 종교 권유자일 때나 시도해봄직한 것이었다. 앞으로 오며가며 마주칠 동네 어르신과 처음 만나는 자리에서 첫 부탁을 거절하는 것이 매몰차게 보일 듯싶어 정주는 모로 비켜서서 들어오시라는 몸짓을 취했다.

예 뭐, 아직 정리가 덜 되긴 했는데요, 한번 보세요.

노부인은 두리번거리다 외벽을 공연히 손으로 두드려보거나, 미처 정리되지 않은 짐들 사이로 걸어나가며 식탁과 소파를 쓸어보기도 했다. 통 고친 게 없으니 그전과 바뀐 게 없어서 공연히 살림살이를 만지작거리나 싶어, 정주는 노부인의 주의를 끌기 위해 곁에 있던 냉장고를 열었다.

뭐 마실 것 좀 드릴까요.

아니 물 실컷 마시고 나왔어요. 어디 보자 저기가 별채인가.

별채라기엔 좀 거창하고요, 창고 같은 거예요.

뭐라고?

노인분들께는 분명하고 큰 음성으로 말해야 한다는 걸, 그것도 여러 번 반복하고 때론 듣기 쉬운 말로 바꿔야 비로소 원뜻이 올바로 전달된다는 사실을 정주는 문득 떠올리고 목소리를 좀더 높였다.

별채라고 하기엔 좀 거창해요.

별채가 좀 뭐?

어, 그냥 창고예요. 가서 보시겠어요.

정주가 굽혔던 허리를 펴고 바깥을 향해 팔을 뻗어 보일 때 노부인은 비로소 정주의 상태를 알아차린 듯 그녀를 위아래로 훑어보았다.

새댁이 아기 가졌나보네, 몇 개월인가.

새댁이라기엔 결혼한 지 이미 오 년차. 이런저런 설명도 번거로워 정주는 다만 고개를 끄덕였다.

칠 개월 됐어요.

어디 보자, 배가 크고 펑퍼짐하니 아래로 처진 게 딱 고추네.

그렇게 말하며 노부인의 손길이 배를 슬쩍 건드리는 순간 정주는 이루 말하기 힘든 감정에 사로잡혔지만, 산골 어르신이니까 이해해야 한다고 마음을 다스렸다.

아직 모르죠. 주신 대로 낳아야죠.

오십 넘은 이완의 큰누나가 전화로 아기 성별을 물었을 적에는, 그게 어머님이 떠보라 시켜서 대표로 총대 멘 걸 눈치챈 이완이 앞장서서 쳐냈었다. 서울 병원에서는 의료법을 잘 지켜요. 초음파를 몇 번을 찍어도 일절 함구한다고요. 분만실 들어가기 전까지 옷 색깔 따위 묻지 말라고 딱 자르더라니까? 그리고 어느 쪽이든 간에 둘째 생각 없으니까 얘기 꺼내지 마시라고. 우린 우리 수준에서 딱 할 도리만, 기본만 하기로 했어요. 정주는 결혼생활 통틀어 그때가 이완이 제일 든든해 보였다. 그런데 돌아서고 나면, 인간의 할 도리와 기본이란 대체 누가 기준을 정해주는 건가 싶기도 했었다.

노부인이 이어서 대답했다.

대대로 조상 잘 모셨으면 고추지 뭘.

정주는 앞으로 이런 전근대적인 발화를 수시로 듣게 되리란 걸 예감하면서, 노부인의 손가락이 배에서 도무지 떨어질 생각을 않기에 별채로 나가는 척 뒤로 한 발 물러섰다.

와보세요, 창고는 창고인데 깨끗하게 썼나봐요. 장판도 깔려 있고요.

노부인은 뒤를 따라가선 창고는 보는 둥 마는 둥하며 말을 이었다.

나 얼마 전 읍내까지 나가 신문에서 봤는데, 요즘 젊은 여자들이 그렇게들 애를 안 낳는다며. 아주 못돼가지고들. 새댁은 애를 갖다니 정말 장하네.

예, 고맙습니다.

이런 어르신에게 '여자들이' 애를 안 낳는다는 사고방식부터 바뀌어야 아이들이 태어날 거라는 발상의 전환을 촉구하거나, '다들 먹고살기 힘들어서요' 같은 최소한의 이유를 첨언해보았자 좋을 일은 없다는 걸 정주는 익히 알고 있었다. 이들은 대체로 몇몇 신문에서 불러주는 대로 그것을 진실이라 믿으며 살아가는 한편, 사람의 출산을 발목에 감기는 기름진 흙이나 젖과 꿀이 흐르는 영토에서의 추수 같은 일련의 풍요와 긴밀히 관련짓는 구시대적 관념을 갖고 있었다. 그건 세상을 향한 통로가 마땅치 않아서일 것이며 그걸 탓할 수는 없었다.

그리고 내 또 신문에서 봤는데, 일본 무슨 마을인가 통째로 없어질 뻔했다가 조금씩 인구 늘어나서 잘살게 된 거 보여주면서. 그걸 아주 멋진 말로 제목을 딱 달아놓았더라고. 한 아이를 키우는 데에는 온 마을이 필요하다,였던가. 그거 얼마나 좋은 말이야그래. 어미들도 세상 편하고 서로 도와가며 기르고.

예, 그런 얘기가…… 있죠.

정주는 뒤에 나올 말을 삼켰다. 어르신들의 보편적 과거 체험을, 뭐하러 이제 와 그런 사회학적인 명제로 정리하시는지…… 이런 어르신들의 세계 속 어린이들은, 차 없는 거리에서 아무런 위험에도 노출되지 않고 다방구나 땅따먹기로 왁자하게 뛰놀다 저녁연기가 피어오르면 각자의 집으로 뛰어가는 생물들이었다. 거기서 좀더 업그레이드된 세계에는 네발자전거나 축구공 같은 것이 포함되어 있을 터였다. 그리고 그 그림 같은 세계에서 어미란, 한 아이가 더 태어나면 상위에 숟가락 하나만 추가로 올려놓으면 되는 존재였다.

바깥분은 뭐하시고?

학교 선생님이라는 직업을 자랑스레 떠벌릴 일도 아니어서 정주는 대수롭지 않게 대답했다.

뭐 그냥, 아이들 가르쳐요.

이쪽에서 겸손하게 둘러대면 보통은 상대방이 알아서 의미를 캐치하고 추어올리게 마련이었다.

아 학교 선생님이신가?

예, 뭐 그렇죠.

초등학교? 중학교? 고등학교?

본인이 정규교육을 받았고 어느 정도 지적 성취를 이루었음을 드러내고 싶어하는 어르신들이 이렇게 하나하나 짚어 묻는 경우도 흔했다.

초등학교예요.

아 그렇지, 면 소재지 나가면 교차로 있는 거긴가보다.

예.

재작년까지만 해도 우리 마을에도 거기 다니는 아이 하나 살았구먼. 그애 아빠가 매일 아침 실어나르다가 애가 중학교 올라가니까 도저히 안 되겠다고 이사를 가데.

예.

일 년에 두 번 방문하던 시가에서라면, 정주는 아무리 피로하고 어색하더라도 이완 부모님의 말씀에 귀를 기울이고 살갑게 대하려 노력하는 제스처를—대화가 지나치게 일찍 끊어지지 않도록 덧붙이거나 되묻는 등의 적절한 호응을 아끼지 않았을 터였다. 정주는 이런 식으로 말할 수도 있었다. 예, 이제 막 부임해와서 그이도 저도 모르는 게 너무 많네요. 이것저것 많이 알려주세요. 예, 그랬군요, 왜 이사갔을까요? 중학교는 더 멀리 외곽에 있나보군요. 고등학교라면 전교생 기숙사 학교가 곧잘 있을 거예요…… 그러나 그러한 연속성에의 시도 없이 정주가 점점 단답식으로 무성의해지자, 노부인은 머쓱해하며 대문을 향했다.

젊은 새댁이 이사해서 힘든가보구먼. 몸도 무거운데 이제 쉬어요.

예, 와주셔서 고맙습니다. 정리 좀 되고 다음에 날 잡아서…… 남편더러 인사 다니라고 할게요.

어이구, 인사야 새댁이 돌면 되지.

몸이 이래서요.

정주는 집과 관련된 자지레한 일들이 당연히 아내 몫이라고 여기는 어르신과 말을 길게 섞을 여력이 없었다. 이완에게 읍내 어디를 헤매든 알아서 오늘내일 사이로 이사 떡을 맞춰오라는 문자를 보내야겠다고 생각했다.

이완은 아직 돌아오지 않았다.

노부인이 떠난 뒤, 정주는 전화기에 뜨는 안테나 개수를 가능한 한 늘리려 팔을 뻗어보다가 포기하고 나머지 청소를 하느라 문자 보내는 것을 잊었으며, 이완은 그날 교감과 교사들이 따라주는 대로 환영주를 마시고 자정이 되어서야 동료 교사인지 누군지 모를 이의 차를 얻어 타고 돌아왔다. 뭐라도 이벤트를 꾸준히 만들어야 활기를 띠고 돌아가는 소규모 지역사회에서, 일종의 신고식 비슷하게 이런 일은 앞으로도 자주 있을 터였으므로 정주는 놀라지 않았다. 이튿날은 공휴일로 오래도록 깨어나지 않았고, 정주는 잠든 이완의 등을 한번 내려다보곤 전날 정리가 덜 된 자리들을 쓸고 닦았다. 떡은 인터넷 지도를 검색하여 가장 가까운 곳에 전화 주문하면 배달해줄 터였다. 인터넷 설치기사는 모레나 되어야 올 터였고, 스마트폰 데이터를 조회해보니 이달치 제공 용량은 거의 바닥나 있었다.

한낮이 지나서야 눈을 뜬 이완은 교감이 마을 공공사업 문제로 보자고 했다며 차키를 집어들었다. 학교에 두고 온 차를 가지러 겸사겸사 나가긴 해야 했다. 그럼 학교까지는 무얼 타고 갈 건지, 큰길로 나가더라도 택시가 잡힐 만한 곳이 아닌데, 콜을 하면 이 구석까지 정말 와줄까, 그보다 공공사업은 지역 주민센터 소관이 아닌가, 왜 초등학교 교사를, 교육 연계 사업이라는 뜻인가, 그렇다고 공휴일까지, 안 그래도 지금은 전국 봄방학 기간이며 신학기 맞춰 출근해도 그만인 걸 인사차 먼저 들렀을 뿐인데…… 정주는 물어보고 싶은 것이 많았으나 이완의 속눈썹에 매달린 피로와 긴장을 보고 말을 삼켰다. 작은 마을에는 늘 인구가 부족하고 고등교육을 받은 실무자가 도시에 비해 아무래도 좀 적은 편이라 네 일 내 일 서로 구별들 없는 경우도 있고 힘든 것만 골라다 아마 젊은 사람한테 떠맡기는 경향이 좀 있을 텐데 가서 처신 잘하게, 무조건 비위 맞춰주지 말고 자를 거 확실히 자르고…… 뭐 말처럼 쉽진 않겠지만 처음에 자기 입장을 정하는 게 유리하다네, 끌려다니며 살 건지 여부는. 정주 아버지가 이완에게 전화로 건넨 말이었다. 그 무렵 정주는 황망한 상황에 유산기까지 있어서 이사를 내려오기 전에 친정과 전체 가족 모임 내지는 식사 자리를 정식으로 가질 틈이 없었으므로 인사도 거의 전화로 간단 통보했으며, 이완 역시 장인의 충고를 듣는 둥 마는 둥 예예 하기만 했었다. 비행기를 두 번 갈아타는 외국으로 생이별도 아니고, 명절마다 올라와서 볼 테며, 무엇보다 시한부 근무니까.

이완은 그날 늦도록 돌아오지 않았다.

마을의 범주가 어디까지인지 정주는 알 수 없었다. 주위 백 미터 안팎으로는 네 가구뿐이었고, 그중 한 곳이 이사 당일 만난 노부인—김 할머니의 집이었다. 집에서 걸어내려가 마을 초입부터 또 십오 분을 걸어야 닿는 포도밭 앞 미니슈퍼까지 확장해도 집은 스무 채 남짓이었다. 맞춤떡이 남아 산 아래 집들까지 돌렸다. 들르는 집마다 처음에는 젊은 여성의 둥그런 배에 주목했고 다음으로 그녀 입에서 나오는 표준어에 데면데면했다가, 정주네 부부가 농사지으러 완전 귀촌한 게 아니라는 사실을 알자 반색하며 좀 앉았다 가라고 권했다. 교육자라니 대단하셔라. 지식 노동이 교환 가능한 가치로 간주되고 교사는 스스로를 교육 노동자로 정의하며 학부모는 교사를 서비스직 정도로 여기는 게 보통인데, 아직도 이곳 어르신들은 인사치레에 불과하더라도 스승이라는 존재에 절대 의미를 부여했다. 정주는 자신들의 정보를 물어오는 이들에게 적절한 어깻짓과 말로 겸손을 표하며 자랑스러움이 묻어나는 미소를 짓지 않는 데 신경썼다. 집집마다 밭일을 마치고 해 떨어지기 전에 들어온 장년층 부부가 수정과나 식혜, 과일을 내오며 정주더러 장하다고 칭찬에서 덕담까지 한마디씩 건넸는데 그 천편일률적인 내용에 정주 입가의 미소에는 미세한 경련의 기미가 묻어나왔다. 서울 아가씨가 남편 믿고 이렇게 촌구석까지 오다니, 아이를 배다니. 요즘 이런 젊은 여자가 어디 있담, 대견도 해라. 처음 김 할머니네 집을 포함한 네댓 집에서 같은 이야기를 듣고 다과를 얻어 마시다가, 나중에는 다른 집에도 인사를 드리러 가봐야겠다는 구실로 정주는 몸을 일으켰다. 그럴 때마다 노인들은 행여 임부가 어디 걸려 넘어지기라도 할까 먼저 슬리퍼를 꿰고 나서서 문을 열어주고 앞을 살펴주었다. 어느 노인 할 것 없이 자기들 딸이나 며느리라도 되는 듯 어깨를 쓸어내리고 등을 두드렸으며, 정주는 어깨를 살짝 움츠리면서 상대가 내민 손이 민망하지 않을 만큼의 거리를 가능한 한 유지했다.

포도밭 미니슈퍼에는 이틀째 찾아갔다가 허탕을 쳤다. 슈퍼 옆에는 푸른 트럭이 주차되어 있었고 굳게 잠긴 미닫이문의 간유리 너머로 과자나 녹차, 휴지류가 정상적으로 배열된 모습이 비쳤으므로 영업을 하기는 하는 모양이었는데 그것이 언제인지는 알 수 없었다. 오늘은 떡을 냉동실에 넣어두고 내일까지도 사람이 없으면 그만 포기하자 싶은데 마침 트랙터를 몰고 돌아오던 박 노인이 가게를 기웃거리는 정주를 불렀다. 애기엄마, 뭐 사시게? 살 거 아니고요. 정주는 은박지에 싼 떡을 들어올리며 미소 지었다. 그 집은 뒤로 한 바퀴 뺑 돌아가서 사람 불러야 나와. 가서 문 뚜디려봐, 있을걸. 박 노인이 떠나고 정주는 가게 뒤편에 붙어 있는 것이 물건 보관 창고나 폐쇄 구조물 아닌 거주 공간이라는 사실에 작은 충격을 받으며 다가갔다. 계세요…… 계세요. 부르면서 보니 엉성하게 닫힌 문틈으로 가로질린 빗장의 일부가 보였다. 어둠 속에서 불쑥 튀어나온 손가락 하나가 그 빗장을 걷어올리고 문을 열었다. 그때 뱃속에서 울려오는 아이의 딸꾹질이 입으로 튀어나올 것처럼 정주의 명치를 흔들었다. 이사 오기 전까지 정주는 일하면서 세상천지 개성 강한 사람들을 두루 상대했고, 외모로 사람을 판단해선 안 된다는 걸 비롯한 최소한의 윤리를 장착하고 있었으며, 이 순간 자신이 가게 주인을 보고 입이 다물어지지 않은 까닭은, 그의 바싹 깎은 머리에 눈매랑 몸과 옷차림까지 지나치게 전형적이어서가 아니라 믿고 싶었다. 사실 그는 십오 년 전 극장가에 창궐하던 조폭영화에서 오 분도 등장하지 않아 기억에 남을 일 없는 '스쳐지나가며 각목을 휘두르는 똘마니 4'를 오려낸 것처럼 보였고, 한쪽 눈두덩 바로 아래 오 센티미터가량 꿰맨 자국은, 조직이 와해되어 이 고적한 마을에 은신하며 언젠가 올 날을 위해 절치부심하거나 반대로 손을 씻고 살아간다는 인생 요약본을 배경으로 담고 있을 법했다. 정주는 첫인상이 예단의 문고리를 틀어쥐는 것을 경계하며 한 발짝 뒤로 공손히 물러났다. 어디까지나 생김새가 그렇다뿐 그녀가 놀란 진짜 까닭은 그저 이 마을에서, 가스 배달원이나 인터넷 설치 기사 같은 방문객들을 제외하곤 처음으로 노인에 조금도 가깝지 않은 사람을 만났다는 낯섦일 터였다…… 정주는 마을에 미니슈퍼가 있음을 다행으로 여겼으나, 웬만큼 급한 물건이 아니라면 미뤘다가 한 번에 몰아 시내로 나가든지 그때그때 이완의 퇴근길에 부탁하는 게 역시 낫겠다는 결론을 마음속으로 내리며 은박지에 싼 수수팥떡을 내밀었다. 슈퍼 주인은 새매 같은 눈으로 떡과 정주를 번갈아 바라보다 그녀가 저기 위쪽, 이사를…… 앞으로 잘…… 우물쭈물하는 말을 끝까지 듣지 않고 떡을 받아들었다.

이걸로 마지막이라고 생각되는 마을 사람과 인사하는 데 성공한 그날, 마을에 젊은 사람이 다 있었어, 그런데 조직원같이 생겼어…… 같은 얘기를 들려주고 싶은 상대인 이완은 늦게까지 돌아오지 않았다.

한 대 있는 경차는 이완의 출퇴근에 주로 썼다. 정주도 가끔 산부인과 진료일이나 마트에 장을 보러 시내로 나가기 위해 차가 필요했고, 그럴 때면 그녀가 아침에 이완을 차로 학교까지 실어다준 뒤 하교에 맞춰 데리러 갔다. 그러나 이완은 사전 연락 없이 퇴근이 늦을 때가 잦았고, 정주는 학교 밖에 정차 상태로 우두커니 기다리곤 했다. 그러다가 교장 교감부터 동료 교사들을 한꺼번에 마주친 날도 있었다. 꽃씨 증정 및 심기 사업 관련 회의가 거의 마무리되어간대서 기다린 지 삼십 분쯤 지났을 때 정주는 읽을 책이라도 가져올걸 그랬지, 멍하니 휴대전화나 들여다보다니…… 자신의 선택을 후회하는 참이었는데, 이완이 차창을 똑똑 두드리곤 어서 내려보라고 손짓하는 대로 차 문을 열었다가, 궁금증 어린 눈들로 환영하는 교사 무리 앞에 모습을 드러내게 되었다. 허리와 배가 무거웠으므로 고개를 옆으로 기울여 보이는 인사였지만 정주는 그 자리에서 도망치고 싶은 충동으로 펄떡거리는 심장을 진정시키고 최선을 다해 얼굴에 미소를 띠었다. 눈앞에 지급된 현실의 사포로 마음에 일어난 불쾌의 거스러미를 갈아내고, 부족한 남편을 잘 부탁드린다 했다. 별말씀을 다, 얼마나 솔선해서 일처리를 빠릿하게 하시는지 의지가 많이 되고 저희가 도리어 힘을 받는다는 교감의 인사치레에도 감사로 호응했다. 그리고 집에 돌아와서는 이완과 다투었다. 정주는 그런 경우를 예상치 못하여 화장기 없는 푸석하고 살찐 얼굴을 남편 직장 동료들에게 보인 데 대한 수치심을 토로했으며, 이완은 부인인데 뭐 어떠냐, 아무도 당신 얼굴 같은 건 신경쓰지 않으며 사람들이 빤히 둘러서 있는데 아내 소개를 생략하고 안면몰수한 채 돌아와버릴 수 있겠느냐는 입장이었다. 그의 말은 일리 있었지만 정주는 감지 못한 머리를 질끈 묶고 나온 자신의 얼굴과, 질 초음파 검사대에 올라가 다리를 벌리기 용이하도록 펑퍼짐하고 후줄근한 홈드레스 쪼가리를 걸치고 나왔을 뿐인 자신의 불어난 몸집이, 무엇보다 그전과 달리 일하지 않고 있는 자신의 모습이 총체적으로 마음에 들지 않았고, 그런 꼴을 처음 만나는 타인들에게 아무런 방어도 못하고 드러냈다는 사실 자체가 동물원 원숭이가 된 느낌이라 불쾌할 뿐인데 이는 어느 정도 느낌의 문제만이 아니라 사실에 가깝다고 주장했다. 그들 중 절반 이상이 정주의 얼굴을 보자 약간 흠칫하는 기색을 감추지 못했을뿐더러 시선을 배에 두는 쪽이 차라리 편하다는 듯 눈을 내리깔았던 것이다. 어째서 사람들은 사전 약속도 없는 상태에서 타인의 부인이 바로 근처에 와 있다는 이유만으로 그리 쉽게 인사를 하러 오는—정확히는 받으려 드는—것인지, 이쪽이 전혀 준비되지 않은 상태에서 임신으로 인해 기미가 끼고 피부 트러블이 덕지덕지 앉은 채 눈썹도 반만 있는 얼굴을 단지 신분 및 소속 증명—이 사람은 제 아내이며 저를 픽업하러 왔습니다, 집에 차가 한 대뿐이라서요—을 위해 보이라는 것은 일종의 폭력이 아닌지, 나는 당신의 소유물 아닌 인간인데 어째서 그런 기분을 느껴야 하는지, 결국 그들은 인사를 빌미로 신임 교사의 아내에 대한 품평을 하고자 몰려온 게 아닌지, 입 밖으로 대놓고 별점을 매기지는 않더라도 이 산골까지 남편 하나 믿고 따라 내려온 아내가 어떤 여자인가 최소한 스캔하려던 게 아닌지. 정주는 원래 예정이 초음파 사진 결과부터 보여주는 것이었는데, 자신이 고작 오 분을 넘지 않은 인사 때문에 세상 모든 것에 시비를 걸고 싶어졌다는 걸 알았으나 한번 여울지기 시작한 생각은 바닥에 퍼진 물처럼 테두리를 잃고 확산되었다. 그런 상태에서는 이완이 남들 눈 필요 없고 제 눈에는 괜찮으니 걱정 말라든지, 출산 후 부기가 빠지고 나면 금방 좋아질 거라든지 그 비슷한 어떤 말을 해보았자 소용없었다. 껍질에 불과한 얼굴 운운하며 내면을 찾는 거야말로 이 순간에는 세상에서 제일 무용한 소리였다. 하여 그날은 본질에서 벗어나 경차를 한 대 더 사겠다느니 세워둘 데가 없다느니 하는 실랑이로 튀었다가, 차를 두고 간 날 퇴근 시각이 불투명해지면 가능한 한 택시나 카풀을 이용하여 귀가하겠다는 이완의 대답으로 얼버무려졌다.

그다음날 이완은 늦도록 돌아오지 않았다.

김 할머니를 비롯한 이웃들은 사흘이 멀다 하고 직접 만든 음식이나 재배한 채소를 들고 찾아왔다. 새댁, 우리 하우스에서 딴 건데 좀 먹어봐. 생긴 게 이래서 어디다 못 파는 게 하나 가득일세. 한두 봉지가 아닌 한 궤짝으로 핸드카트에 끌고 오는 게 보통이라 정주는 저희도 둘밖에 안 살아요, 기겁하며 사양했으나 이웃들은 이대로 둬봤자 집에서도 상할 뿐이라며 굳이 상자를 부려놓았다. 물건만 내려놓고 바삐 돌아서는 이들도 있었지만 대부분은 집안을 기웃거리며 살림이나 뱃속 아이에 대해 참견하는가 하면, 간혹 정주와 이완 부부의 출신지 및 떠나온 곳에 대해 캐기도 했다. 정주가 아무리 요령 좋게 둘러대거나 화제를 전환한들 찾아온 이들에게 음료수 한잔 내오지 않을 도리는 없었고, 노인들은 단 십여 분을 머물다 가더라도 당신들이 듣고 싶은 것만 쏙쏙 뽑아가는 신이한 귀를 지니고 있었다. 이완이 아이들 다툼에서 비롯된 학부모 간 분쟁을 중재하다가 오히려 학폭위에 불려가 교감과 한바탕했다든지 학년부장과 주먹다짐이 오갈 뻔했다든지, 결국 혼자서 경위서 작성을 덤터기 썼다든지 일련의 사정을 누구에게도 털어놓아서 좋을 일 없었으므로—시골에서는 그런 얘기 입도 뻥긋하는 거 아니란다, 한마디라도 밖으로 냈다간 굽이치는 길목마다 얘기가 와전되어 네 서방은 어느새 학부모와 바람나서 쫓겨온 걸로 둔갑해 있을 거란다…… 떠나오기 전 모친이 건넨 당부였다—정주는 남편을 향한 타인들의 호기심을 자기한테로 돌리는 데에 주력했다. 서울에서요? 저는 디자인 일을 했어요. 디진? 뭘 뒤지나? 디, 자, 이, 너, 였어요. 아, 디자이너가 그, 집에 이런 거 옷에 저런 거 꾸미고 만들고 붙이고 하는 일이지? 여기서 광고나 각종 산업용 패키지 디자이너라고 했다간 설명도 어렵고 얘기가 길어지므로 그 비슷한 거예요,라고 말하며 정주는 웃어 보였다. 좋은 일 하시다가 남편 따라 이런 산골에 왔어그래, 적적해 어째. 우리 밭일 하루종일 해도 늦어야 네댓시면 다 집에들 와 있거든, 아무 때나 사양 말고 놀러와요. 이때쯤 정주는 몸을 일으키며 대화 종료의 신호를 보냈다. 고맙습니다, 제가 지금부터 산후조리원을 알아보러 시내로 나가야 해서요…… 조리를 해? 벌써? 몸도 안 풀고? 그게 아니라 예약을 해두어야죠. 산후조리원이 뭐하는 곳인지는 알지만 그걸 선금 걸고 예약까지 한다는 데에 노인들은 혀를 내둘렀다. 개중에는 가뜩이나 계집들이 애를 안 낳아 나라가 망한다는 데 실상은 조리원에 줄까지 서야 들어갈 수 있다니 당최 누구 말이 맞냐고 되묻는 이도 있었다. 거기에 더하여 옛날에는 여자들이 일하다 밭고랑에 주저앉아 낫으로 탯줄을 끊었다느니, 집에서 돌보는 게 당연한 것을 무슨 애 놓는데 호텔씩이나 잡아 들어가느냐든지, 한 사나흘 자리보전하며 미역국 먹고 나면 으레 다시 밭일하러 애를 업고 나오는 법이라는 19세기 레퍼토리가 한 치도 기대에 어긋나지 않고 돌림노래처럼 흘러나왔으며, 남편이 피땀 흘려 벌어다준 돈을 장사치들 아가리에 쏟아부어 되겠냐는 대목에서 정주는 더이상 참지 않고 먼저 가방을 챙기거나 겉옷을 꿰는 등 부산을 떨면서 이제 정말 시간이 없어서 나가보아야겠는데요, 했다. 그러면 방문객들은 암만 봐도 집에서 살림 돌보는 게 전부인 여자가 어째서 시계를 수시로 들여다보며 종종거리는지 이해할 수 없다는 듯한 표정으로 앉은 자리를 털었다.

그렇게 시내에 다녀와서는 각종 파과 상자와 뿌리에 흙이 고스란히 묻은 나물 한 소쿠리를 내려다보며 한숨짓게 마련이었다. 정주는 회사를 다니는 동안 천연 비료로 재배한 유기농 채소는 물론 세척 손질 전의 흙당근이나 껍질을 벗기기 전의 양파나 마늘도 사본 적 없었다. 요리라곤 신혼 초 몇 차례 집들이 때 레시피가 동봉된 반조리 파티 음식을 맞추어서 굽거나 끓이거나 꽂은 게 다였다. 그뒤로는 철저히 쌀만 안 쳤으며 양가에서 보내온 반찬도 정주의 야근이 잦다보니 이완 혼자선 소비가 느렸다. 이제 냉장고에는 더이상 자리가 없었고, 과일은 빠르게 변질할 터였는데, 그 와중에 삼 년 전 귀농한 동창이 집에서 가꾼 농산물을 한 상자 부쳐주었다. 이사하고 환경이 급변한데다 임신으로 정신없을 줄 아니 고작 한 시간 밖 거리에서 직접 차를 몰고 들르려다 마음만 보낸다는 사려 깊고 다정한 메모가 색색의 피망 사이에 꽂혀 있었다. 그 호의에 미소 짓다가도 정주는, 낭비하는 과일이 없도록 갈아서 얼리거나 잼으로 끓이는 한편 흐르는 물로 흙덩어리를 씻어낸 나물을 데치고 무치는 일들 위주로 재편되는 자신의 삶을 인정하고 싶지 않았다.

이완은 아직 돌아오지 않았다.

극구 마다했으나 그전 회사 동료들과 친구들의 성의를 거절하지 못하고 정주가 주소를 불러준 뒤 이틀에 한 번꼴로 출산 준비 선물이 배달되었다. 한날한시에 도착하는 게 아니라 어느 날은 아기 이불, 이튿날은 수유 쿠션, 강화유리 젖병 세트, 전동유축기, 젖병 살균소독기, 배냇저고리, 우주복, 아직 아이가 태어나지도 않았는데 성급하게 흑백 모빌 세트, 헝겊 딸랑이, 업체 대여로 잠깐 쓰고 반납하면 되는 걸로 여겼던 원목 아기 침대, 칠 개월 넘은 아기에게나 필요할 보행기를 보낸 동료도 있었다. 대부분 아이를 먼저 낳고 키워서 이제 처분하려던 것을, 집에 오래도록 두기도 비좁고 이참에 청소 겸해서 정주에게 보낸 것이다. 언제가 됐든 어차피 있으면 좋은 품목들이었으므로 정주는 발송인들에게 일일이 연락하여 고마움을 표하는 한편, 거저 받기엔 비싼 물건들이라 중고 시세대로 대금을 치르는 게 마음이 편하니 계좌번호를 찍어달라 했다. 언젠가 작업방으로 쓰고 싶었던 창고에 출산 물품이 쌓이는 걸 보면서 정주는 가능한 한 미니멀하게 살고 싶었던 소망을 아이의 탄생과 함께 접을 수밖에 없음을 알았다. 그러던 중 모친이 오가닉 뭐라나 하고 끓어 보내온 순면 기저귀 일습은 화살을 돌리기에 그나마 만만한 대상이었다. 마침 그것을 배달한 지역 담당 택배 기사는 나흘 연속으로 똑같은 고객과 얼굴을 마주치자, 이 동네에선 사모님 말고는 아무도 이렇게 물건 시키는 분이 안 계셔서요, 보시다시피 여기 트럭 드나들기도 길이 애매한데 덕분에 자주 오게 되네요—라는, 비난인지 감사인지 모를 인사와 함께 정주가 건넨 캔 음료를 받아들고 의미심장한 웃음을 지어 보인 뒤 떠난 참이었다. 나 그냥 처음부터 일회용 쓴다고 했잖아요, 어쩌자고 내가 감당도 못할 걸 보내셨어요? 전화 너머에서 들려오는 모친의 혀 차는 소리—첫아이한테 고작 그만한 정성도 못 들여서 어미 노릇을 어떻게 하느냐부터, 옛날엔 일일이 기저귀를 대야에 담그고 빨래해서 쓰느라 손목이 죄나가는 게 당연했다는 사실과, 요즘은 세탁기에 삶기 기능도 있는데 뭐가 걱정이냐는 반문에, 아이가 어릴 동안은 공기 좋은 데서 지낼 텐데 형광증백제가 잔뜩 묻은 종이쪼가리를 쓰면 말짱 헛거 아니냐까지, 정주는 한 귀로 듣고 흘리다가 신경질을 부리곤 전화를 끊어버렸다. 십 분 뒤 도착한 모친의 문자는 '정 거추장스러우면 행주로 쓰다가 나중에 걸레로 쓰든지, 세상에서 제일 비싼 걸레가 되겠네'였다.

문득 대문 밖에서 윤 할머니와 김 할머니가 기웃거리는 모습이 건너다보여 정주는 마당으로 내려섰다. 그들은 왜 서로 다른 얼굴의 젊은 남자들이 낮 동안 새댁 혼자 있는 집에 드나드는지를 궁금해했고, 택배 기사라는 걸 알게 되자 집에서 얌전히 출산을 준비하고 있어야 할 여자가 남편이 번 돈으로 무슨 물건을 그렇게 많이 사들이는지 호기심을 드러냈다. 제가 산 것은 아무것도 없어요. 다 태어날 아기에게 친구들이 보내는 선물이라고요. 그들이 정주의 목소리에 묻어나오는 날카로움을 알아채고 각자의 집으로 돌아갔기 때문에 저는 새댁이 아니라든지, 설령 남편의 돈으로 샀던들 무슨 상관이며 그것이 자신의 권리라는 부연을 정주는 덧붙이지 못했다.

이완은 아직 돌아오지 않았다.

정주는 그저 커피를 간절히 마시고 싶었을 뿐이고, 마침

원두 봉지는 물론 백 개 들이 믹스커피 통마저 바닥을 드러냈으며, 그날은 이완이 차를 끌고 출근했는데 무슨 학년 행사인지 마을 벽화 프로젝트 준비로 늦는다는 문자가 왔을 뿐이었다. 이제 정주는 그가 무슨 행사를 진행하는지 궁금하지 않았고 들어도 그 의의를 자신이 이해하지 못하리란 걸 알았으며 그저 친정아버지가 우려 삼아 했던 얘기가 현실이 됐을 뿐이라 여겼다. 그래도 사 년……을 습관적 기도처럼 외며 정주는 몸을 일으켰다. 로스팅 원두를 미리 주문하는 걸 깜박했다. 아니 떨어질 때가 된 걸 알았는데 주문하기를 꺼리고 미루었다. 집에 택배 기사고 누구고 한 번이라도 덜 오는 게 나았다.

평소 걸음이라면 십오 분이지만 막달에 접어든 무거운 몸으로 정주는 내리막길을 이십여 분 걸어 포도밭에 이르렀다. 미니슈퍼는 불이 켜져 있었고 미닫이가 살짝 열려 있었으며 주인 최씨가 거의 아무도 찾지 않을 카운터에 앉아 있기까지 했다. 마침 직전에 손님이 다녀가기라도 한 모양이었다. 정주는 최씨의 눈과 마주치지 않으려는 듯 고개를 숙이며—그의 눈 밑 상처에 눈길을 주지 않으면서 가게에 들어섰다. 미니슈퍼의 주인을 최씨라 부른다는 것도 인사 다니는 동안 마을 어른들이 뒷공론 비슷이 알려준 것이며, 빵에 들어갔다 나왔다느니 양팔인지 등판인지의 문신 때문에 반소매 흰옷 입은 걸 못 봤다느니 눈 아래 상처는 ○○○파 시절 조폭끼리 벌인 로터리 난동의 칼자국이라든지 같은 출처 불분명의 이야기들이 발효되어가는 포도처럼 시큼한 냄새를 풍겼었다. 가게 안은 주전자의 물 끓는 소리와, 라디오를 틀어두었는지 바이올린과 피아노의 온화한 협주곡이 흘러나오고 있었다. 93.1메가헤르츠라니, 정주의 온 근육에 배어 있던 긴장이 풀려나갔다. 눈앞에서 칼부림이라도 나지 않는 이상 사실 여부를 확인하게 될 일은 없을 터였다.

어차피 주말에 차 몰고 마트 가면 되니까 그때까지만 버틸 요량으로 스무 개 들이 믹스커피 통을 만지작거렸다. 그러다 손가락은 곧 오십 개 들이 상자로 옮겨갔고 마지막에 집어올린 것은 백 개 들이 봉투였다. '11000'이라고 적힌 견출지가 봉투에 붙어 있었다. 똑같은 걸 마트 가서 사면 구천오백원이며 인쇄된 유통기한이 거의 지워져 얼마나 오래된 물건일지 짐작가지 않았고 막상 개봉하면 눅눅한 커피크림 냄새로 입맛을 오히려 버려놓을지도 몰랐지만, 정주는 카운터에 커피를 올려놓고 지갑을 열었다. 어쨌든 지금 당장 커피에 갈급증이 들렸고 마트는커녕 집까지 도로 걸어올라갈 길만도 까마득했다.

본인이 드시는 겁니까.

예?

낼 돈은 이미 냈고 봉투만 집어 나서려던 정주는 적묵의 세계에 돌연 금을 긋는 목소리를 듣고 움찔했다. 이완의 미성과는 사뭇 다른 저음으로, 돌바닥에 쓸리는 듯 거친 질감을 지닌 목소리였다. 자기도 모르게 고개를 들자 눈 밑 꿰맨 자리가 코앞에 들어왔다. 고작 오 센티미터에 불과한 상처가 그의 표정을 장악하고 있었다. 그 상처는 본래의 피부인 척하며 비슷한 색깔을 유지하고 피부에 밀착되어 있지만 완전히 그 자리에 융화되기를 거부하는 듯 선명한 몇 땀의 바늘자리와 함께 볼록 튀어나온 모습을 하고 있었다. 살갗의 불순물. 얼굴 위의 이물질.

마실 수 있어요. 사 개월만 지나도 안정기에 접어들어서 하루 두 잔, 그것도 꺼림칙하면 한 잔까지는 괜찮아요. 그전엔 최소 다섯 잔을 입에 달고 살았다고요, 이런 거 말고 새까만 걸로, 에스프레소, 아메리카노, 더치. 정말 아무 상관없어요. 의사도 별말 안 했다고요.

엄마 될 사람이 무슨 커피야 애한테 해롭게 웬 커피, 같은 소리를 삼시세끼 인사처럼 건네며 커피를 술 담배와 동일선상의 유해물질로 간주하며 핀잔주던 어르신들을 떠올리며 정주는 지레 쏘아댔다. 물 끓는 소리가 방해되어 자기도 모르게 목소리를 한껏 높여 소리쳤는데, 말을 마치기도 전에 전기포트 작동이 멎었으므로 가게 안에는 고즈넉하다 못해 비현실적인 바이올린 선율만이 어색한 공기를 밀어내고 있었으며 정주는 제가 뱉은 마지막 어절이 열없어졌다. 아니 그러니까 믹스도 먹긴 먹는데, 그렇다고 믹스가 필요 없는 건 아니지만, 카페인 부족으로 말미암아 조리 있게 나오지 않는다고 느끼며 정주는 이제 빨리 돌아가서 물을 끓이고 싶었다.

원래 취향이 그러시면.

최씨가 허리를 숙였다가 꺼내 들어 보인 것은 김이 올라오는 커피메이커 서버였다.

마침 다 내려와서요.

회사 근처에 즐비한 테이크아웃 전문점에는 댈 수 없는 소박하고 어설픈 향기를 들이마시는 순간 정주는 별다른 고민 없이 진열대 앞 미니 식탁 의자를 끌어다 앉았다. 커피를 마신 시간은 다 해야 이십 분을 넘기지 않았고, 최씨와 마주앉아 오고간 얘기는 네댓 마디에 불과했다.

시루떡 잘 먹었습니다.

예, 별말씀을요. 전 또 뭐라고, 한참 전의 일인걸요. 커피 맛있네요.

천천히 드세요.

……원래 여기 분 아니시죠? 아닌 것 같아요.

뭐 피차 마찬가지일 듯합니다.

그렇죠, 저도요. 그런데 이렇게 조용한 데서 잘 지내지세요?

잘 지내는 게 뭔지에 따라 다르겠지요.

아마 최씨는 그저 지내기만 하면 됩니다, 같은 말을 뒤이어 붙였을 테지만 정주는 클래식 연주의 잔향과 커피에 취하여 그다지 귀담아 듣지 않고 있었다. 그가 구 조직원의 잔당이든 등판에 문신이 있든 이 자리에서 웃통을 까고 보여줄 게 아니라면 상관없었고, 밀랍으로 봉한 봉투를 뜯어 열듯이 그에게서 뭔가 끌어내고 싶은 이야기는 없었다. 상대방이 먼저 입을 열고 싶어 어쩔 줄 몰라하는 눈치가 엿보인다면 적당히 추임새라도 넣어주었겠지만, 정주는 어차피 오랫동안 알고 지낼 사람이 아닌 다음에야 그의 눈 밑 상처의 배경에 훅 불면 흩날릴 관심을 갖고 싶지 않았다. 그것이 타인에 대한 최대한의 예의라 믿었고, 김 할머니를 비롯한 동네 어르신들을 그동안 보아오면서 깨달은, 타인에 대한 가장 바람직한 자세였다.

남편과 함께 밭일을 마치고 돌아오던 윤 할머니가 길가 건너편에서 이쪽을 유심히 들여다보는 시선을, 정주는 알아차리지 못했다.

이완은 그날 예상보다 일찍 지역사회의 회합이 종료되어 아홉시 전에 들어왔다.

……깡패 새끼라더라. 가까이 가지 말라더라. 넌 어떻게 된 게 밖에 하루종일 나가 있는 내가 그런 소리를 듣게 만드냐? 출산 전 마지막 진료여서 월차를 내고 시내 병원으로 동행한 이완이, 돌아오는 길에 대뜸 그리 말했다. 빗물이 점점 빠른 리듬을 갖고 제 몸을 부딪쳐오는 차창 밖을 내다보던 정주는 무슨 뜬금없는 소린가 하다가 폭소를 터뜨렸는데, 얼

마 못 가 쓴웃음으로 바꿔더니 입가에서만 조금 나부끼다 멎었다. 가게에서 커피를 샀을 뿐이며 쉬어가는 셈치고 커피를 얻어마셨을 뿐이라는 설명이나, 최씨가 인상만 험악하고 사람들과 섞이지 못하는 것처럼 보일 뿐 깡패 여부는 확정되지 않았다는 변호 또한 나오지 않았다. 해명을 해야 하나 싶은 상황 자체가 모욕이었고, 이완의 입에서 나오는 것이 아내 신변에 대한 염려가 아니라 마을 사람들 보기 민망하다는 얘기였으므로, 설령 변명이나 나아가 거짓말까지 필요한 일이 발생했던들 정주는 아무 말도 하지 않을 터였으며, 해보았자 그 말들이 마찰력을 잃고 미끄러져 허공에 부서지리라는 걸 예감했다. 정주의 태도에서 못마땅함을 기미챘는지 이완은 서둘러 말을 이었다. 아니 공연히 무슨 일에 엮이기라도 하면 걱정되니까, 그런 구멍가게에 뭐 쓸 만한 물건이 있다고, 뭐든 필요하면 나한테 시켜, 들어오는 길에 사 갖고 오면 되잖아. 정주는 어디까지나 속으로만 그를 비웃으려던 참이었는데 자기도 모르게 실소와 함께 입 밖으로 흘러나왔다. 퍽이나. 이완이 핸들을 주먹으로 내리쳐서 정주는 반사적으로 배를 감쌌다. 아니 미안, 믿어, 믿는데…… 적신호에 걸리자 이완은 양손으로 제 머리를 쥐어뜯으며 핸들에 고개를 묻었다. 굳이 남들한테 그런 얘깃거리 제공할 필요 없잖아. 그래서 하는 얘기지. 이렇게 누구네 집 개 콧구멍 속까지 들여다보이는 마을만 아니라면 네가 뭘 해도 믿을 거고 찬성

인데, 네 잘못 아니고…… 그 남자가 이상하다잖아. 괜히 함께 거론되면 싫잖아. 그렇지? 설득과 강요 사이 어디쯤 자리한 말투로 이완은 혼자 결론짓고, 신호를 받자마자 앞만 보고 운전하기 시작했다. 정주의 입속에서는 밖으로 꺼내지 못한 한마디만이 올공거렸다. 이상한 사람 아닌데. 최씨가 이상한 사람이라면 마찬가지로 밖에서 온 지 두 달밖에 안 된 자신은 얼마나 이상하게 보일지 정주는 짐작해보았다. 학교 선생님이라는 명확한 신분을 지닌 이완은, 자신의 몫이 아닌 일도 마다하지 않으며 어른들에게 인사성 밝은 이완은, 헌칠하고 호감 가는 인상의 이완은 경우가 좀 달랐다. 그러나 정주는 불어난 체중으로 턱이 두 겹 잡히고 잡티 가득한 얼굴에 늘 피로가 묻어 있었으며 결정적으로 일하지 않았다. 물론 밥과 빨래와 청소를 했고 자신은 목둘레가 늘어난 임부복만 걸친 채 이완이 밖에 입고 나갈 셔츠와 바지를 다리는 한편 부족하거나 소진된 살림을 살펴 채웠으며, 서울에 돌아가서 살 집을 마련하기 위해 십원 단위까지 가계의 모난 부분을 두드려 맞추는 데 촉을 세웠다. 그러나 그중 어떤 것도 노동이 아니었다. 마을 사람들의 눈에는 그녀가 무언가를 끊임없이 사들이는 모습만 보였고, 외간남자와 한가로이 티타임을 즐기는 장면만 포착되었다. 그녀는 앞으로 자기가 이 마을에서 잘해낼 수 있을 것 같지가 않았다. 무얼 잘해낸다는 건지도 사실 애매모호하다며, 비단 이번 일 때문이 아니라 이미 그런 뉘앙스를 담은 얘기를, 두 명의 친구와 각각 통화하며 토로한 적 있었다. 그것도 집밖으로 목소리가 새어 골목길을 타고 올라갈까 저어하여 덧문까지 닫고서. 젖병 소독기를 보내준 서울 친구는 초등학생인 둘째 아이를 학원에 데리러 가는 길이라 하여 오래 전화를 붙들지는 않았으나, 정주의 고민을 듣고선 하이톤으로 웃으며 말하길, 아이고 난 네가 내려간다기에 이제 마냥 매실이랑 쌀로 술 빚어다 한 잔 여유롭게 걸치고 밤이면 풀벌레 소리 들으며 잠들겠구나 싶어 부러웠는데! 했다. 그 목소리에 악의 없이 다만 무신경한 고소함……이라기엔 그녀가 생각보다 잘 지내지 못하는 모습에 안도하는 기미가 느껴졌으므로 정주는 일찌감치 전화를 끊었었다. 채소 상자를 보내온 친구는 네가 먼저 어른들께 싹싹하게 다가가서 그들과 섞이려 노력한 적 있느냐고, 사 년 뒤에 떠난다는 생각만 하지 않았느냐고 거의 책망하듯이 물었다. 정주는 이완의 부모에게 하려 해도 결코 쉽지 않은 일을 심지어 온 마을에다 대고 자신이 먼저 노력해야 한다는 생각은 못해보았는데, 친구의 경우 정착해서 농사를 짓는다는 특수성 때문에 그래야 할 입장과 필요성이 충분히 있었으리라는 짐작이 갔으며, 마을 어른들이 정주 뱃속의 고추 여부를 두고 참견하거나 이완의 과거를 캐거나 하는 일은 정주가 싹싹하게 군다고 사라질 성싶지 않았으므로 다소 울가망하여 통화를 마쳤었다.

빗줄기가 더욱 굵어지며 점점홍의 꽃잎을 실어날라와서 차창에 붙였다. 집 골목길로 올라가기 전 내다보니 꽃잎 사이사이로, 수많은 물방울에 상이 이지러진 포도밭 미니슈퍼가 보였다. 전등이 들어와 있었고 최씨는 가게 안에 조금 들이친 빗물을 닦아내는 모양이었다.

부엌 전기를 켜고 겉옷을 벗을 때 정주는 휴대전화가 없어진 걸 알았다. 이완이 전화를 걸자 병원 옆 커피숍 알바생이 받았다. 넌 이제 막 들어왔으니까 쉬고 있어, 내가 금방 다시 다녀올게. 온 길을 고스란히 두 번 걸음하게 만든 것은 직전 그의 언행과 무관하게 미안한 일이긴 했으므로 정주는 가만히 고개만 끄덕였다. 이완은 이완대로 핸들까지 내리친 게 마음에 걸렸는지, 정신을 어디다 빼놓고 전화를 떨어뜨렸느냐는 잔소리 없이 정주의 눈치를 보다가 집을 나섰다.

가는 데 이십 분, 오는 데 이십 분. 빗줄기가 점점 세차게 내리그어 감속하리란 걸 감안하더라도 한 시간이 넘도록 이완은 돌아오지 않았다.

마을에서는 그 마을의 형태를 유지하기 위한 무슨 사업들을 때때로 벌이는지 이완에게는 학교나 면사무소로부터 휴일 호출도 종종 있었고, 이완이 오늘 모처럼 월차를 냈더라도 급한 연락을 받고 도중에 방향을 틀었을 개연성이 충분했다. 그런 일에는 웬만큼 적응되었으나 이제 두 사람의 전화는 모두 이완의 손에 있었고, 설령 그의 차바퀴가 빗길에 미끄러졌더라도 정주는 연락을 받을 길이 없었다. 심심하면 먹통이 되곤 하던 셋톱박스는 우천에 선 어디가 끊어졌는지 이젠 아예 전원이 들어오지 않았다. 집전화를 따로 놓을 생각을 왜 안 했을까. 이완이 나간 지 두 시간째에 접어들었고 텔레비전 뉴스에서는 극심한 노이즈 사이로 호우주의보가 흘러나왔다. 점심때 먹은 게 얹힌 듯 뱃속에 싹을 틔운 불안이 술렁였다. 정주는 전화를 빌리기 위해 이웃집 문을 하나하나 두드렸다. 어느 집 마당에서는 개들이 짖었고 어느 집은 대답이 없었다. 담벼락 너머를 기웃거리며 계세요, 소리쳐보았으나 우산을 때리는 빗소리만 돌아왔다. 시간상 누구든 밭에서 돌아오려면 아직 멀었고, 오늘 같은 날은 수해 대비로 더욱 늦을 터였다. 아이만 없었다면 이 정도 높이의 담은 타넘어서 남의 집 전화를 실례했을 테지만 지금은 누구든 돌아올 때까지 서성이며 기다릴 도리밖에 없었다.

그때 허벅지 사이로 더운물이 주르륵 흘렀다. 아랫도리의 근육이 모든 관성과 긴장을 잃고 활짝 열리더니 물이 콸콸 쏟아지면서 미지근하게 다리를 적셨다. 치맛단에 튀는 빗물의 차가움과 대비되어 한층 더 뜨겁게 느껴졌다. 말도 안 돼, 아무리 배가 무거워졌어도 그렇지 남의 집 대문 앞에서 대량의 실금이라니…… 아니다. 정주는 이 느낌이 뭔지 알았다. 택시, 아니 119, 그런데 전화가. 요도와 질에 힘을 주고 골목

길을 걸어내려갔다. 마음은 급한데 그 자세론 터무니없이 보폭이 좁았고 그대로 가다간 두 발목이 꼬여 내리막길을 공처럼 구르게 될 터였다. 돌풍에 뒤집힌 우산은 정주의 손끝에서 떨어져나와 갈빗대가 꺾인 채로 어디론가 날아갔다. 정주는 엉덩이에 힘을 풀고 최대한 보폭을 크게 하여 뛰다 말다 하면서 내려갔다. 펑 터져나온 물이 흐르더니 길 곳곳 웅덩이진 빗물에 섞여들어갔다.

발걸음을 떼어놓을 때마다 슬립온 안에 가득찬 빗물과 양수가 출렁거렸다. 속눈썹 끝에 알알이 매달린 빗물이 시야를 방해했으며 저절로 턱이 떨려 눈앞의 나무와 길은 위아래로 흔들렸다. 폭우가 머리꼭대기를 무겁게 적시는 한편 가랑이 사이 밀려들어간 대로 착 들러붙은 치마가 발목을 붙들었다. 미니슈퍼를 고작 삼십여 미터 남겨놓고 정주는 진흙을 밟아 미끄러졌다. 발꿈치에서 벗겨진 슬립온이 도로 한가운데로 굴러갔다. 발톱 일부가 뒤집혔다. 전화, 어떻게든 기어가서라도 전화를 써야겠는데 몸을 일으킬 수 없었고 목소리가 나오지 않았다. 눈꺼풀 안에 들어찬 빗물이 따가웠고 눈이 자꾸만 감겼다.

그때 노란 비옷 차림의 최씨가 다가와 정주의 팔을 붙들었다. 제 어깨로 물에 젖은 무거운 몸을 부축하고, 마지막엔 힘껏 들어올려 트럭 조수석에 태웠다. 정주는 트럭에 실리기 전 자신이 그의 등이나 무릎을 있는 대로 밟은 것 같았다. 그가 몸을 굽혀 안전띠를 채우곤 빙 돌아가 운전석에 올라타서 시동을 걸고 기어를 넣는 동안에도 정주는 추위에 이가 부딪치고 눈앞이 아득하여 사과가 나오지 않았다. 그저 차가 달리는 동안 눈에 고여 출렁이는 물방울 너머로 그의 희부연 옆모습만을 바라보았다. 몇 개의 과속방지턱을 넘으며 배가 흔들리지 않도록 감싸는 동안 어느새 히터가 들어왔고, 정주는 점점 감기는 눈꺼풀에 더이상 힘을 주지 않았다.

모친을 제외한 모든 이들에게 면회 사절을 걸어놓은 산후조리원의 개인실 안에서 젖을 먹이며 정주는 통화중이었다. 예, 이사님도 잘 지내시죠. 다른 게 아니고 지난번에 왜 경력 좀 있는 사람 찾으셨잖아요. 그 자리 제가 가면 안 되나 해서요. 아니 최대한 민폐는 안 끼칠 거예요. 저 아시잖아요, 할 때는 얼마나 이 악물고 하는지. 우리 뻔히 다 아는 사이에, 이사님도 지금 한창 자리잡으실 타이밍인데 그 보수로 그만한 경력자는 사실 구하기 쉽지 않은 거 아시죠. 출퇴근이나 야근 특근만 가끔 조율 좀 해주시면 서로 어떻게든…… 예, 당연히 생각할 시간 필요하시죠 그 정돈 알죠. 그러면 검토해보시고 연락주시면…… 애 운다, 또 연락드릴게요, 고맙습니다. 정주는 다 식은 미역국을 한 숟갈 뜬 뒤 입가에 묻은 기름을 혀로 훑으며 식판을 물렸다. 아이의 목을 흔들림 없이 팔에 받쳐 안고 일어나 토닥이며 쓴웃음을 흘렸다. 신출내기 평균의 팔십 퍼센트에 해당하는 급여로 십 년차 경력자를 찾는 날도둑들이 태반인 현장이었다. 그런 사람 없다고 장담하며 저라면 그 돈에 기꺼이 일하겠노라 매달렸지만, 사실 정주는 알고 있었다. 그만한 돈에 자신의 재능을 거의 반 이상 기부할 고학력자가 지천에 널리고 깔렸으며 대신 그 반작용으로 그들은 끝없이 퇴사 및 부속 교체 되리라는 것을. 이럴 때 아이를 안고 있으면 세상의 모든 근심이 물러가는…… 게 아니라 그 자리를 굳건히 지킨 채 한때 투명해지기만 했다.

정주는 시내 병원에서 눈을 뜬 뒤—그곳은 평소 다니던 여성 전문의원이 아닌 좀더 큰 종합병원이었으며, 그러고 보니 정주는 최씨에게 무슨 병원으로 가달라는 얘기도 못하고 축 늘어졌을 텐데 양수가 터진 다음의 신속 처치를 고려하면 최씨의 현명하고 순발력 있는 선택의 결과였다—신생아실로 들어간 아이의 얼굴을 창문 너머로 한번 본 다음, 마을로 돌아가지 않기로 한 결정을 이완과 모친에게 통보했다. 먼길 달려온 모친은 당장 이유를 묻지 않았으나 왠지 알조라는 듯 혀만 찼다. 이완은 말문이 막힌 채 정주를 노려보기만 했다. 장모가 있는 자리여서도 그랬지만 몸을 푼 지 얼마 안 되는 산모와 병원에서 고성이 오고가봤자 지역 좁은 바닥에서 자기 얼굴만 깎아먹는다는 최소한의 예상은 되는 것이었다. 게다가 가장 위험하고 중요한 순간에 그는 두 사람의 전화기를 모두 쥔 채로 다른 급한 일을 보러 다녀오다 때를 놓친 상황이었던 만큼, 어째서 하필 또 문제의 깡패 새끼라는 자가 정주를 이리로 실어날랐는지 그 덕에 병원에서는 동행한 그를 남편이라고 일시적으로 착각하지 않았겠는지부터 시작하여 묻고 싶은 게 분명 많을 텐데도, 거기에 토를 달지 못할 입장임을 알았던 것이다.

마을로 돌아가지 않음이 곧 이완과 결별한다는 뜻이 되지는 않았다. 서울에서 모친의 도움을 얻어 아이를 키우는 동안 이완으로부터는 당분간 생활비만 받는 쪽으로 이야기 가닥을 지을 예정이었다. 그러나 이완은 가족이란 함께 있어야 옳은 것이며, 월급만 부치는 원거리의 기러기로 살고 싶지 않다고 이미 확고하게 얘기했던 바 있었으므로 여기 선뜻 동의할지는 알 수 없었다. 고작 이 정도의 의견 불일치로 이혼이라는 결론에 도달하기엔, 결혼이 이튿날 리본과 풍선의 잔해를 청소할 일만 남아 허무해지는 아이들 파티가 아닌 칼날 같은 계약과 무거운 책임이라는 점과, 갈라섰을 때 양쪽의 리스크 또한 크다는 점을 어필할 예정이었다. 길어야 사 년만 참으면 된다고, 그때 가서 함께 생활하지 못했던 딸아이와의 서먹함은 부부가 공동으로 감당할 몫이라고 정주는 말해줄 참이었다. 그 어떤 불편도 부작용도, 정주가 원하는 시간에 원하는 장소에서 원하는 모습으로 원하는 사람과 함께 있지 못하는 것보다는 나았다. 정주는 문득 러시아워에 어깨를 부딪치거나 서로 발을 밟고 밟히는 사이였던, 다시 스쳐갈 일 없으며 형상이 떠오르지 않는 수천수만의 얼굴들이 그리워졌다. 누구도 정주를 알지 못하며 정주 또한 그들을 모르는 세계에서의 불안과, 서로에 대해 잘 안다고 믿어 의심치 않으나 실상은 아는 것이 없는 세계에서의 안식 가운데 선택을 요하는 문제에 불과했다. 환멸과 친밀은 언제라도 뒤집을 수 있는 값싼 동전의 양면이었고, 이쪽의 패를 까거나 내장을 꺼내 보이지 않은 채 타인에게서 절대적 믿음과 존경과 호감을 얻어낼 방법은 세상에 존재하지 않았다.

그때 폭우 속에서 자신을 아무런 조건 없이, 자신의 정체나 이완의 내력이나 소재에 대해 아무것도 묻지 않고 병원까지 실어다준 최씨의 얼굴이 갑자기 떠오르지 않아 정주는 의아해졌다. 마취제와 항생제를 비롯한 온갖 약을 맞아가며 아이를 낳다보면 며칠에서 몇 주간은 이미지가 철저히 또는 처절히 붕괴되고 통증이 용해된 현실은 어느새 허구에 가까워지는 등 기억의 질이 급락하는 경험을 하게 마련이라 크게 이상한 일은 아니었다. 그보다는 그녀가 한 번쯤 고개를 제대로 들어 그의 얼굴을 마주 들여다본 적이 없어서일 터였다. 그래도 이렇게 인상 자체가 떠오르지 않을 줄은 몰랐다. 마을을 떠날 정주에게 그는 오로지 눈 밑 상처만으로 남아 있는 사람이었고 그것이 왼쪽이었는지 오른쪽이었는지도 분명치 않았다.

지속되는
호의

저 혼자 촐랑대다 물을 밟고 미끄러진 어린이가 타일 바닥에 무릎을 찧었을 때 그게 하필 자기 옆에서 일어난 일이라면, 건전한 심신을 지닌 누구든 손 내밀어 일으켜줄 터였다. 숭고한 인류애씩이나 필요한 일이 아닌데다 순간 머릿속에 떠올리고 투영할 친자식이나 조카가 없더라도 마찬가지였다. 더구나 넘어진 어린이가 제 발목 옆에서 울음을 터뜨리기 시작했다면 사람들의 시선은 당연히 집중될 테며, 앞뒤 사정 모르는 이들이 넘겨짚을 친분과 인과를 생각하자면 내키지 않더라도 그리할 터였다. 구찌 장지갑을 옆구리에 끼고 카운터 앞에 줄을 선 저 여인과 넘어진 아이는 모녀 관계인가보다 – 그런데 왜 넘어진 아이를 남이 흘린 과자 부스러기 보듯 내려다보고만 있지 – 어쩌면 아이는 그녀가 넘어뜨렸거나 최소한 그녀의 발에 걸려 넘어졌는지도-비정한 무개념 여성-으로 이어지는 판단을 고려하면 말이다. 순간적으로 망막에 찍힌 장면은 행간이 지워지고 문맥이 잘린 채 전염 증식하여 SNS라는 구천을 떠도는 각종 사진들과 마찬가지로, 그 자리 그 순간에 영원히 결박된다.

그러므로 아가 괜찮니, 하고 서영은 쭈그리고 앉아선 아가와는 도무지 거리가 먼—아홉 살이나 열 살쯤, 상휘 또래겠다—여자아이의 거뭇하고 두툼한 손목을 조심스럽게 잡아 일으킬 때 이미 별다른 기대는 하지 않았음에도 막상 고개 든 얼굴을 보고 소스라쳤다. 큰 얼굴에 눈 코 입이 중앙을 향해 모여 불룩 솟은 볼살 안으로 파묻히기 직전인 경도 비만의 아이. 여덟 팔 자를 뒤집은 모양으로 터진 솔기처럼 보이는 작은 눈구멍 사이에 눈동자로 추정되는 검은 실밥이 드러났다. 두개골에 금이 갈까 겁나게 꽉 끼는 수영모 바깥으로 어깨 길이 머리카락이 비어져나온 모습은 버려진 싸구려 소파의 내장을 채운 석면 유리솜을 떠올리게 했으며 그 착용 상태가 수중 위생에 도움이 될 리 만무했다. 검게 탄 피부는 군데군데 껍질이 벗어져서 덜 구워진 채 오븐 아래로 떨어뜨린 빵 반죽 같았다.

그러나 남의 집 귀한 자식에 대해 짧은 순간 마음속으로나마 외모와 특징을 일별하고 품평할 필요는 없으며 무례하다는 사실을 모르지 않았으므로, 서영은 곧 아이에게 힘껏 미소를 지어 보였고 눈높이를 맞추어가면서 더러운 무릎을 털어주었다. 털어보았자 구정물이나 밀릴 뿐이지만 그런 작은 성의조차 보이는 시늉을 하지 않기가 민망한 순간이 있는 법. 매점이고 어디고 온 바닥은 저마다 물에 젖은 이들이 슬리퍼나 맨발로 밟고 다녀 물바다에 젖은 흙투성이였다. 주인이 내킬 때마다 대걸레로 훔쳐내긴 하지만 아이들은 무언가를 집어먹거나 마시거나 그러고 나면 또 화장실에 가야 하므로 끊임없이 물 안팎을 들락거리니 대걸레 한 개로 감당할 범위가 아니었다.

뼈가 나갔거나 인대가 늘어난 게 아니라면 이제 가던 길 가고 네 일 보라는 뜻으로 서영은 아이의 어깨를 가볍게 두드려주었는데 그 동작은 손바닥의 다정하고도 은근한 압력으로 상대를 제 앞에서 돌려세우기 위한, 서둘러 떠나보내려는 손짓이었다. 그러나 아이는 어쩌자는 노릇인지 서영을 빤히 올려다보며 그 자리를 뜨지 않는 것이었다. 실밥 내지는 쥐가 갉다 뱉은 한 톨의 흑미 같던 검은자위가, 서영의 동작을 따라 움직이기 시작하자 곧 지방질로 언덕을 이룬 살갗에서 꿈틀대는 벌레처럼 보였다. 이 아이가 뭔가 할말이 있어 이러나, 설마 상휘네 반 친구라도 되나 싶지만 가족끼리 단출히 떠나온 여름휴가지에서 누군가 아는 아이를 만날 리 없으니 속으로 당황스러워만 할 때, 마침 줄을 섰던 이들이 모두 빠져나가고 서영은 아이스커피와 오렌지주스를 주문했다. 그러는 동안 옆을 지켜선 아이의 눈길이 계속 느껴지니 서영은 자기도 모르게 조심스레 물었다. 얘, 너도 뭔가 마실래? 서영이 상호 불쾌하지 않을 만큼의 선의를 갖고 적절한 거리를 유지하며 관계 맺는 같은 반 학부형들의 자녀라면, 보통 장난스러운 표정으로 기운차게 고개를 가로젓거나 예의 바른 미소와 함께 고개를 꾸벅하곤 했는데, 난생처음 보는 아이가 천연덕스럽게 손가락으로 브이를 그리며 서영의 눈앞에 내밀더니

"두 개."

서영이 반문할 틈을 주지 않고 아이는 부연하기를,

"남동생 있는데."

이쯤 해선 황당하기가 중고교 시절에도 당해본 적 없는 삥을 뜯기는 느낌이었지만, 뒤에 줄지어 선 예닐곱 명의 타인을 배려하여 서영은 아이와 합리적인 협상을 포기하고 서둘러 주스 두 병을 더 주문했다. 오천원 추가. 삑, 카드 긁는 소리를 듣는 서영의 심정은 그러자 뭐 까짓거, 에 가까웠다. 옷깃만 스쳐도 인연이라는데 내 손으로 일으켜준 아이에게 그 정도 선심 못 쓸까봐서. 그러나 낚아채듯 주스를 받아든 아이가 잘 먹겠다는 인사는커녕 키득거리며 양손에 나눠 들고 뛰어나가는 등을 바라보곤 서영은 뭔가 속았다는 느낌이 들었다. 애당초 저 아이는 왜 매점에 들어왔던 걸까, 물에서 놀다 제 부모를 찾으러 나온 게 아니란 말인가. 그러나 당장 눈

앞에서 뭔가 반짝이거나 흔들릴 때 원래 목적을 잊는 경우란 산만한 아이들에게 흔한 일이니 서영은 혀나 한번 차고 말자며 고개를 돌렸다. 잠깐이나마 세상에 존재하는 모든 타인을 애틋하게 여기는 넉넉한 마음과 우아한 포즈가 공중에 싱겁게 흩어졌다.

파라솔 테이블로 돌아와 규진과 상휘 앞에 각각 커피와 주스를 내려놓았다. 또래보다 몸이 작은 상휘는 호텔에서 빌려온 비치타월을 머리부터 뒤집어쓰니 이불에 파묻힌 신생아처럼 보였다. 규진은 커피를 한 모금 마시고 중전차 포신 같은 렌즈를 정성스럽게 닦았다.

"벌써 덮어쓰고 떠네. 어설프게 물에 담그고 나오면 더 추울 텐데."

그러나 입장한 지 한 시간도 안 되어 도로 나갈 수는 없었다. 3인 가족 입장료와 파라솔, 튜브 대여료까지 관광지 개인업자들의 관습대로 모두 현금 박치기였고 만만한 가격이 아니었다. 무엇보다 상휘는 자신의 취향과 무관하게 물에 들어가서 몸을 움직일 필요가 있었다. 한창 뛰어놀아 마땅하다고 여겨지는 열 살인 것이다.

백 미터 앞은 해수욕장이었다. 가족과 친구 단위의 피서객들로 백사장에는 돗자리 한 장 펼칠 자리도 여의치 않았고 그 여의치 않음을 호시탐탐 노리는 바가지 상혼들이 해변을 지분거리는 파도처럼 넘실댔다. 상휘는 키 큰 어른들 사이에서 부대끼다 넘어졌다. 발꿈치 한번 까졌을 뿐인데 모래는 더이상 밟기 싫다고 도리질했다. 바다에 들어서서 두어 발짝만 앞으로 나아가도 바닥이 닿지 않을 것만 같아 겁난다고 그랬다. 튜브를 준대도 믿을 수 없다고 정색했다. 튜브에 잘 보이지 않는 바늘구멍이라도 났거나 튜브에 끼인 채로 파도에 쓸려가면 어쩌느냐고 반문했다. 대체 어디서 무슨 영화를 봤는지 모를 일. 그 와중에 비키니와 래시가드를 입은 젊은 남녀들은 뛰어노는 아이들과 부딪칠 때마다 자신들의 위락에 거치적거리는 징글징글한 어린것들을 향해 선글라스 너머로 눈살을 찌푸렸다.

그래서 옮겨온 자리가 여기, 궁궐을 흉내낸 외관에 제반 시설을 갖춘 거대 워터파크가 아니라, 노는 터에 고무바닥을 깔아 만든 임시 야외 물놀이장이었다. 둘레엔 망사를 담장처럼 대강 쳐서 영역을 표시한 뒤 두껍고 단단한 텐트 원단으로 만든 중심 풀장을 놓고 보조로 영유아용 수심의 에어풀장 두 개를 나란히 늘어놓았다. 중심 풀장은 어른의 허리까지 차오르는 수심이어서 풀장의 네 벽을 이룬 하얀 텐트 원단에 검정과 빨강 유성매직으로 '다이빙 절대 엄금'이라 적혔다. 탈의실도 따로 없고 남녀 구별 샤워장이라고 해놓은 곳으로 들어가보니 천막으로 사방을 가렸을 뿐 바닥 한가운데에 고무호스를 이은 수도꼭지가 하나 꽂혀 있었으며, 호스 끝자락으로는 갈색 김장 다라이에 가득한 찬물 위로 바가지 한 개가 유유히 떠돌았다.

바다를 코앞에 두고서 휴가철 이 주일만 반짝 운영하는 조악한 간이 수영장이라니, 김새기 딱 좋은 그림이었지만 인파가 적고 비슷한 처지의 가족들만 있으니 심신은 차라리 평화로웠다. 아이들은 백사장 곳곳에 부조리하고 무신경하게 투척된 담배꽁초나 술병 조각을 밟을 위험이 없었으며, 젊은 남녀들 또한 시끄럽게 울어싸는 애새끼들과 그것을 무책임하게 방기하는 철면피 부모들로 인해 자신들의 위락이 방해받는다는 피해의식에 사로잡히지 않아도 되었다.

상휘는 빈 주스 병을 내려놓고 다시 풀장으로 들어갔다. 서영이 지갑과 전화기를 백에 던져 넣고 뒤를 따랐다. 똑바로 섰을 때 제 겨드랑이 정도 차오르는 수면에서조차도 상휘는 몸서리를 쳤다. 그러면서도 네댓 살 아이들이 들어간 보조 에어풀장으로 옮겨가겠다는 소리는 하지 않았다. 이제 상휘도 초등학교 삼학년, 어린 동생들이 노는 데에 함께 몸을 담그면 웃음거리가 된다는 자각 정도는 있었다. 태어날 때부터 병약하여 자라서도 움직이는 걸 싫어하는 아이가 이제 와 물에 발 좀 적셔보겠다 한 것만도 큰 결심이니 굳이 바다를 고집하지 않고 이 허접한 풀장에나마 들이길 잘했다며 서영은 스스로 위로했다.

상휘가 뭘 모를 때부터 자연스럽게, 으레 그런 법이라도 있는 것처럼 물에 밀어넣었어야 했다. 상휘 친구들은 이르면 다섯 살, 늦어도 여덟 살부터 어린이 전용 실내수영 센터에 다녔다. 상휘가 어린이집에 다니기 시작한 뒤 기초 체력과 안전 의식 및 리더십 함양을 운운하는 수영 과외 전단지가 종종 우편함에 꽂혀 있었고, 서영은 안 그래도 병치레가 잦은 아이에게 보약 한 제 지어 먹이는 일에 신경쓰던 무렵이라 시간표와 담당 강사를 자세히 알아볼까 어쩔까 망설이다 때를 놓치는 바람에, 반드시 어린이 네 명이 한 조를 짜 와야 받아주는 수영 그룹에 등록하지 못했다. 서영은 다니던 회사에서 제법 큰 기획을 마무리하던 중이었고 딱히 피치를 올리지 않더라도 일상이 월화수목금금금이었으므로 간간이 안면을 텄던 아이엄마들 사이에 자연스럽게 녹아들지 못했다. 어느 날 서영을 제외하고 그들은 화요일 정오에 커피숍에 모여 그룹을 짰으며, 누구의 탓도 아니지만 상휘는 홀수로 남았고, 그때 서영은 이대로 가다간 아이가 어디를 가서도 깍두기가 되리라는 예감이 들었다.

몇 제의 보약이 상휘의 살과 키를 극적으로 늘리지는 못했지만, 초등학교 입학을 계기로 서영이 퇴사하여 밀착 관리한 보람이 있어 아이는 조금쯤 밝아지고 손아귀에 힘이 붙었다. 이로써 어디서든 깍두기 신세만은 면할 수 있다고 생각하고 싶었으며 남들 앞에서는 중심부의 활기를 누리는 척했지만 일은 그리 쉽지 않았다. 서영의 퇴사가 이미 너무 늦게 이루어진 까닭으로 상휘는 또래와 학교에서 벌어지는 최소한의 일상생활 외에 다른 것들—특히 활발하고 역동적인 부분까지 공유할 수는 없었다. 학기중 토요일 오전 여덟시의 축구 교실, 여름방학의 수영 교실, 겨울방학의 스키 캠프. 약체로 태어나 느지막하게 자라나며 나지막한 목소리를 지닌 아이를 눈이나 잔디나 물에 합류시켜 친구들과 뛰어놀게 하려면, 평소 넉넉한 통장 잔고를 확보했어야 함은 물론 다른 학부형들과 끊임없이 교류하고 무리를 지어 발품을 팔았어야 했다. 아이에게 자신의 의지라는 것이 없을 무렵부터 남들 하는 대로 어린이 태권도장에 밀어넣은 다음, 바람 불면 언제 아이가 쓰러질까 전전긍긍하면서도 양어깨에 가방을 주렁주렁 매달고 그 뒤를 부지런히 따라다녔어야 했다. 바쁜 맞벌이 부부들이 보상심리로 일정한 치환을 기대하며 종종 저지르곤 하는 패착대로, 금전적 투자로써 어느 정도의 해결이 가능한 유기농 식음료나 북유럽산 원목 교구 따위나 검색할 게 아니라. 서영이 자신의 입지를 다지지도 버리지도 못하면서 어설픈 경력을 쌓아나가다 내면의 고갈을 견디지 못하고 성채의 건설을 포기하는 동안 아이의 교우관계 구축과 성장에 필요한 최적의 시간을 놓쳐버렸다. 이제 상휘는 고만고만한 경제력과 지적 수준을 지닌 학급 아이들 틈에서 자신만의 템포로 천천히 자라야 할 터였다. 그것이 비록, 자유형을 구사하는 또래들 틈에서 튜브를 끼고 천천히 물속을 걷는 일이더라도.

어디로 움직여도 발이 확실히 풀장 바닥에 닿으니 상휘 얼굴에는 어느새 안도가 피어났다. 물에 잠길 높이가 아니니 실은 튜브를 낄 필요도 없었다. 튜브는 한참 더 어리고 키 작은 아이들을 위한 것이었다. 그러나 상휘의 움직임은 바로 옆 에어풀장의 네댓 살 영유아들보다 조심스러웠다. 물에 띄워놓은 대형 오리보트에 예닐곱 먹은 아이들이 올라타다 뒤집혔고, 아이들은 물속 깊이 머리를 담갔다 빠져나와선 서로에게 물을 튀기면서 악을 썼으며, 나중에는 일행이든 생면부지의 타인이든 가리지 않고 그렇게 했다. 휴양지에서 물이나 눈싸움 등으로 낯모르던 또래끼리 일시적인 놀이 무리가 형성되는 수도 종종 있겠지만 상휘는 그런 무리에서 멀찌감치 떨어져 그 자태가 갓 쓰고 도포까지 입은 채로 물속에 들어앉은 양반의 풍자화 같았다. 지금 자신이 이곳에 있는 이유가 오로지 필요한 만큼 물을 느끼고 물과 조금이라도 친해지기 위해서인 듯, 물과 신중한 악수를 나누며 물을 탐색하고 물과 적당한 거리를 두며 함부로 물속에 머리를 디밀지 않는다…… 살아 움직이는 상대를 대할 때처럼. 다치지 않을 만큼만 다가가며 숨쉴 수 있을 정도로만 빠져들기. 상대에게 자신의 모두를 내맡기지 않기. 무엇보다 상대를 온몸으로 느끼지 않기.

서영은 상휘의 뒤를 따라 물속을 천천히 걸어나갔다. 허리께에서 찰랑거리는 물살은 깊이도 감촉도 바다에 비해 싱거웠다. 얕은 에어풀장에서는 서너 명의 엄마 아빠가 티셔츠와 반바지 차림으로 함께 물에 들어가 유아의 양손을 잡고 뒷걸음질하면서 흐뭇한 미소를 만면에 띠고 있었다. 하품으로 찡그리는 눈살마저 넘치는 생명력과 사랑스러움의 증거인 시절. 엄마 아빠에게 의지한 채 발로 두어 번 물장구만 쳐도 물개의 유영으로 간주되는 유아기였다. 그러나 서영은 이제 와 열 살 상휘의 양손을 잡고 걸음마를 떼듯 저런 흉내를 내기엔 너무 늦었다는 사실을 알고 있었으므로 말없이 세 걸음 정도 간격을 두고 걷기만 했다. 가끔 말을 걸어 상휘를 뒤돌아보게 하거나 손으로 가볍게 물 뿌리는 시늉을 하거나 튜브를 손끝으로 미는 등 장난도 쳐보았지만 금세 시들해졌다. 상휘도 이 도넛 모양의 아기 튜브 따위는 벗어던지고 까맣게 탄 다른 아이들처럼 오리보트에 기어올라가서 그 위를 방방 뛰고 놀면 얼마나 좋을까, 뛰다 제풀에 물에 떨어지고 웃음소리가 물방울처럼 부서지고 몸에 힘이 붙어서⋯⋯ 순간 첨벙, 소리와 함께 서영의 머리부터 물이 끼얹어졌다. 어떤 장난꾸러기들이 마침 보트에서 실랑이를 하다 두 놈이 동시에 물에 빠진 것이다. 그중 한 놈이 떨어지면서 팔을 휘젓다가 서영의 얼굴을 쳤다. 정통으로 부딪치지 않은 걸 다행으로 여기며 서영은 물에 동동 뜬 안경을 집어 흔들었다. 상휘가 다치기 전에 다른 쪽으로 피해야겠다.

상휘 튜브를 슬슬 밀어 모서리로 보내려는데 갑자기 오소리 같기도 하고 너구리처럼도 생긴 거대한 형체가 물속에서 쑥 솟아올라 코앞에서 소리를 질렀다. 깜짝 놀라 몸을 뒤로 젖힌 덕분에 아슬아슬하게 턱은 다치지 않았지만 대신 서영은 자빠져 물속에 머리끝까지 빠지고 말았다. 앞뒤 가리지 않고 본능적으로 상휘의 튜브를 붙잡아서 몸을 간신히 일으키는데 눈과 코가 매웠고 귓속에서도 너끈히 한 바가지쯤 이르는 물이 출렁거렸다.

성공한 장난에 대해 득의양양한 웃음을 터뜨리며, 공짜 음료수를 신나라 낚아채갔던 아까의 여자아이가 양손 엄지를 볼에 깊이 찌른 채 손바닥을 펄럭이고 있었다. 서영의 눈썹마다 매달린 물방울 때문에, 그애의 벌어진 입 사이로 날름거리는 암적색 혓바닥은 이 세상 생물의 것이 아닌 듯 기괴하게 흔들렸다. 서영이 도리질하며 안경을 바로 쓰자 비로소 사람의 형태와 윤곽이 잡혔다. 서영은 상휘를 가로막고 서서 아이를 향해 미소를 띠었다.

"왜…… 그러니? 무슨 일?"

어쩌면 아이는 뒤늦게 잘 마셨습니다, 한마디를 하러 온 것일지도 모른다. 동네 수영장이 아닌 본격 관광지였으니 당연히 부모와 함께 왔을 테고, 양식 있는 부모라면 이제라도 인사하고 오라며 등을 떠밀었을지도…… 그보다 좀더 엄격한 부모라면 애초 낯선 사람이 준 음료수를 마시지 못하게 했을 테지만. 어쨌든 중요한 사실은 이제 서로 볼일은 끝났다는 거 아닌가?

서영은 아까 매점에서의 경험으로 보아 뭔가 제대로 된 호응이 그애 입에서 나오리라곤 기대하지 않았지만, 역시 그애는 대답 대신 튀어나온 앞니 사이를 우악스럽게 비집고 나오는 괴성과 함께 갑자기 손으로 수영장 물을 퍼내더니 서영을 향해 거푸 뿌리기 시작했다. 한 번, 두 번, 세…… 거듭되는 동안 그애는 물속에서 걸음을 옮기며 점점 상휘 쪽으로 접근했고, 서영이 상휘의 튜브를 가리고 서서 그 물을 죄다 맞는 동안 상휘는 발장구를 쳐서 모서리 쪽으로 피신했다.

서영은 대형 워터파크는커녕 어떤 종류의 실내수영장에도 가본 적이 없으므로, 이런 물놀이장에서 조금 흥이 난다 하여 모르는 사람들끼리 서로를 향해 물을 퍼부으며 웃음을 터뜨리는 일에 익숙지 않았다. 그저 휴양지라 가능한 이벤트의 일종으로, 아직 내남 구분이 덜 되는 사회화 도중의 아이들끼리가 아니면 서로에게 작업을 걸었다가 이튿날 치워버리려는 스물 남짓의 남녀나 그러겠지, 막연히 짐작할 뿐이었다. 그렇다면 지금 이 아이는 다가오는 모양을 보자니 상휘와 놀고 싶어하는 걸 엄마가 훼방놓았는지도 모르는데, 상휘의 평소 성격상 물을 뒤집어씌우면서 접근하는 걸 좋다고 한데 어울려줄 리도 만무했다. 그 점에 관한 한 남녀도 또래도 불문, 설령 비스크돌이 다가와 그랬더라도 결과는 다르지 않았을 것이다. 여전히 이마를 타고 흘러내리는 물을 손등으로 훔쳐내지만 당혹스러운 빛마저 같이 닦아내지는 못한 채로 그러나 침착하고도 다정한 음성을 유지하며 서영은 말했다.

"자, 이제 그만……"

들은 체 만 체 아이는 바로 옆에 떠다니던 누구 건지도 모를 비치볼을 집어 서영에게 세차게 던졌다. 안경다리를 맞고 튕겨나간 비치볼을 집어오더니 다시 던지고…… 또 던졌다. 던지면서 터뜨리는 웃음소리가 온 장기의 내벽을 긁고 튀어나오는 듯, 아이는 몸을 뒤틀었다. 계속 얼굴을 맞히던 공을 이번에는 서영이 얼결에 잡았다. 암만 해도 놀아달라는 뜻 같았다. 서영은 난처했지만 한숨 섞인 미소를 띠며, 혼자 잘 노는 상휘를 돌아본 다음 여자아이와 공을 대여섯 번 주고받았다. 서영은 아이가 잡기 편하게 건네주었지만 아이는 작정한 듯 서영의 얼굴에 맞히기를 반복했다.

다음번 공이 왔을 때 또다른 무리에서 어떤 아이가 자기네 공을 돌려달라 말했고, 서영은 안심하며 원주인에게 공을 넘겼다. 피할 수 없는 채무를 이행하듯 지속해온 놀이와는 이제 안녕이었다. 그러나 눈앞의 여자애는 아직 자기가 받아야 할 공이 남아 있다는 듯 버티고 섰다. 서영은 중단된 놀이를 아쉬워하는 아이의 심정을 이해해보려 애썼다.

"자, 동생 있다고 했지? 누나가 가서 돌봐줘야지."

그 말이 끝나기가 무섭게 여자아이는 키득거리며 손가락

으로 서영의 등뒤를 가리켰는데 서영이 돌아보기도 전에 등덜미에 물이 퍼부어졌다. 서영은 비명을 지르며 자기도 모르게 팔을 크게 휘둘렀으나 천만다행으로 상대의 얼굴만 빗맞혔다. 일별한 자리에는 여자아이와 거의 똑같이 생겼지만 그보다 키 작고 짧은 고수머리 돼지가 웃음인지 신음인지 모를 소리를 두툼한 입술 밖으로 거푸 터뜨리며 서영에게 수차례 물을 뿌리고 섰다. 고개를 암만 돌려보아도 제 앞뒤로 떡살에 찍어낸 듯한 얼굴이 포위했으므로, 서영은 울화에 앞서 이 기괴한 데칼코마니에 실소가 터졌다. 아이가 둘로 늘어나자 상휘가 느낄 신변에의 위협도 두 배로 뛰었다. 남매는 서영의 어깨 너머로 고개를 기웃거리며 호시탐탐 상휘도 노리는 듯했다. 상휘는 그 아이들이 즐겁지 않은 방식으로 다가오는 것을 기민하게 알아차리고 엄마 등 뒤로 계속 도망다녔다.

이런 상황에서 분별 있는 어른이 할 일이라면, 잘 타일러 쫓아 보낼밖에.

"자, 이제 그만. 여기 있는 친구는 좀 천천히 혼자 놀고 싶다니까 나중에 보자."

말은 그랬지만 서영은 그 나중이라는 것을 굳이 챙기고 싶은 마음이 없었다.

"너희들 엄마는 어디 계시니?"

평소 어른들이 남의 집 아이들에게 '너희 부모'의 소재를 묻는 것은 실로 그 행방이 궁금해서가 아니라 그저 입말에 불과한데, 서영은 지금만큼은 일부러 풀장 옆에 늘어선 파라솔 탁자들을 둘러보며 이중 누가 이 아이들의 보호자인지 목을 빼어 넘겨다보는 시늉을 했다. 선을 그어야 한다, 두껍고 진한 실선을. 나는 너희들 엄마가 아니고 내 아이만 상대하기에도 벅차며 너희들까지 데리고 놀아줄 수 없음을. 상휘가 좀더 어렸을 적에는 아파트 단지 내 놀이터에서 장난과 폭력의 미묘한 차이를 구별 못하는 아이들에게 이렇게 물으며 주위를 둘러보면 어디선가 그 엄마가 다가와 예 전데요? 나서곤 했다. 자진 신고를 하면서 정색한 얼굴로 한 톤 높은 음성에 눈으로는 서영의 입성을 살피며, 제 새끼 해코지라도 안 당하나 상황을 파악했다. 그렇게 다가오는 사람은 보통, 누군가와 수다를 떨거나 통화를 하느라 제 새끼가 남들을 괴롭히고 다니는 걸 못 본 척하다가, 정작 가까이 와서는 도리어 이쪽에서 먼저 시비를 걸기라도 했다는 듯 우리 애한테 무슨 볼일이시죠? 묻곤 하는 법이었다. 그저 물어나봤을 뿐 별일 아니라는 뜻으로 어깨를 으쓱해 보이면 상대방은 이쪽을 위아래로 훑어보곤 제 새끼의 손목을 끌어당겨 총총 걸음을 옮겼으므로, 귀찮은 아이를 쫓아보내는 데에는 그 부모를 소환하는 게 제일이었다.

"엄마 없는데. 아빠 있는데."

서영의 미간에 주름이 잡혔다. 갈수록 태산이었다. 남매 중 누나가 손가락으로 반대쪽 파라솔 하나를 가리켰다. 부모들이 올려둔 겉옷과 수건과 기저귀 가방으로 번잡한 파라솔 탁자와는 달리 홀로 동떨어진 자리에, 샌들과 선글라스와 반바지 차림의 남성이 스마트폰 삼매경의 자세로 물에는 눈길도 주지 않고 있었다. 안경다리는 그 남자의 얼굴 살을 용케 버텨냈고, 풀어헤쳐진 앞섶으로 볼록 튀어나온 상복부는 내장비만을 의심케 했다. 아이들이 어떻게 노는지 관심 밖인 듯한 저이가 정말 아빠가 맞을까? 그러나 탁자 위 단출한 짐 옆으로 아까 서영이 사준 주스 병이 두 개 빈 채로 넘어져 있었으므로 여자애가 아무나 찍어다 손가락질한 게 아님은 분명했으며 엄마가 없다는 말은 그저 지금 이 자리에 함께 오지 않았음에 불과할지도 몰랐다. 그러거나 말거나 여기를 바라봐주지 않고 제 볼일만 열심인 남자의 주의를 어떻게 끌어서 아이들을 현명하게 떼어낸단 말인가? 서영은 회사를 그만둔 뒤로 모르는 사람에게 스스럼없이 말을 걸거나 따져 묻는 일이 줄어든 반면 상사나 거래처 눈치를 보던 습관만은 이염된 셔츠처럼 한번 배어든 채 그대로 몸에 남은 까닭에, 상대방이 못 알아채는 선에서 소극적인 보복 정도나 할까 면전에서 목소리에 날을 세우지는 못했다. 여기요 거기 선글라스 아버님, 그쪽 아이들 좀 챙겨주시면 안 될까요…… 소리가 하수구를 막은 머리카락처럼 목에 걸렸다. 어쩌면 그는 안경알이 까매서 확인은 안 되지만 시종 이쪽으로 시선을 주었을지도 몰랐다. 제 새끼들이 남의 집 엄마를 들볶는 현장을 목격하고도 귀찮기도 한데다 뭐 알아서들 하겠지, 못 본 척했을지도. 만약 그 옆에 엄마라는 자가 함께 있었다면, 새끼가 부모의 거울이라는 점을 감안했을 때, '그저 아이들이 놀다가 그럴 수도 있지 별걸 갖고 다……' 하고 대꾸하리라는 생각이 들자 서영은 지레 부아가 끓었지만 실제로 그런 반응을 대한들 쌈닭 기질은 애당초 없으니 뭐라 대꾸해야 할지 알 수 없었다.

다른 건 몰라도 이 남매가 상휘와 놀고 싶어서 여태 곁을 맴도는 거라면 이해가 가기는 했다. 아주 어릴 때부터 상휘가 가만 앉아만 있어도 사람들이 지나가다 한번쯤 돌아보곤 했다. 어릴 때야 단지 아기라는 이유만으로 저 애기 귀엽다며 흐뭇한 미소를 자주 받았지만, 좀더 자라고 얼굴 윤곽이 나온 뒤에도 그랬다. 저런 아이를 낳았으면 좋겠다고 속삭이는 신혼부부의 눈길을 받아봤고, 시민공원에서는 벤치에 나란히 앉아 주스를 마시는데 출사 나온 동호인들이 바디와 합쳐 천만원은 될 법한 렌즈를 들어 보이며 아이를 찍어가도 되겠느냐고 묻기도 했으며, 진위를 파악할 수 없으나 무슨 엔터테인먼트라며 명함을 주고 간 이도 있었다. 어른이 그 정도이니 좋고 싫은 것, 예쁘고 미운 것에 민감하며 본능에 충실한 어린이들을 좋게 헤아려야만…… 한다고 서영이 생각하기가 무섭게 남매는 번갈아 두어 번씩 더 물을 퍼부은 뒤 혀를 날름거리곤 반대편으로 헤엄쳐 갔다.

상휘가 물에 좀더 익숙해지면 셋이 같이 놀게 해줄까 싶은 마음도 아주 없지는 않았다. 그러나 자유형은 거뜬하고 잠수도 곧잘 하는 저 남매를, 물에 뜨지도 못하는 상휘가 감당할 법하지 않았다. 서영은 고개를 저어 물기를 마저 털었다. 여자애는 그저 한번 다가와보았을 뿐이다. 아까 매점에서 본, 익숙한 얼굴의 아줌마에게. 마침 엄마가 동행하지 않았다 하니 엄마 또래의 여성에게 치대고 싶은 충동도 이해할 수 있었다. 그러니 웬만큼 어른 된 도리로 감안하고 잠깐의 불편이나 불쾌쯤 용인하자…… 그나저나 저 아비라는 사람은 스마트폰에서 눈을 뗄 줄 모른다. 몇 번 흘끔거릴수록 퉁퉁 부은 얼굴이며 거무튀튀한 피부가 더욱 그 남매의 아비가 맞다는 확신이 섰다. 평소 우려스럽도록 살찐 사람들을 대할 때, 서영은 그들이 자기 관리를 게을리한 결과일 뿐이라는 편견을 드러내선 안 된다는 당위쯤 잘 알고 있었다. 그것이 비록 학습된 인지상정에 불과하더라도. 그러나 남매의 아비는 저 폼나 보이는 선글라스만 벗으면 그 아래에서, 사람들의 선입견을 충실히 반영한 은둔형 외톨이의 상상도가 튀어나올 것만 같았다. 벽은 일본 거유 소녀들의 그림으로 도배하고, 제 손 같은 동족의 족발이나 치킨을 뜯으며, 게임 속 여신과의 연애에 푹 빠져 현실을 잊는 거구의 여드름투성이 안경잽이. 체구나 피부가 어쨌든 스마트폰 아니라 책이라도 들여다보고 있었다면 좀 달리 보였을지도 모르나, 놀러 와서 책 읽을 남자 같으면 애당초 제 새끼들이 남에게 민폐를 끼치고 돌아다니도록 내버려두지도 않았으리라며 서영은 피식 웃었다.

모서리를 박차고 반대쪽까지 물살을 저어 가면서 오리보트를 아슬아슬 피해 갔을 때, 상휘가 다소 난처하다는 듯한 웃음이 섞인 비명을 터뜨리며 외쳤다. 엄마 조심! 나 막아줘! 아니 도망쳐! 이미 늦었다. 어느새 물살을 빠르게 헤치고 여자애가 또다시 다가와선 서영의 정강이를 물속에서 거푸 꼬집었다. 이번엔 그 동생도 가세하여 뒤에서 종아리를 꼬집어댔다. 물의 압력 때문에 손놀림은 자유롭지 않았고 그리 아프지는 않았지만, 그 연속된 손질 자체가 환형의 거머리떼를 떠올리게 하는 바람에 서영은 오전에 삼킨 국숫발이 속에서 곤두섰다. 서영은 어디까지나 우아하고 상냥한 음색을 유지했다.

"얘들아, 이제 그만, 그만해라. 위험하다."

동시에 돼지머리 두 개가 은행나무 교자상에서 탈출해온 듯 물속에서 나란히 튀어오르더니 개구리 울음주머니처럼 부풀린 볼 속에 머금었던 물을 서영의 얼굴과 가슴에 뿜어댔고, 서영이 손으로 얼굴을 가리며 몸서리를 쳐댔지만 아이들을 떼어내기엔 역부족이었다.

그때 풀장 가두리로 다가온 규진이 휘파람을 불었다.

"상휘랑 엄마 둘이 이쪽 보고 브이."

서영은 이때다 싶어 아이들로부터 고개를 홱 돌리고 규

진 있는 데로 걸음을 옮김으로써, 자신은 할 만큼 했으며 너희들과 더이상 상대하고 싶지 않다는 의사를 분명히 표했다. 규진은 이제야 그 빌어먹을 렌즈 손질 및 장착을 마친 모양이었다. 서영은 일부러 톤을 높여 밝은 목소리로 아무 말이나 던졌다.

"가방 잘 잠그고 왔지? 바로 근처라고 막 풀어놓고 돌아다니면 안 돼요. 자기도 사진만 찍지 말고 그냥 같이 들어오지 그래."

친절한 말로 대꾸해주기도 한두 마디, 이제는 가족끼리 즐길 시간으로 정했으니 너희도 너희 아빠를 끌고 와서 물에 빠뜨리든 무얼 하든 마음대로 하라는 의도를…… 저 아이들이 알아먹었을 리는 없지만 그때 남매 중 동생 돼지가 끼룩거리며 서영을 밀치고 상휘 앞을 가로막더니 규진이 갖다댄 렌즈를 향해 프랑크소시지 같은 손가락을 브이 자로 높이 들어 보였다.

"나 찍어줘!"

규진은 어깨를 움찔하며 파인더에서 눈을 떼곤 난데없는 방해꾼을 향해 어색한 미소를 지어 보였다.

"너희 아빠나 엄마께 부탁하는 게 좋겠다."

"나 찍어줘, 나!"

동생은 포기하지 않고 물에서 펄쩍펄쩍 뛰어오르며 소리쳤고, 그 바람에 물살이 출렁이면서 상휘는 몇 걸음 뒤로 밀려났다.

“미안. 이건 필름이 들어 있어서, 너한테 금방 뽑아줄 수 없거든.”

서영은 헛웃음을 터뜨리며 고개를 저었다. 대여섯 살짜리 정신머리 없는 사내아이가 필름카메라가 뭔지 알기나 하겠냐고 뭐하러 일일이 설명까지…… 그때 그의 말을 듣는 둥 마는 둥 하며 계속 괴성을 지르다 웃다 하던 동생 돼지가 딴엔 보복이랍시고 두 손을 휘둘러 풀장 바깥의 규진에게로 물을 뿌렸다. 규진이 반사적으로 몸을 틀어 어깨로 막아보려 했으나 이미 렌즈가 젖은 뒤였다.

“어쩜 좋아! 그 렌즈 비싼 거 아니야? 어디 봐, 물 많이 들어갔어?”

서영은 과장된 포즈와 함께 남매의 아빠만이 아니라 인근에 둘러앉은 모든 부모들이 들을 수 있을 만큼 큰 소리로 외치며 그쪽 파라솔을 힐끔거렸는데, 아빠 돼지는 아까 봤을 때 없던 이어폰을 어느새 꽂고 여전히 스마트폰 조작중이었고, 후텁지근하기만 할 뿐 잔뜩 흐린 날씨에 선글라스도 벗지 않고 있었다. 저래갖고 화면이 보이긴 하나? 거북목이나 되어버려라. 서영은 울음을 터뜨리기 직전의 얼굴로 규진을 바라보았으나 그는 눈치도 없이 손사래를 쳤다.

“이 정도는 괜찮아. 분해해서 닦으면 되겠지. 애들이 모르고 그런 건데 뭐.”

"말려도 소용없으면 어떡하고?"

"됐어. 싸구려 중고에다, 어쩔 수 없지."

"아니 좀, 말이 되는 소리를. 아무리 싸다고, 중고라고, 남의 물건 망가뜨려놓고 그냥 넘어가는 법이 어딨어? 게다가 지금 구하기도 힘든 모델이라면 그게 어디 한두 푼으로 퉁칠 일이냐고."

"아이고 됐네요. 먼 데까지 기분좋게 놀러 와서 공연히 얼굴 찌푸리면 쓰나."

서영은 상휘가 튜브를 제대로 끼고 노는지 다시 한번 돌아보고 확인한 다음 풀장 밖으로 기어나갔다. 규진에게 손짓하여 구석으로—실은 아빠 돼지 가까이 끌고 가선 발음마다 세심한 주의를 기울이며 힘주어 말했다. 자신은 최대한의 호의를 보였고 저 아이들이 그것을 권리로 착각해서는 곤란하며 누가 자기의 부모인지도 헛갈려서는 재미없다고. 가끔씩 선글라스 돼지를 힐끔 내려다보고 때론 턱짓이나 손짓도 해가면서 그가 노이즈캔슬링 이어폰을 꽂았다 한들 도저히 듣지 않을 수 없을 만큼 크고 분명하게 설명했다. 지금까지 상휘를 돌보아야 할 피 같은 시간과 여력을 소비해가며 저 아이들의 의아한 요구나 기대에 나름대로 부응해주었지만, 수영장 물에 섞인 두 아이의 타액을 머리와 몸에 맞은 것까지 귀엽게 보아 넘길 도리는 없다. 아이들의 아빠라는 자는 이쪽이 얼마나 난처하든지 거들떠도 안 보고 있으며, 보호자가 없지도 않은 아이들이 타인에게 용인 가능한 수준을 넘어선 장난을 걸고 있는데 이 아빠도 알 건 알아야 한다. 입장료를 지불하고 새끼들을 물에 밀어넣은 걸로 역할을 다 했다는 듯 방관하는 이 아빠가, 자기 새끼들이 비록 악의에서가 아니더라도 타인을 못살게 군다는 사실 정도는 인지해야 하며 그건 렌즈나 몇 푼짜리 주스의 문제가 아니라고.

"지금도 봐, 이렇게 코앞에서 내가 거의 고래고래 소리를 지르고 있는데 들은 척도 안 해. 제 새끼 얘기인 줄 전혀 모르거나 알아도 모른 척하거나 둘 중 하나야. 저 반대쪽에 앉은 사람들한테까지도 다 들릴 텐데."

그러고 보니 각자의 아이들을 물에 넣어놓고 담소를 나누던 맞은편 파라솔의 부모들이, 서영의 목소리가 점점 커지자 어느덧 무슨 일인가 하고 고갯짓과 함께 이쪽을 유심히 건너다보는 듯했다. 규진은 손가락을 입에 대고 서영의 어깨를 두드렸다.

"됐어, 됐어. 안 그래도 내가 아까부터 다 봤어. 그래 주의 좀 돌려볼까 하고 온 거지. 하지만 이런 데까지 와서 어른들끼리 싸우면 애들 퍽이나 보기 좋겠네. 관두자고. 그냥 우리가 장소를 옮기든지 하자. 응?"

"누가 어른들끼리 멱살이라도 잡재. 어른이 신경 안 쓰고 내버려둘 거 같으면 애들한테 직접 주의라도 주는 게 맞지. 너희 이러는 거 정말 아니다, 한마디를 왜 못해. 이 사람 지금 태도 보니까 내가 한번 쥐 잡듯이 잡아야 비로소 누가 제 새끼들 기죽이나 하고 벌떡 일어나지 않겠어? 당신이 못하면 내가 할 거야. 이것들이 어디……”

그때 한꺼번에 네댓 명이 달라붙어 난리를 치던 오리보트가 다시 뒤집혀 사방에서 풍덩 소리가 웃음과 비명에 어울려 퍼졌다. 서영은 그 결에 상휘가 누군가와 부딪쳐 나가떨어지지나 않았나 고개를 빼 오리보트 너머를 살폈는데 어째선지 상휘도, 돼지들도 보이지 않았다. 수많은 아이들의 머리가 점멸하는 전구처럼 눈앞을 스쳐지나갔지만 그 안에 상휘의 머리는 없었다. 문득 주인 없이 물에 동동 뜬 노랑색 어린이 튜브 한 개가 눈에 띄었다. 무슨 일이 일어났는지 머리로 생각하기도 전에 서영은 이미 물에 뛰어들어 개떼 같은 아이들을 밀치며 나아가고 있었다. 사방을 휘둘러보았다. 설마 조금 전 보트가 뒤집히면서…… 서영은 물에 얼굴을 담그고 풀장 바닥을 둘러보았으나 까부는 아이들의 다리만 허우적거렸다. 풀장의 끝에서 끝으로 서너 번을 더 왕복하며 비슷한 또래의 아이가 보이면 어깨를 잡아채서 얼굴을 확인했다. 아이들이 깜짝 놀라 짜증을 내거나 외마디소리를 질렀고 그 애들의 부모들이 파라솔에서 일어나며 저 여자 뭐하는 거냐고 고함치기 시작했다. 서영은 개의치 않고 이어서 풀장을 헤집다시피 돌아다녔다. 물살의 압력이 아이들의 왁자한 지껄임을 실어날라 서영의 심장에 난폭하게 적재했다. 보트가 넘어지고 수면이 한 번 크게 흔들렸을 뿐인데, 부부가 고작 두어 마디 대화를 나누던 틈에 사라진 아이들이라니 해도해도 너무나 진부하지 않은가. 눈앞의 장면은 현실의 폐곡선을 벗어나 허구를 지나치더니 착오의 범주로 주저앉았다. 직전까지 서영이 견지했던 모든 정당성과 명백함은 순식간에 무용지물이 되었다.

서영이 그러는 동안 규진은 그들 가족의 짐을 놓아둔 파라솔을 살폈으나 상휘의 슬리퍼와 수건은 그대로 남아 있었다. 이어서 샤워장으로 가보았으나 거기 있는 거라곤 거대한 김장 다라이 한 개뿐이었다. 매점으로 뛰었다. 앉아서 무언가를 먹는 아이들을 하나하나 살폈다. 입구까지 가서 주인에게 두 명의 남자아이와 한 명의 여자아이 또는 단 한 명의 남자아이를 본 적 있는지 물었지만 그러는 동안에도 수시로 드나드는 아이들의 머릿수로 보나 빈도로 보나, 암만 조금 전에 일어난 일이라 한들 기억하라는 건 무리였다.

"나 바깥 화장실 한번 살피고 올게!"

서영이 듣거나 말거나 규진은 일러놓고 해변으로 달렸다. 어쩌면 상휘는 급히 오줌이 마려워 엄마에게 말할 타이밍을 놓친 채 튜브만 벗어놓고 화장실로 뛰었을지 모르고, 아이들이란 워낙 한 놈이 가면 다른 놈들이 줄줄이 따라가기도 흔한 법이었다. 한철 반짝 펼쳤다 접는 임시 물놀이장에는 화장실이 따로 없어 필요할 땐 해수욕장에서도 이백 미터가량

떨어진 공원 화장실을 써야 했다. 개중엔 멀리까지 나가기가 번거로워 아이 손목을 잡고 코앞 편의점이나 커피숍에 무턱대고 들어가 화장실을 쓰게 해달라는 부모들도 많았지만, 물건을 사지도 않고 남의 영업장에 딸린 화장실만 찾는 건 방광이나 대장이 터지기 오 초 전의 응급 상황이 아닌 다음에야 매우 무례하며 개념 없는 일이라고 상휘가 어릴 때부터 일러왔다. 그들 부부가 평소 솔선하는 모습을 보아온 상휘는 최소한 염치가 뭔지 알고 남에게 폐를 끼치지 않는 착하고 고지식한 아이로 자랐다. 식당에서는 자기 자리를 벗어나지 않아서, 다른 아이들이 뛰어다니다 남들 상에 머리를 찧거나 쟁반 든 종업원과 부딪쳐서 그릇을 깨먹고 울고 싸우고 난리가 나든지 말든지 상휘가 앉은 자리는 무풍지대였다. 기본적으로 허약 체질에 온순함이 겹치면서 누군가를 배려하는 정도를 넘어 남의 눈치를 보기까지 하니 오히려 아이답지 않다며 조부모가 염려할 정도였고, 그러고 보면 저가 내키지 않아도 그애들이 같이 가달래서 마냥 그 먼 데까지 끌려갔을지도 모른다는 생각에 미치자 규진의 발이 빨라졌다. 마감이 형편없는 삼선슬리퍼에 계속 쓸리는 발등에서는 어느덧 피가 흐르고 있었다.

남자 화장실은 비교적 한산했다. 일렬로 늘어선 변기 앞에는 어른들뿐이었고 양변기가 있는 칸마다 문이 활짝 열려 있어서 상휘도 그 남매의 동생도 없다는 사실쯤 쉽게 알 수 있었다. 규진이 다짜고짜 여자 화장실로 쳐들어가자 비키니에 망사 카디건을 걸친 여남은 명의 여성들이 거울을 보다 말고 비명을 질러댔다. 어린 여자애 하나, 남자애 둘이 함께 들어오지 않았느냐고 소리치는 말을 아무도 듣지 않고 손에 집히는 대로 비누나 휴지를 그에게 던졌다.

쫓겨 나온 규진은 되는 대로 백사장을 뛰어 가로지르면서 상휘와 체구가 비슷한 어린 남자애들만 보이면 쫓아가 어깨를 붙들었다. 마흔 중반의 남성이 뜬금없이 불러 세워선 가쁜 숨을 헐떡이기까지 하는 모습은 누가 봐도 수상쩍었고, 그 부모들이 규진의 손을 쳐내며 항의했다. 모두가 검정이나 감색 등 비슷하게 어두운 톤의 래시가드 차림이었고 동그란 뒤통수들이 닮았다. 사람들이 움직이는 모습은 천천히 흘러가는 무한 연쇄 고리 같았고 그들의 웃음과 떠드는 목소리는 아스라해져서 마침내는 어른과 아이, 남자와 여자가 구별되지 않았으며, 걸음을 떼어놓을 때마다 푹푹 빠지는 무거운 발목에 감겨오는 모래의 감촉은 이질적이었다. 아이의 이름을 무작정 부르는 혀끝에서 소리와 발음은 미끄러지다 흩어져 발아래 모래에 섞여들었고 이 백사장은 어디서 끝나는지 알 수 없었다. 어쩌면 그 남매가 한눈파는 제 부모들을 놀래주자는 장난에 상휘는 못 이겨서 가담했을지 모르고, 다시 물놀이장으로 돌아가면 어느 기둥 뒤에서인가 튀어나온 아이들이 놀랐지 메롱 손가락질할 것이 틀림없으며, 서영은 다행스러우면서도 짜증을 감추지 못하는 목소리로, 당신 이제 돌아와 애들 찾았어…… 그러나 서영의 연락을 받을 전화기를 가방에 두고 왔다는 데 생각이 미치자 규진은 뒤돌아 달리기 시작했다. 광활한 해변을 가로지르는데도 그는 자신이 팽팽하고 비좁은 혈관을 타고 흐르는 한 개의 적혈구처럼만 느껴졌다.

서영은 주위 부모들의 핀잔과 볼멘소리를 뒤로하고 그때까지도 영화를 보는지 게임을 하는지 모를 선글라스 돼지에게 성큼성큼 다가갔다.

"저기요, 잠깐만요."

파라솔 테이블을 손으로 서너 번 두드렸으나 선글라스는 잡상인 내지는 도를 믿으세요를 대하듯 곁눈질도 하지 않았고, 서영은 남의 집 경우 있고 품위 있는 가장에게 웬만해선 쓰지 않을 호칭을 마침내 내뱉었다.

"이봐요 아저씨! 여기 좀 보시라고요."

테이블을 두드리는 손에 점점 힘이 들어가자 그 진동에 빈 음료수 병들이 쓰러져 구르더니 바닥에 떨어지면서 산산조각이 났다. 유리 파열음이 퍼지는 순간 까불던 아이들이나 파라솔 부모들 사이에 정적이 흘렀고 모두 서영을 돌아보았다. 전후 사정을 모르면 누가 봐도 가만 앉아 있는 아저씨에게 공연히 시비를 터는 아줌마의 모습이었다. 조각 중 일부는 선글라스 남자의 발목을 그어 피가 살짝 비쳐났는데도 그는 여전히 고개를 들지 않았으므로 서영은 이제 온몸에 한기가 들기 시작했다. 이자는 정말로 아이들 아빠가 맞나를 넘어 현실에 존재하는 자가 맞나, 뼈와 살로 이루어져 있으며 청각과 촉각이 있는…… 서영은 자신이 알던 상식과 최소한의 물질 운동 법칙에 균열이 생기는 것을 느꼈다. 다 떠나서 반사작용이라는 게 없어? 어떻게 곁눈질조차 없을 수 있어? 눈이 보이고 귀가 들리는 사람이라면…… 하다못해 촉각이 있다면. 이곳이 꿈속이 아니라면.

"아저씨네 애들이 없어졌다고요, 제 말 들려요? 그애들 없어지든지 말든지 나랑 아무 상관도 없는데 애들이 내 자식까지 끼고 어디 간 것 같다니까? 같이 가서 좀 찾아보자니까? 아저씨네 어디 호텔 묵어요? 애들 엄마는 어디 있고요?"

지금은 무엇보다 상휘를 찾는 게 우선이라 서영은 주스까지 살뜰히 챙겨 먹인 당신네 애들이 우리에게 물을 뿌리고 침을 뱉었다느니, 다리를 꼬집고 사진기를 못 쓰게 만들었다는 구차하고 치사하며 시시콜콜한 이야기는 꺼내지 않았다. 그럼으로써 타인과 시비를 가릴 적에 흔히 잃기 마련인 최소한의 현명함과 양식만은 지켜냈다고 믿었지만, 누구라도 이 상황을 줄곧 지켜보았다면 이 남자를 한 대 쳐서 선글라스를 깨먹지 않고는 배길 수 없을 터였다. 어느새 물놀이장 주인이 옆으로 다가와 흩어진 유리 조각을 쓸며 지나가고 있었다. 미끄럼 방지를 위한 요철이 있는 고무바닥이어서 유리 조각은 말끔히 쓸리지 않았고, 더 큰 대걸레가 있어야겠다느니 중얼거리던 끝에 주인이 뭐라고 욕을 지껄이고 있었다. 한편 인구밀도가 높은 반대쪽 파라솔에서는 부모들이 이쪽을 흘끔거리며 불평했다. 저게 뭔 일이래, 그저 어디 잠깐 놀다 오나보지, 뭘 저리 유난을…… 아이들은 다시 물놀이를 즐기기 시작했다. 서영에게는 그 모든 장면이 원래의 속도와 부피를 잃은 채 잼과 같은 감촉으로 자신의 피부를 훑고 슬로모션으로 지나가면서 자신과는 별개로 존재하는 다른 차원의 세계에서 벌어지는 일로 느껴졌다. 부패한 암죽처럼 흘러내리는 현실, 흩어지는 윤곽, 한낮의 악몽.

"아 그, 빌어먹을 이어폰 좀 빼고 사람이 말을 하면 좀 들으라고!"

그러면서도 서영은 선뜻 손을 뻗어 이어폰을 잡아채지 못했는데, 그건 그 순간 남자가 휘두르는 솥뚜껑에 맞고 나가떨어질 것만 같은 두려움이 생겨서가 아니라, 내민 손에 아무것도 닿지 않거나 그나마 눈앞에 있던 형상마저 영원히 규명되지 않고 사라질 것만 같아서였다. 외침은 자기 귓속에서만 웅웅 울리는 것 같았고, 이제는 건너편 파라솔의 부모들마저 이쪽에 관심을 주지 않았으며, 서영은 자신이 티브이 화면 안에 난데없이 뛰어들어 혼자 겉도는 불청객처럼만 느

꺼졌다. 아이들 또한 거기 처음부터 존재하지 않았다는 듯 눈앞의 모든 것들이 시치미를 떼고 있었다. 외부에서 돌아가는 모든 작위적인 조명을 믿을 수 없고 현실의 각도가 기울어졌으니, 자신이 여기 선명히 존재하는 물질임을 확인하기 위해서는 규진을 도로 불러와야 했다. 무엇보다 상휘를 찾아야 했다.

지퍼가 훤히 열린 보따리에 던져둔 지갑이니 휴대전화를 챙길 경황도 없이 서영은 물놀이장 밖으로 뛰쳐나갔다. 소란과 열기로, 그 어느 때보다 활발한 현실로 들끓는 해수욕장을 향해 달렸다.

맞은편에 홀로 달려 돌아오는 규진의 모습이 보였다. 규진은 마주 달려오는 서영의 등뒤로 신기루처럼 흐릿한 물놀이장을 보았고, 두 사람의 거리는 좀체 줄어들지 않았다.

미러리즘

가만있어봐 여기 어디? 그러니까 조금 전 분명히, 아니다 조금 전이라니. 확신과 규정 가능한 건 이 순간 아무것도 없다. 마지막으로 기억나는 장면은 출토된 유골의 손마디처럼 조각조각 분절되어 의식의 표면을 헤젓고 그것이 조금 전 일이었는지 며칠 전 꿈인지도 불분명하며, 내가 본 것들, 장기를 뜯어낼 듯 뚫을 듯 하비어내던 통증이 실제 발생했던 사건의 일부인지 먼 과거의 꿈속인지도 알 수 없는데, 저기 사람들…… 땟국에 전 흰 가운, 안경알 너머 피로에 지친 얼굴들……의 윤곽이 해읍스레 흔들려 환각인지 실제인지조차, 거기 누구 좀, 오늘이 며칠이고 몇시죠, 내 귀에만 들리는 목소리, 밖으로 나오지 않아, 누구도 이쪽을 봐주지 않아, 저들과의 거리가 얼마나 되지, 외침, 바퀴 소리, 바싹 긴장한 전자 기기들의 음향으로 넘치는 공간을 향해, 압착기에 눌린 포도 같은 내 말들이 소리의 즙을 짜낸다. 저기요. 거기 누구. 그러다 문득 아 참, 회사는. 어쩌지? 내가 회사에 출근하는 인간임을 잊지 않았음은 몸이 살아 있고 의식 또한 해체되지 않았다는 뜻. 곁눈질하자 머리 위에 매달린 링거…… 보인다. 투명한 비닐관이 어디로 이어지는가 하면…… 오른쪽 손목이 무겁고 손가락이 움직이지 않아, 붕대가 감겨 있음을 알겠다. 처음 링거 바늘을 꽂았을 때 틀림없이 왼쪽 손등이었다. 바늘의 위치가 바뀌었음은 병원을 한 번 이동했거나 시간이 이삼 일 흘렀다는 뜻, 아니 이삼 일뿐일까, 지금이 그때로부터 몇 년 뒤 최소한 몇 달 뒤가 아니라는 걸 어떻게 보장하며, 무엇보다 그때란 언제였는지 특정할 수 있나, 혹은 그때라는 것 자체가 현존했었는지 누가 아나…… 의식의 각질들이 떨어져나가자 조각 장면들이 그 자리에 틈입하여 시간 순대로 누벼진다. 발열과 다발성 두드러기, 저녁에 뭐 드셨나요, 회식 자리에서 생선회를 몇 점, 그리고 연거푸 들어간 술이 몇 잔이더라, 이거 뭐 갓난쟁이 아기도 아니고 이 시간에 응급실 신세를 이렇게, 아뇨 빨리 잘 오셨는걸요, 두드러기 그거 그냥 얼굴이나 팔 좀 부었을 뿐이라고 우습게들 보셔서, 벅벅 긁으면 그런대로 지나갈 것 같죠 천만에요, 기도 팽창으로 호흡 못해서 뒤늦게 실려 오시는 분들 많아요……

긴급이라 곧바로 피하주사 한 대, 이어지는 간단한 검사 몇 가지, 머리 위로 올라가는 링거 봉투, 왼쪽 손등의 살갗을 꿰뚫던 바늘의 선명한 감촉, 발열로 체력이 저하되어서 수액 좀 들어가고요, 수액 도중에 해열진통제 따로 한 번 항생제 한 번 들어갑니다, 편안히 누워 계세요…… 방울져 떨어지는 한 시간 삼십 분가량의 시간을 죽이기에 스마트폰만한 게 있을까. 야근 끝나고 들르겠다는 그녀의 문자, 검토해야 할 두툼한 서류로 벌린 입이 다물어지지 않는 가방, 한 손으로 답신, 그럴 거 없어 네 야근보다 이 주사가 먼저 끝날, 그때 처치 카트를 밀고 오는 간호사, 비닐관 끝자락의 노란 고무마개에 들어가는 또다른 바늘, 혈관을 따라 탄산처럼 퍼져나가는 차가운 감각, 항생제입니다. 약간 메스꺼울 수 있습니다. 그다음 미지근하게 몸속을 훑어 적시는, 해열진통제입니다. 그로부터 채 삼십 분 지났으려나, 까무룩 풋잠의 가장자리를 더듬을 때 스테인리스 트레이를 들고 다가온, 또다른 얼굴의 간호사…… 뭐하려는지 봤더니 새로운 주삿바늘을 약통에 꽂고 주사기 허리를 손가락으로 튕겨 약 방울을 떨어뜨리지 않나…… 각종 사건 사고로 날마다 아비규환의 응급실, 건너편에선 차바퀴에 다리가 깔려 온 남자의 비명과 뒤쪽에선 방문에 손가락을 으깨어 온 아기의 울음에, 그 어떤 이라도 혼이 나가지 않기가 어렵겠으나 그렇다고 약 오더를 헛갈리면, 저기요 이건 또 뭡니까, 아까 항생제 진통제 다 놓고 갔잖아요, 원 플러스 원도 아니고 무슨 약을 더블로, 큰일 나려고…… 짐짓 우스개를 섞어 핀잔을 줘보지만 어쩌면 그때 이미 토기가 올라오려던 참인 듯하며, 간호사는 눈살을 찌푸리곤 누가 벌써 주사를 놓았다고요? 이게 지금 막 처방 나온 주사약인데 어떻게 된 거지. 잠깐만 기다려보세요 전산 차트 좀 확인할게요. 그러고 보니 지금 이 단발머리 간호사야말로, 의사의 문진이 있기 전 혈압과 체온을 재준 그녀가 아닌가. 그런데 단발머리 간호사가 지금 여기 한둘이 아니며, 모두 똑같은 색 카디건을 입은 까닭에 그 간호사가 저 간호사처럼 보이고, 아까 주사를 놓고 간 간호사는 대체 어디, 그녀에게 물어보면 분명할 텐데…… 가만, 그녀의 카디건에도 지금처럼 명찰이 붙어 있었던가…… 그 카디건 색은 지금 눈앞의 카디건과 명도에 차이가 있지 않았나. 색과 형태를 다루는 직업을 가진 자가, 고작 통증과 조명에 영향을 받아 그 정도 분간을 못하고 아무런 의심 없이…… 그녀는 정말로 간호사가 맞았나? 같은 다소 무리한 상상에 의식이 접촉하는 순간 내장을 행주처럼 쥐어짜서 흔드는 욕지기, 양쪽 옆머리를 죄어오는 이명, 상반신을 일으켜 앉자 콧구멍으로 흘러내리는 뜨끈한 콧물인지 코피인지, 설마 뇌수는 아니겠지, 최초의 약효로 반점이나 팽진은 이미 상당량 사라졌음에도 온몸이 그전보다 가렵다, 어디를 긁어도 마찬가지며 이럴 바엔 피부의 발진이 차라리 나은데, 살가죽은 할퀴어 뜯기라도 하지 손톱조차 박아넣을 수 없는 위는, 장은, 뼈는, 피톨들은. 모조리 긁어내야 한다, 몸속을 밖으로 까뒤집어서라도, 몸에 붙은 건 뭐든 가려워, 손목을 감은 반창고를 잡아뜯고 바늘을 뽑아 던진다, 링거대가 넘어지고 의료진이 달려들어 내 양팔을 잡아 다시 뉘려는 모양, 나도 모르게 휘젓는 팔다리, 발길질에 가슴을 맞고 나가떨어지는 레지던트, 두피까지 솟구치는 작열감에 두 손바닥 뿌듯이 머리칼을 쥐어 흔들다 뽑아보지만, 그 감각은 실체 없는 유령처럼 몸 안팎으로 베돌아, 두 눈으로 몰려드는 피, 거울을 들여다보지 않아도 알 수 있는 감각, 실핏줄이 툭툭 터져나가며 공막鞏膜에 붉은 길을 그리고 있음을, 이제 누구라도 내 뒷머리를 툭 건드리기만 하면 눈꺼풀 밖으로 안구가 튀어나올 듯한 팽창감을. 목구멍 밖으로 뿜어지는 내용물, 거기다 얼굴을 처박고 경련하다가…… 칠십이 시간 만에 깨어나셨습니다, 마침내 옆으로 다가온 의사가 말하기를, 이곳은 같은 병원의 중환자실이며, 당시 주위 환자와 의료진의 안전이 위협받는 중이었으므로 부득이 진정제를 강제 투여했고, 한때 심정지가 와서 제세동을 실시한 뒤 호흡기를 씌웠는데 지금은 상태가 안정되어 떼었다고 한다. 그뒤로 가끔씩 자다 깨다를 반복하다 완전히 정신이 든 게 지금이란다. 난동중 전화기가 깨지는 바람에 귀하의 최근 통화 목록을 알아낼 수 없었으나 건강보험을 조회하여 회사에는 연락을 취해놓았다 하니 그건 고마운

일. 무작위로 꿰어다 붙인 기억의 콜라주를 낱낱이 떼어 조립해보니 의사가 일러준 정황은 대략 사실에 가까운 듯. 그러나 다소 머뭇거리는 표정을 짓는 의사에게 물어야 한다. 애당초 내 몸에 무슨 일이 생긴 것이며 약 처방은 어쩌다 이중으로 나왔는지, 아니 내가 재빨리 이의를 제기했으므로 엄밀히 말하면 중복 투여는 아니나, 1차 피하주사와 2차 링거 3차 항생제+진통제 조합 가운데 무엇이 문제였는지, 그전에 어떤 약물 부작용도 겪어본 적 없는 체질인데 어쩌다가 아나필락시스로 저승 문턱을 밟을 뻔했는지, 그러면 역시 의료 사고의 일종이 아닌지, 신장을 비롯한 내 장기는 지금 멀쩡히 제자리에 장착되어 있는지. 만일의 경우 진행할지 모르는 고소를 대비해 사실관계를 확인해야 한다. 그러나 입을 열고 첫마디가 간신히 공기와 함께 몸밖으로 밀려나오자 경악으로 온몸이 경직된다. 이게 내 목소리? 갑상샘에 심각한 문제라도? 목소리를 듣고 하나둘씩 주위로 모여든 의료진들의 표정에서는 대부분 동정심 몇 방울 섞인 호기심이 묻어나오며, 간호사 두엇만이 저마다 두 손으로 제 입을 가리고 눈썹을 팔자로 찌그러뜨림으로써 안타까움을 감추지 못한다. 내 몸에 무슨 일이 일어났나, 순간 카프카의 주인공이 떠오르지만 링거 꽂은 오른손을 확인했으니 일단 나는 최소한 사람이다, 당신들이 이렇게 유충 내려다보듯 할 필요가 없는, 사람이다…… 구토증과 오한은 이미 가신 지 오래인데 몸속을 채우는 또다른 감각, 내내 혈관을 핥는 이물감, 근육을 휘젓는 송곳 같은 통증은, 실체가 아닌 필시 그들의 시선으로 인하여 생겨나는 것일 터.

이 주일 만에 출근한 회사, 아직도 포기 않고 나 사는 원룸 근처에 잠복한 몇몇 취재진의 눈을 따돌려 회사에 도착하기까지는 성공. 고작…… 고작이라니, 그동안 지녀온 인생에 대한 모든 태도와 가치관이 전복하고도 남을 사건이지만 이런 일로 손놓을 수 없다. 물리력으로 어쩌지 못하고 한탄한들 돌이킬 수 없는 사건에 사로잡히느라 지금껏 진행해온 프로젝트를 중단할 수는 없다. 병원측에서는 몸 상태 적응될 때까지 최소 반년가량의 휴직을 권했으나 손가락 빨다 죽을, 어림 반푼어치도 없는 소리. 우리나라에서 반년을 합법적으로 쉬고 난 뒤 자기 책상이 자리에 남아 있을 사람이, 국가공무원 또는 최상위 포식자인 일부 중역 외에 누가 있나. 사무실 문을 열고 들어섰을 때, 이미 사정을 전해 들은 팀원들은 처음만 움찔하다가 곧 어색한 미소와 함께 반긴다. 그들 중 사건 관련하여 자세히 검색해본 이들은, 이제 내가 원래대로 돌아올 방법이 없으며 이 모습에 하루 빨리 익숙해져야 한다는 사실을 어떻게든 받아들인 듯한데, 발생 사건과 결과만 주워들었을 뿐 전후 사정이나 맥락 따위 굳이 파악할 필요를 느끼지 않았을 게 틀림없는 2팀의 김팀장은 지나가면서 내 어깨를 두드리곤, 어 자네 고생 좀 했다며? 몸이 이래가지고 이거 어떡하나, 우리 다 함께 일하는 사람들끼리 이거 영 낯설어서. 그거 뭐 방법 없대? 약물치료나 수술 같은 걸로 어떻게 못한대? 우리 쪽 팀원이 적당히 눈치 주며 웃기를, 우리 팀장님 아직 온전히 회복 안 된 상태로 무리해서 출근하신 거라서요, 지금 일단 좀 원래 자리에서 안정 취하시게 최대한 배려해드리려고 합니다, 하하. 그러자 김팀장은 도저히 감출 수 없는 통쾌한 기색을 염려 비슷한 반응으로 덮으며 말하길, 아이고 그랬나, 그럼 이참에 좀 공기 좋은 데로다가 푹 쉬었다 오지 않고. 이참에 푹 쉬었다간 앞장서서 내 책상 빼다 화장실 문 앞에 꽂아놓을 자의 뚫린 입에서 나온 말이 이렇다…… 우리 팀원이 끼어들지 않았더라면 그는 틀림없이 자네 누구랑 원한졌나? 짚이는 데 없어? 같은, 걱정보다는 악의에서 비롯된 질문을 이어갔을 터. 내가 필시 평소에도 여기저기 척을 지고 다녔으리라 믿고 싶을 테지. 어쨌거나 공석으로 둔 이 주일이란 결코 짧은 시간이 아니기에, 내가 해결해야 했던 난제의 대부분은 팀원들이 어떻게든 구색을 맞춰둔 상태였고 나는 원래 거기에 최종 오케이만 놓으면 되는 상황이었는데, 팀원들이 만들어놓은 모양은 처음 내가 제안했던 그림과…… 무엇보다 클라이언트의 요청과 거리가 좀 있다. 교통정리를 할 사람이 부재중이어서 그랬겠지. 그들 나름대로 애써준 건 고마우나 처음부터 다시 머리를 모아야 할 듯싶다. 그녀와의 간만의 약속을 다음 기회로 미루고 사흘만 철야를 하면 프레젠테이션 당일까지는 꼴을 갖출 수 있겠다. 그녀와의 약속을 수차례 번복한 게 미안하지만 그녀는 내게 불의의 사고가 생겼음을 잘 알고, 사고 당시 곁에 있어주지 못했음을 한탄하며, 무엇보다 그녀 역시 야근이라면 둘째가기 서러운 직종이라 오히려 안도의 한숨을 내쉴지도. 몰아닥치는 마감으로 제 코가 석 자일 때 이처럼 변이가 일어난 애인의 모습을 마주하기가, 마음의 준비를 한대도 말처럼 쉽지 않을 터. 변한 목소리를 굳이 들려주고 싶지 않아 문자로만 근황을 주고받았고, 그녀는 업무에 치여 실신 직전이면서도 애인의 의리로 실상 당사자인 나조차 경과를 알지 못하는 사안들을 물었다. CCTV에 찍힌 가짜 간호사는 그래서 잡았는지, 달리 단서는 찾았는지, 병원에서는 출입 관리를 제대로 하지 못한 책임을 어떻게 진다고 하는지 등이었다. 짚이는 원한 관계가 정말 없느냐는 질문은 금기어처럼 숨겨두고서. 그러면서 면식 있는 경찰서 출입 기자들에게 진척된 내용이 있는지 알아봐주겠다고도 덧붙였는데 그건 그냥 예의상 해보는 말 같았던 것이, 주부 대상 월간지에서 사건 사고 쪽도 아닌 요리와 홈데코 꼭지를 주로 진행하는 그녀가 다른 분야 종사자와 일부러 접촉하기란 어려울 터, 그녀 마음이 고맙긴 하나 어떻게 반응해야 할지 몰라 감사+웃음 이모티콘을 보내는 걸로 때웠었다. 그녀의 질문 공세 가운데 그 대답이 확실한 거라곤 병원측이 도의적 책임은 느끼되 구체적 보상에는 난색을 표한다는 사실뿐이었는데, 응급실이란 늘 대량의 위급 환자와 그 보호자들로 우글거리며 그들도 수차례 갈마들며 환자 곁을 지키게 마련이니, 특별히 눈에 띄게 소란을 피우거나 잡상인 아닌 다음에야 누가 나가고 들어오는지 일일이 확인 통제하기는 어렵다는 입장이었다. 그래도 그렇지 자기네 간호사 제복과 유사한 코스튬으로 스며들어 환자를 해한 범죄자를 그대로 유유히 빠져나가게 두었다는 건 대형 병원의 위기관리 측면에서 막대한 체면 손상이 아닌지, 뒷모습만 보고 쟤가 누구더라 고개만 갸웃하다 말 게 아니라, 당직 간호사가 맞는지 불러 세워 확인했어야 하는 일 아닌가…… 그런 구체적인 이야기는 그녀에게 문자로 하소연할 게 아니라 다음주 만나기로 한 변호사와 의논할 테고, 장기간의 싸움은 충분히 예상한다. 승소하더라도 몸이 원래대로 돌아오지는 않으며 인생 궤도를 상당 부분 수정해야 한다. 이 몸으로 그녀 인생까지 붙들어 맬 수는 없으니 우선 지금 프로젝트부터 해결하고 한숨 돌리면 구체적인 얘기 나누기로 하고…… 모든 일을 침착하게, 아무 일도 없었다는 듯 완수할 것이다. 사지도 내장도 모두 붙어 있고 뇌도 멀쩡하며 나는 본래와 똑같이 일할 수 있다. 프로젝트만 통과되면…… 마치 인생에 남은 목표란 이뿐이라는 듯 프로젝트 성사에 온 우주의 기운을 담아…… 정오가 되기 전에 전무가 호출한다. 전무는 나를 보자 안쓰러움을 과장되게 드러내다가, 의례적인 반응과 성의는 충분히 보였는지 내 몸을 위아래로 훑어보고는 본론으로 들어간다. 클라이언트에게는 양해를 구하고 경쟁 프레젠테이션을 없었던 일로 할 테니, 두 달간 우리 팀에서 만들던 걸 엑기스만 뽑아다 김팀장 쪽에 넘겨서 성과를 밀어주라고 한다. 기본 틀이 다른데 그걸 끼얹어줘봤자 모양새만 어색해질뿐더러 지금 무슨 말씀이시냐 반문하자 전무는 혀 한번 차기를, 알잖아, 초짜도 아니고 왜 모르는 척해. 그런 사건과 관련된 사람을 클라이언트 앞에 내놓기가, 우리 입장에서 껄끄러워. 몇 번이나 만나고 술자리도 함께한 담당자들한테, 지금처럼 모습이 바뀐 걸 일일이 다니면서 어떻게 설명할래? 자칫 프레젠테이션 자체보다 다른 데 더 관심이 쏠릴 수도 있고, 그럼 그거대로 김팀장 입장에선 공정성 떨어진다 여길 수 있는 거거든. 이미 윗선에서는 외부 눈에 띄는 거나, 업무 외 사건으로 공연히 시끄러운 거 원치 않아서 자네를 당분간 총무부로 이동시키기로 결정했네. 자네 팀원들은 김팀장네랑 합치고, 사정 좀 나아지고 조용해지면 새 거래처 틀 때부터 다시 기획팀으로 합류해. 그게 서로 낫지 않나? 전무님, 이게 말이 좋아 제가 도리상 경쟁 프레젠테이션으로 모양을 만든 거지, 실은 처음부터 저희가 뚫었고 우리 쪽 일이었습니다…… 아 이 사람, 그걸 누가 몰라? 그거 내가 잊지 않고 여기 다 파일 남겨둬서 참고하니까 이번만 양보해. 회사생활 하루이틀도 아니고 네 거 내 거가 어디 있어…… 이런 식으로 두 달간의 노고를 눈앞에서 빼앗긴다. 전무 말마따나, 남의 돈 먹는 일을 하면서 자기가 만든 물건 내지는 시스템을 상사나 동료에게 갈취당한 경험이 전혀 없는 자는 드물 것이다. 대학 조교는 실험 논문의 팔십 퍼센트를 만들고도 제 이름 석 자를 공동 연구자로 간신히 끼워넣는 경우가 빈번하며, 그림에 채색을 넣는 정도를 넘어 데생 콘티까지 도맡고도 수업료 명목으로 차비 수준의 보수를 수령하는 데 그치면서 오롯이 제 작품이 스승의 이름으로 발표되는 걸 바라보아야 하는 미술 쪽 어시스턴트는 또 어떤가. 그러나 나는 그들이 아니다. 나는 그런 시절의 밑바닥을 이미 거쳐왔고 내 팀원을 거느린 팀장이다. 이 바닥에서 이 악물고 십 년을 구른 군필자다. 나는 도제공이 아니고, 이십대의 애송이가 아니며 힘없는…… 생물학적으로 불리한……까지 생각하다 체머리를 흔든다. 아무려나 목전에서 성과를 가로채이고도 체념해야 하는 상황과 다시 마주할 일이 없을 줄 알았다…… 내게 이런 사고가 생기기 전까지는. 이것이 앞으로 코앞에서 닫힐 수많은 문의 예고편에 불과할지 모른다는 예감. 돌아서서 전무실을 나서는데 꼭뒤를 잡아채는, 격려인지 힐난인지 모를 말소리. 위로금 조로 월말 급여 두 배 정도 나갈 거야. 턱도 없겠지만 병원비에 보태고 옷도 좀 사 입어. 그전에 얼마나 잘 빼입었는지 몰라도 지금 그 옷 자네한테 하나도 안 어울리고 남의 옷 훔쳐 입은 것처럼 보여. 그 머리도 좀 어떻게 해보고, 어쩔 거야, 어떻게든 지금 처지에 맞게 꼴은 갖추고 살아가야지. 대답 대신 가능한 한 큰 소리가 나게 문을 닫음으로써 소심한 항의를 표하지만 부질없고, 머리를 식히고자 직원 화장실로 간다. 입구에서 잠깐 멈칫하고 주위를 둘러본 다음 들어가선 거울에는 눈길도 주지 않은 채 열 오르는 얼굴을 세면대에 파묻고 물을 뿌린다. 굳이 병원비로 말하자면야 턱도 없지는 않다. 병원측에서는 일단 자기네들도 된통 잘못 걸렸다는 입장이며, 피해자에게 뭔가 해주긴 해야겠어서 혈액을 비롯한 각종 체액을 있는 대로 뽑아내다가 임상검사를 실시했고, 그밖에 여러 고가의 장비들을 동원한 몸속 부위별 촬영 끝에 지난번과 마찬가지로 해줄 수 있는 일이 지금으로선 없다는 현실 확인만 해주었다. 원무과에서는 예의 도의적 책임이라는 편리한 말을 여기저기 갖다붙임으로써 빛 탕감과 동시에 생색내기를 겸하며 0원이 적힌 별도의 수납 용지를 내밀었다. 혹시 향후 몇 년 뒤가 되더라도 각종 실험이나 신약 개발 과정의 피험 및 외과적 수술 시도를 원한다면, 그 모든 것을 무료로 집행해주는 대신 부작용과 결과에 대해 일절 책임을 묻지 않는다는 동의서를 비롯하여 각종 서류를 준비하라는 설명 간호사의 안내를 받고 일단 관계 문서를 챙겨 오기는 했다. 당장 큰돈이 들어갈 구멍은 주로 변호사가 될 텐데…… 물이

뚝뚝 듣는 얼굴을 들고 바라본 거울, 눈썹에 맺힌 물방울 너머로 이지러져 보이는, 내 것이나 나 아닌 얼굴을 만져본다. 손가락을 휘감는 부드럽고 따뜻한 이물감, 의식과 몸이 철저히 분리되어 둘 중 무엇 하나라도 파기되기를 이 순간만큼 간절히 바랐던 적이 있는지. 거울에 튄 물기를 손으로 문질러보나 거울 안에 흐르는 고요한 착종과 이질감을 닦아내지는 못한다. 그때 화장실에 들어온 누군가와 거울 속에서 눈이 마주치고, 나는 그것이 김팀장네 팀원임을 곧바로 알아보았으나 상대방은 움찔해선 뒤로 한 걸음 물러서다간 어색한 목례와 함께 내 등뒤를 스쳐지나간다. 딱 봐도 소변기를 쓰려던 모양인데 왠지 옆 세면대에서 공연히 제 머리를 매만지며 이쪽 눈치를 보고 섰기에, 나는 머리에 묻은 물을 털고 나와버린다.

총무부는 각종 정산과 지불 관계로 한 달에 사흘쯤 야근이 있다곤 하는데 월말이나 닥쳐야 피부에 와닿을 터다. 나는 바닥부터 다시 훑아서 훗날 어떤 형태로든 갚아주겠다는 전투력으로 충만해 있고 그걸 위해서라면 생소한 총무부 일도 기초부터 배워나갈 텐데, 허드레를 담은 박스를 안고 총무부로 들어서자 그곳 부장은 난처한 듯한 눈인사를 반쯤 하다 말더니 곧 쌓인 서류철과 신문지를 주섬주섬 치워서 사무용 책상 하나를 비워준다. 그러고도 전화와 구식 모니터, 흑

백 레이저프린터 한 대에 필통과 포장용 셀로판테이프 등 최소한의 사무용품이 올라와 있는 책상은 수첩 한 권 펴놓을 자리가 마땅치 않다. 각종 그래픽 자료를 다루느라 개인별로 널찍하게 썼던 기역자 작업대를 떠올리면서 삐걱거리는 회전의자에 상자를 부린다. 따로 소개 절차 필요 없이 나머지 총무부 직원 두 명이 뭘 어째야 좋을지 모르겠다는 듯한 표정을 감추지 않으며 인사를 건넨다. 이 연차에 이 나이 먹고 해야 할 일이 뭔지 알려달라고 말하기가 민망한 탓, 전년도 서류를 정리한 캐비닛만 열어주시면 차근차근 공부해보겠다 하자, 내 책상 위에는 두툼한 지출결의서와 영수증이 쌓이고, 결의서와 영수증의 숫자 및 내역이 일치하는지 확인해달라는 간단한 당부가 뒤따른다. 총무부 입장도 이해가 가는데, 그들로선 타 부서에서 갑작스레 이동해온 팀장에게 무얼 가르쳐야 하는지 따로 들은 바 없이 자신들의 사무실이 골치 아픈 수하물의 임시 보관소 용도로 취급받았다는 느낌이 들 터다. 윗선에서 말한 '당분간'이란 언제까지인지 짐작이 어려우니, 비품비 영수증 이상으로 중요도가 높은 재무 상태나 회계 관련 자료를 함부로 공유해도 되는지 판단할 수 없겠지. 손바닥 두 배 크기의 지출결의서와 영수증 묶음을 올려놓고 나니 사무용 책상은 꽉 찬다. 그 공간의 크기가, 앞으로 내게 주어질 인생을 요약 및 표상한다. 그럼에도 나는 군소리 없이, 내 앞에 열거된 숫자를 하나하나 삼킬 것처럼 영수증을 대조한다. 그것이 유일한 삶의 조건이다. 세상이 나에게 이 영수증만한 자리를 제외한 나머지 크기의 불운을 떠안겼더라도 결코 굴하지 않는 것.

그녀의 야근으로 수차례 미뤄졌던 만남이 드디어 성사되는 날, 저녁 명동 거리를 가로지르다 쇼윈도에서 선이 날렵하고 괜찮아 보이는 스트라이프 바지 정장을 발견하고 멈춰 선다. 전무의 말이 다시 떠올라서는 아니지만, 마지막으로 옷을 사본 지가 이 년은 넘은 듯. 주요 클라이언트와의 미팅 외에 회사 안에서 격식을 갖춰 입을 일은 많지 않아서 캐주얼한 느낌을 강조하고 신뢰감을 주는 이미지를 구축한다는 명목으로 비슷한 스타일의 옷 여러 벌을 돌려 입으며 지내왔고, 그 외에는 그녀가 작년 여름휴가 때 친구들과 여행을 다녀오면서 면세점에서 사다준 명품 상하의가 한 벌 있으니 버틸 만했었다. 부서도 바뀐 마당에 양복 한번 입어줘야 하나, 쇼윈도 앞에서 머뭇거리다 가격은 이따 묻기로 하고 그 자리를 뜬다. 옷 보는 눈이 나보다 나은 그녀를 데려와 의견을 구하고 싶기도 하지만, 그럴 계제도 아니고 우리는 오늘 서로의 입에서 어떤 대화가 나올지 어느 정도 예상하고 있다. 그녀가 나보다 먼저 나와 미리 자기 몫의 커피를 사서 앉아 있는 것은, 마침 저녁 시간이니 파스타집에서 보자고 문자 했을 때 잠깐 사이를 두었다가 커피전문점이 낫겠다고 답장해온 것과 마찬가지로, 정중한 이별 절차의 하나이다. 오늘 헤어져야 할 사람이 사는 마지막 저녁식사가 귀나 코 중에 어디로 들어가겠나. 적어도 입은 아닐 것이다. 오래 기다렸어? 그녀는 입구에서부터 나를 발견했으나 내가 다가가는 동안에도 멍하니 있다가, 코앞에 서자 비로소 사태를 실감한 눈길로 나를 올려다보더니 먼지처럼 얼굴을 뒤덮은 황망한 표정을 떨어내듯 고개를 젓는다. 마지막 순간에 나한테서는 삼천팔백원어치도 얻어먹지 않겠다는 결연한 의지가 담긴 아메리카노잔을 내려다보다가, 나는 내 몫의 커피를 계산하고 진동벨을 받아 온다. 놀랐으면 놀랐다고 해도 돼. 본론에 부드럽게 들어가기 위해 가볍게 던지자 그녀는 주저하지 않고 고개 끄덕이며, 아니 뭐, 그럴 수밖에 없잖겠어, 그뒤로 몇 주에 걸쳐, 조악한 그래픽으로 형상화된 'H씨'의 사례로만 사건 개요를 접했을 뿐, 이렇게 보고 목소리 듣기는 처음이니까. 그녀는 이어서 그동안 건강은 좀 나아졌는지 다른 추가 부작용은 없었는지 성의껏 안부를 묻지만, 범인을 잡았는지 최소한 윤곽은 잡혔는지 등의 질문은 피차 한숨밖에 나오지 않으니 혀 밑에 접어둔다. 갱신할 만한 소식이 있다면 이미 뉴스로 접했을 테고, 범인은 한두 명이 아니라 어느 정도 규모 있는 집단으로 추정되는데다, 그중 몇을 잡아내더라도 몸이 원래대로 돌아올 길은 요원하지 않나. 원한이나 치정과 무관한 불특정 다수를 상대로 한 주사기 테러는 올해 들어

벌써 여덟번째이고, 그 가운데 사건 발생 장소가 종합병원인 경우는 내가 최초 사례…… '주사기' 테러임에도 불구하고 각 병원에서 테러 방지에 만전을 기하지 못한 까닭은, 그전 사건들에 비해 발생 장소가 이례적이어서다. 주로 피해자들이 의식을 잃은 채로 발견된 장소는 인파가 많은 유흥가의 뒷골목 쓰레기장, 어쩌다 노래방이나 안마방 층계 같은 곳도 있었으며, 각 업소에서는 자기네 영업장 안에서 일어난 일이 아니라는 이유로 지속적 면피를 해왔다. 만취 상태로 주사기에 당한 이들 가운데 두 명은 약물 부작용으로 목숨을 잃었다. 살아남은 자들은 지금쯤 어디서 무엇을 하며 살고 있는지, 그들 모두 아직 살아는 있는지. 남들 이목은 물론 자괴감도 만만치 않을 테니 사건 관련자들끼리 고통과 번민을 공유 및 해소하는 모임은 물론 결성되지 않았으며, 나 또한 상처를 서로 핥아주는 무의미한 행위나 하자고 그런 모임을 나서서 만들고 싶은 마음은 없다. 무엇보다 나는 그들과 다른 것이다…… 발견 장소와 직전의 행적으로 미루어 동정의 여지가 많지 않았던 자들도 꽤나 있었다는데…… 나처럼 '올바른' 피해자는 대체 어디다 부당함을 호소해야…… 주사기 테러 피해자들의 근황을 알아보기 위해 직접 찾아간 보도 방송이 작년에 한 차례 있었으나 그들은 대부분 언론 노출을 꺼렸으며, 다니던 직장을 잃고 가정도 깨지고 소주 한 병 깔 돈도 없는 참에 거마비나 많이 집어주면 인터뷰에 응해는 드리겠다고 자포자기조로 내뱉던 피해자는 그나마 모자이크 처리에 음성 변조로 등장했었다. 이 방송 후 올라온 시청자 게시판에는 모자이크의 예전 회사 부하 또는 모자이크 아내의 지인을 자청하는 익명들이 달려들어 저자는 평소 행실에 줫값을 치렀다며 사건의 본질에서 벗어난 그의 과거 이력을 폭로하는 한편, 누군지 모를 테러범들이 이런 쪽에서는 앞으로 더욱 활약해주기를 기대한다는 악담으로 도배를…… 탁자에서 튀어오른 진동벨이 허벅지에 떨어지면서 현실로 돌아온다. 손 마디마디가 하얘지도록 주먹을 움켜쥐고 식은땀을 흘리며 시근벌떡하는 나 대신 그녀가 두 손가락으로 진동벨을 집어다가 커피를 받아 온다. 염려하면서도 충분한 거리를 유지하는 그녀 목소리, 괜찮아? 다시 안 좋아졌어? 구급차 불러줘? 그녀가 마음 편히 등을 돌리도록 나는 미소를 쥐어짜내며 손을 내젓는다. 까딱하다 이별 자리에서 송장이라도 치우면 어쩌나 싶은 그녀의 불안을 이해한다. 커피를 반쯤 마시다 말고 그녀는 더이상 할말이 없어졌는지 베이지색 부직포에 싸인 가방 하나를 테이블에 올려놓는다. 굳이 열어보지 않아도 그건 작년 크리스마스에 내가 선물한 보스턴백이며 그 안에는 14K 금반지와 실버골드 팔찌, 목걸이 등이 사 년간 교제했다는 증거 품목처럼 담겨 있을 터. 자주 신은 구두는 닳아서 돌려줄 수 없지만 가방은 몇 번 안 들어서 깨끗해, 처분 가능할 거야. 책이나 CD는 환금성도 없고 그냥 기념으로 갖고 있을게. 나는 허탈하게 웃음 터뜨리며 고개 젓는다. 가방이랑 다 그냥 가져, 나중에 필요 없으면 네가 팔든지, 나도 입던 옷 못 돌려주는데 비겼다 치고. 지금 우리 서로 싫어져서 헤어지는 거 아니잖아, 비록 이미 낡은 옷값만큼 손해를 볼지언정 나한테는 일원도 빚진 거 없길 바라는 네 마음 잘 알겠고, 돌려받은 걸로 할 테니까 도로 넣어둬. 얼른, 나 화낸다. 그녀는 개운치 않은 기색으로 가방을 담아 왔던 쇼핑백에 다시 밀어넣지만, 종종 연락하고 친구로 지내자는 형식적인 당부는 빼먹지 않는다. 그리고 먼저 일어나려 하다가 마지막으로 전철역까지 배웅만 하게 해달라는 내 말은 뿌리치지 않으며, 나는 반도 비우지 않은 커피잔을 카운터에 올려놓고 그녀와 함께 나선다. 걷는 동안은 내내 온화한 분위기를 유지한다. 그녀는 최근 자신이 맡은 기사의 내용과 취재 과정에서 마주치는 진상들에 대해 토로하고 나는 거기다 적당히 추임새를 넣는 한편, 지나간 클라이언트 가운데 유사한 인물들의 사례를 골라 들려주면서 공감대를 형성한다. 이런 일상의 묘사만으론 정말로 편안한 동성 친구 같다. 언젠가 다른 장소에서 조금 달라진 위치와 입장으로 다시 만나게 된다면 그렇게 지내도 될 것이다. 그거야말로 여성들이 바라마지않는다던, 세상에서 가장 아름답고 안전한 이별의 모습 아닌가…… 문득 아까 지나쳤던 가게 앞에서 나는 이제 친구 하기로 합의했으니 지나가는 말투로 대수롭지 않게—너를 어떤 대상으로도 여기지 않는다는 무신경한 태도를 드러냄으로써 그녀를 안심시키기 위해— 묻는다. 저 정장 어때, 괜찮아 보여? 그녀는 피식 웃으며 고개 젓기를, 나 이제 아무것도 필요 없고 정장도 예전만큼 자주 안 입어. 나는 그 순간, 내 몸에 일어났으며 충분히 인지했다고 믿었으나 피부로 와닿지 않았던 어떤 중요한 사실을 새삼스레 깨달으면서 그래도 조심스레 되묻는다. 아니 나한테 어울리냐고 물어본 건데. 그녀는 멈춰 서서 침통한 표정을 다른 무언가로 바꿔보려 애쓰며, 그러면서도 부드러운 설득조를 유지한 채 대답한다. 머리가 세미롱 길이쯤 자라면 그땐 어울릴 것 같아…… 오해하진 말고, 혹시나 해서 물어보는데 여자옷인 건 알지?

간헐적이고 불규칙적인 연쇄 테러리즘의 희생자들을, 언론에서는 처음에 '주사기 테러의 희생자'라고 부르다가 요즘은 보도의 경제성 편의성만 챙기기로 작정했는지 '변이체'라는 말로 부른다. 그 직관적인 이름은 비교군으로 설정된 실험실 마멋을 떠올리게 한다. 변이체들은 사는 지역도 나이도, 사회적 위치니 직업이니 정치적 성향 들을 포함한 분석 가능 요소를 모두 계량했을 때 단 하나 공통점이 존재하는데, 그건 모두가 사건 발생 이전에는 남자로 살아왔으며 치사량의 독극물과 크게 다르지 않은 수준의 호르몬제 화합물을 맞고 급격한 여성화가 진행되었다는 것이다. 진행 속도는 개인 간 차이가 있으나, 충격과 혼란은 말할 것도 없고 구토와 오한, 기면 발작 등 잦은 부작용 끝에 생업을 놓고 별무소용인 진찰 검사마저 포기한 채 잠적한 사람들이 대부분이다보니, 정확한 수치를 구해서 비교하지는 못했다고 변호사는 말한다. 테러 집단의 규모는 사건 발생 장소의 분포로 볼 때 결코 작지는 않다고 짐작되며, 그 정체로는 두 가지 설이 있는데 1)남성들을 증오하는 여성 집단이라는 추측 2)남성들의 군사력을 줄이기 위한 외국발 비밀 실험이라는 음모론 수준의 설이 그것이다. 전문 군사나 의료진도 함부로 다루지 못하는 생화학 무기를 어떤 루트를 갖고 조직적으로 조달 및 조합, 제조하는 여성 집단의 모습을 선뜻 상상하기 어렵다는 이유로 1)이 우선 배제된다. 기존에 보편적으로 쓰이던 호르몬제 따위가 아닌 것이다. 호르몬제를 취급하는 생화학 관련 각 대학 연구소와 제약회사 등이 하나하나 감사에 들어가서 회계 조작된 장부가 나오는 대로 일원 단위 절사 없이 탈탈 털고 있으나, 그 어느 곳에서도 사건과의 직접 관계를 포착하지는 못했다고 한다. 그럼으로써 자연히 2)의 가능성이 줄어든다. 군사 체계가 우수하며 경계 대상으로 삼을 만한 세계 여러 나라를 놔두고 하필 이런 좁아 터진 땅덩이에서 실험을 한다는 게, 만만한 개도국을 우선 제물로 삼는다는 개연성이라도 있다 치지만, 그래도 실험이라 함은 무엇보다 표본을 선정하고 공간적으론 동일 또는 최소 유사 조건을 유지하며 시간상으론 일정한 간격을 두어야 정확한 관찰이 가능한데 이렇게 대중없이 무차별로 해대는 걸 실험 목적으로 보기는 어렵다. 무엇보다 변이체들 가운데 한 명은 환갑, 한 명은 고희를 바라보는 몸이어서 군사적 목적의 실험과 무관하리라는 분석. 현재까지는 불특정 남성들을 겨냥한 증오 범죄로 보고 있으며 그 주체가 반드시 여성들로만 이루어지지 않았음을 상정하고, 범죄를 직접 실행으로 옮긴 이들은 돈 받고 고용된 뜨내기일 가능성이 있는 한편 그중 누구 하나라도 잡히기 전까지 그들의 정확한 목적을 섣불리 파악하기는…… 뚜껑을 열자고 생각하면 무엇 하나 의문 아닌 게 없으나, 그래봤자 최대 의문은 왜 하필 그중에서도 나인가, 라는 말로 수렴될 수밖에 없을 테니 손을 들고 변호사의 이어지는 말을 막는다. 그건 됐으니까 소송 준비나 잘 부탁드립니다. 내 의뢰는 외부인 출입 관리 부실 병원에 대한 고소 사안으로, 변호사더러 범인을 잡아내거나 추측하라고 한 적이 없다. 오히려 변호사가 그런 상세 부연을 할수록 내가 원래 몸으로 돌아올 수 없다는 사실만 상기할 뿐이다. 변호사는 자신의 본분을 잊지 않았다는 듯 호쾌한 웃음으로 대답을 대신하고 확실히 승소하겠다 장담하는 한편, 그나마 책임 소재를 물을 곳이 있으며 보상금을 받을 가능성도 높은데다 각종 검사를 무상으로 제공받는 내 처지가 얼마나 다행인지에 강조점을 찍는데, 그 어조나 태도 및 표현이 흡사 서울로 유학 다녀온 교회 오빠가 주일학교 여중생을 달래는 식이다. 산골짜기에서 문명의 혜택을 덜 받았으리라 믿어 의심치 않고 계도의 대상으로 간주하는 말투. 업무 관계로 법조계 방송계는 물론 정신세계에 도저히 호응해주기 어려운 크리에이티브 무리까지 온갖 인간들을 거치면서 적지 않은 고압적인 말들과 저급한 위협 따위에 직면해보았으나 내게 이런 식으로 말하는 사람은 유년기 이후로 처음인 듯. 나 말고 다른 의뢰인들에게도 이러나 싶지만 어쨌든 승소시켜준다 하니, 다른 법률사무소를 섭외하기도 번거롭고 토 달지 않기로 한다. 승소하면 보상금 외에 만만찮은 수술비도 병원 쪽에서 추가 부담하도록 만들 겁니다, 제가요. 그러니 혹시 완전한 트랜스로 살아가시기로 하실 거라면 되도록 서둘러 결심해주시는 게 서류 꾸미는 데 이득입니다. 적어도 3차 수술비까지는 최소 실비로만 가능하도록 다퉈볼 겁니다. 변호사 사무실을 나오다가 철문 옆에 걸린 벽거울이 눈에 띈다. 거울 속 나와 눈이 마주친 건 이 초나 채 됐을까, 곧바로 얼굴을 돌리지만 거기 비친 모습이 망막에 아로새겨지기엔 충분한 시간. 문득 나도 모르게, 이런저런 손을 보면 한결 나아질 법한 부분을 순간 체크하고 견적을 내다 움찔한다. 단지 오랜 업무를 통해 몸에 배었을 따름. 더 좋은 것, 예쁜 것, 균형 잡힌 것을 추구하는 습관. 이 감각은 과도하게 변형된 호르몬으로 인한 일시적 생리적 착오가 아니라, 기획안을 제출하고 프레젠테이션을 만들던 때와 마찬가지로 아름다움에 예민해질 수밖에 없는, 창작자로서의 당연한 욕망과 시선. 지금은 변한 내 얼굴이 그에 알맞은 도화지로 여겨질 뿐.

회사로 돌아왔을 때, 총무부에서는 내게 눈인사만 하고 각자의 책상에 파묻힌다. 그들은 내가 드나드는 데 간섭하지 않으며 오히려 굳세게 자리를 지키고 있을 때 부담스러워하는 눈치다. 지난 월말 정산 때도 내게는 전표 대조 외에 다른 일을 주지 않았고 뭔가 지시를 내려달라고 하면 얼버무렸으며 캐비닛 안의 장부 열람도 못하게 막았다. 업무 숙지 좀 하려 한다니까 철 지난 시사월간지를 가리키며 책이라도 읽고 계시라 간곡히 부탁했다. 처음 나는 그들 옆에서 저녁을 챙겨주고 커피 한 잔이라도 타주려고 야근을 함께했지만, 내 의욕과 무관하게 피차 괴로운 일임을 깨달은 다음부턴 얼굴에 철판 깔고 먼저 퇴근해버렸다. 지금은 더욱이 한갓진 때라 나는 수시로 내 책상 위 프린터에서 뱉어내는 각종 계산서와 결재 서류를 집어다 건너편 직원에게 넘겨주는 게 고작. 말없이 직원휴게실로 가지만, 잉여 인력에게 지금 어디 가느냐, 자리 오래 비우지 말라고 한마디 건네는 이도 없다.

긴 복도를 따라 한 층 올라가서 구석에 자리한 휴게실 문을 열었더니 하필 김팀장이 먼저 와 있다. 또 몇 마디 시비를 걸어오리란 예감이 들지만 말로 두어 마디 지분거리는 정도 한 귀로 흘리면 그만, 오히려 돌아 나가면 나만 우스운 사람 되어버리지. 말 섞기 싫어 고개만 까닥하곤 자판기 커피를 뽑아 공기청정기 옆에 선다. 등을 돌린 채 커피를 홀짝거리는데 뒤에서 어깨를 주물럭거리듯 건네는 말, 덕분에 우리 프레젠테이션 통과 아주 산뜻하게 잘됐고 그걸로 제작 들어가. 사람이 말을 거는데 씹기도 뭐하여 건성으로 대꾸한다. 예예, 그거 잘됐네요. 절반 이상이 우리 팀의 아이디어였다는 사실을 전 팀원으로부터 문자 받아 알고 있었다. 머리 많이 자랐네? 김팀장의 손가락이 내 머리카락 끝자락을 훑고 지나가는 걸 흔들어 떨어낸다. 같은 직급이지만 그는 연장자라는 이유로 평소에도 내게 말을 툭툭 던지고 나는 그를 높여주었는데, 이런 몸이 되어 저런 말을 들으니 거기에 한층 더 하대가 섞인 것만 같은 느낌은 나의 자격지심일 터. 자를 겁니다. 왜 아깝게, 이왕 이렇게 된 거 기르지. 자른다고요. 말투가 삐딱하다? 사람 걱정해주는 거 안 보이냐? 사람이 말이야, 말을 하고 있는데 말이야, 이쪽 쳐다보지도 않고 말이야. 그러더니 내가 뭐라고 말하기도 전에 김팀장이 내 덜미를 잡아채선 제 앞으로 돌려세운다. 그 몸을 해가지고 열심히 살아보겠다 맘먹었으면 주어진 상황에 적응하고 살아야지. 언제까지 예전 같은 줄 알아. 너 아직도 네가 팀장이고 남자인 줄 알지? 왜 이래, 백날 애써봤자 이제 넌 글렀어. 이어 손바닥으로 내 뺨을 어루만지며 말하기를, 진짜 어쩌냐.

보들보들 뽀얀 게 완전 여자 얼굴 다 됐어. 자네 이제 수염도 거의 안 나지? 아침마다 깎을 필요 없어 그건 참 편하겠다. 응? 빰을 두어 번 토닥거리나 싶더니 마지막엔 딱 소리 나게 올려붙이는데 그 바람에 고개가 옆으로 돌아갈 때, 김팀장 입에서 담배 태우고 믹스커피 마신 뒤 가글하지 않은 중년 남성 특유의 구린내가 훅 끼친다. 쪼인트 까이던 시절에 대면 이 정도는 아무것도…… 입을 막 대기 시작한 종이컵을 그대로 휴지통에 던져 넣고 돌아나오려는데 놈이 문 쪽을 막아서며, 뽀얗대서 이게 또 확 경천동지하게 예뻐진 것도 아니고 애매하게 변해서 참 거시기하단 말야? 함께 일하는 사람들 생각 좀 해라. 분칠하고 줄 좀 긋지그래, 응? 이거 봐, 옷은 왜 아직도 이렇게 남자처럼 입고 다닐까. 너 지금 가슴 나왔어, 알아? 브래지어 안 했지? 유두 거 쓸리면 아프다던데? 진짜 여자들에 비하면 아스팔트에 껌딱지 붙은 거밖에 안 되더라도 말이야, 밖으로 도드라지지 않게 가려줘야 서로 좀 편하지 않아? 딴 사람 눈 둘 데도 배려해야지. 그러면서 내 가슴을 꾹꾹 주무르며 밀어붙이는데 참으로 애매한 높이로 봉긋 솟아 조금 심한 여유증 정도로 보이는 이물감 가득한 살덩이가 출렁거리니, 싫은 걸 넘어 찌르듯 아프고 원한다면 네가 갖다붙여라 싶다. 군대에서 워커로 쪼인트, 사회 나와 구둣발로 쪼인트, 생각할 수 있는 쪼인트는 다 떠올려 가면서 참을 인 자 셋이면 살인도 안 난다고 머릿속을 다스리는 터에…… 근데 너 아직 그건 붙어 있냐? 아침마다 서긴 해? 여기서 머릿속 끈이 툭 끊어져서 나는 한 손으로 김팀장 멱살을 잡아 밀어붙이는데, 예상 견적과는 달리 그 육중한 몸은 두어 걸음 밀릴 듯하다 말고 외려 내 손목을 잡아 젖힌다. 삼겹살인 줄 알았는데 뜻밖에 근육인가, 아니…… 내가 최소한 두 손을 썼어야 하는 거였다고, 소파에 나가넘어져서야 깨닫는다. 몸이 이렇게 된 뒤로 피트니스센터에 못 나간지 두 달이 넘은 것이다. 그렇다고 이 정도로…… 놈이 이어 나를 끌어다가 양 손목을 잡아 비트는데 이걸 단박에 떨쳐내기조차 힘들다니. 이미 운동 문제가 아니다…… 이대로 무슨 일이 생기나 싶어 일단 이마로 놈의 인중을 찍어서 빠져나온다. 됐다, 키가 확 쪼그라든 것도 아니고 아직까지는 해볼 만하다. 놈은 흐르는 코피를 손등으로 훔치며 뒤로 물러난다. 너 이 새끼, 내가 회사 안이니까 이 정도로 봐줄까 했는데 얻다 대고 감히 대갈빡을 꽂고 새끼가, 코뼈 나갔는지 내가 어디 찍어볼 거야, 깽값 많이 벌어놔야 할 거다. 뭐 이 새끼야 먼저 지랄해놓고 깽값 찾아? 발로 둥근 테이블을 걷어차지만 놈의 정강이 근처에도 못 가고 흔들리다 만다. 내가 먼저 시작했다고, 그래, 그거 누가 증명해줄 건데? 여기 CCTV도 없어 새끼야. 난 코피 났지만 넌 증거도 없지? 회사 윤리회고 뭐 꼬질러봐, 누구 말 듣나. 안 그래도 조용히 입 닥치고 있어도 모자랄 판국에 어디 한번 좋을 대로 해보든가. 여기 좀 보세요 변이체가 우리 회사 다녀요, 한마디만 밖으로 새나가서 사람들 찾아오고 귀찮게 굴면 넌 그날로 사표 써야 돼. 우리 회장님 시끄러운 거 제일 싫어하시는 거 알지? 오십 명 넘는 직원이 아무 일 없었던 것처럼 쉬쉬하고 감싸주면 고마운 줄 좀 알고 죽어지내라, 응? 바닥까지 짓눌린 용수철처럼 튕겨나가 온몸을 던져 덮치자 비로소 김팀장의 몸이 바닥에 나동그라진…… 줄 알았는데 생각 외로 싱거운 그의 반응과 입가에 번지는 웃음을 보고 나는 비로소 사태를 알아차린다. 고개를 돌리자 전무와 회장의 아연실색한 얼굴빛이 거기 있다.

그전까지도 썩 협조적인 관계는 아니었으며 오히려 반목에 가까웠지만 서로 날 선 말로 툭툭거리는 정도였지. 이런 취급을 받을 정도로 그가 내게 억하심정을 품을 일이란 뭘까. 서로가 직접 목을 조른 적 없음에도 사람은 사소한 열등감만으로도 얼마든지 악의를 품게 되지. 이런 몸이 아니었다면 체감하지 못했을 증오와 분노의 민낯. 내가 이런 몸이 되지 않았다면 그 자식 아쉬워서 어쩔 뻔했어, 이때다 싶어 완전 날 잡았던데. 바에 앉아 세번째 데킬라를 비우며 중얼거리는 옆자리에서, 안 그래도 마감으로 파김치인데도 줄곧 내 말을 들어주던 그녀가 자기 잔에는 입을 대지 않고 위로차 건넨다는 말이, 그런 새끼한테서는 합당한 이유를 찾으면 안 돼. 그녀 입에서 새끼라는 말이 나오는 게 처음이다. 월간지 만들면서 만난 수많은 진상들에게 적응하고 헤쳐나오는 동안, 나도 잘 안 쓰는 말들을 일상적으로 내뱉지 않고선 견디지도 수습하지도 못할 상황과 얼마나 많이 마주했을 텐가. 새끼 좀 심해? 새끼 소리 들을 만한 새끼면 뭐. 그런 놈들은 옆에서 아무나 뭐든지 이유를 찾아 붙여주고 자신의 행동이 그럴 만도 하다고 이해받는 데에 익숙해졌을 거거든. 열등감에 시달렸다고? 아이고 안됐네, 딱하기도 해라, 같은 거. 하지만 그놈은 그냥, 그러고 싶었을 뿐이고 하필 그 자리에 있던 게 가장 만만한—만만해진 너였을 뿐이니, 공연한 생각 마. 내가 먼저 그러자고 했지만 그녀는 이제 정말로 나를 동성 친구 대하듯 편안하게 말을 던진다. 헤어진 연인을 술이나 푸자고 불러내는 게 아무래도 미안했지만 이런 얘기 할 만한 사람이 또 없다. 생면부지의 누군가를 붙들고 내일 다시 만나지 않을 작정으로 넋두리하자면 변이체가 된 데서부터 시작해야 하며 놀라움과 의혹의 눈초리를 견뎌야 한다. 놀라움은 그렇다 치고 의혹이란, 말하자면 이 인간은 이렇게 변이체가 되어도 싼 과오를 범했으리라는 지레짐작 같은 것. 시청자 게시판의 몇 페이지나 채웠던, 사건 본질과의 상관도를 짐작하기 어려운 무수한 비난과 마찬가지로. 애당초 난 무얼 잘못해서 이렇게 된 걸까, 왜 김팀장 같은 새끼를 놔두고 하필 내가 그 많은 새끼들 중 랜덤으로 당첨됐냐고? 자부하기도 민망하지만 나는 내가 그동안 그녀를 비롯한 여성들을 대함에 있어서 꽤 모범적이라 믿어 의심치 않았고 지금도 그렇다. 여자를 돈 주고 사본 적 없고 원하지 않는 여자를 건드린 적 없다. 때로는 여자가 원하더라도 술에 취한 사람은 손대지 않았다. 아이돌 몰카 동영상 같은 거? 그래, 그거 좀 친구들끼리 구워 보고 돌려 보고 품평했다. 직접 찍어 돌린 것도 아니고 출처 모를 걸 받아다가 돌렸는데 그 정도도 안 하는 남자 있으면 나와보라고 해. 취기로 내 목소리가 내 귀에 잘 안 들리는 바람에 점점 언성이 높아졌는지, 바 건너편 여성 일행이 눈살을 찌푸리며 빌지를 들고 일어난다. 너 목소리 조금만…… 그녀의 난처한 목소리에 나는 고개를 주억거리나 말하기를 그만두지는 않는다. 말끝마다 여자가, 같은 소리도 팀원들한테 습관적으로 뱉어본 적 없어. 치마 길이에 핀잔 준 적도 없고, 회식 때 술 쏟아서 닦아준 것 외엔 무릎에 손대본 적 없고 그마저도 일부러 쏟은 게 아니라고…… 그런데도 자꾸만 내가 모르는 장소에서 나도 모르게 잘못한 게 뭐가 있지? 같은 생각을 하게 돼. 그럴 만한 일 뭐라도 확, 저질렀어야 조금이라도 덜 억울할 것 같아서. 클라이언트의 빈 잔에 술 좀 따라드리라고 눈치 줬던 거? 사회생활하면서 그 정도도 안 하나? 운동 좀 하고 살 빼라고 핀잔 줬던 거? 그 친구가 하도 자기가 쪘다 어쩌나 망했다 노래를 부르기에 듣기 싫어서 한마디 했을 뿐인데 그것도 내 탓이야? 월차를 그리 자주 낼 바엔 휴직하라고 권한 거? 아픈 애 친정에 맡겨놓고 하루에 두세 시간씩 기저귀 어딨네 약이 몇 스푼이네 복도 나가서 전화받으면 다른 팀원들이 그 빠진 몫만큼 고생하니까, 팀장으로선 당연한 조치였다고. 막상 캐내기 시작하니 밤새 풀면 몇 꾸리에 이를 사례가 뇌리에 풍성하게 고치를 튼다. 그럼에도 내가 가벼운 비난을 넘은 생물학적 응징을 받을 만큼 죄질이 나빴던 적은 없다…… 단톡방에 '편의점에 돌진한 김여사' 같은 링크 올리고 시시덕거린 팀원한테도 경고 날리고 퇴장시켰던 나, 나는 정말로 세상 모든 여자들을…… 뭐 알고 지내온 동안 네가 평타 이상 치는 사람이었다는 건 인정하겠는데 말이야. 그건 이 사회가 말하는 평타의 허들이 워낙 낮아서가 아닐까. 너 나름대로 퍽 준수하다고 여겼던 그거, 옵션 아니고 기본인 건 알지? 그거 인정받고 싶니? 그녀 어조가 다소 신랄하여 술이 깰 것만 같다. 딱히 내가 완벽했다는 얘길 하려던 건 아닌데? 그녀는 티슈라도 찾는지 가방 속을 들쑤시며 고개 젓는다. 하지만 그렇다고 칭찬받을 일도 아니지. 그전까지 네가 나름대로 애썼다고 자부심을 피력한 부분은 사실 '고작' 내지는 '최소한'에 속하거든. 그걸 인정받고 싶어하는 마음이 은근히 있다는 것부터가 에러라고. 그리고 피해자가 되는 건 반드시 그럴 만한 일을 해서가 아니야. 내가 삼십오 년간 너희 김팀장 같은 자들의 마수에 얼마나 자주 노출되었는지 너는 상상 못할걸, 아니 이제는 짐작 가능하려나. 네가 가졌으면서도 호흡만큼이나 당연한 까닭에 가진 줄도 몰랐던, 반푼어치 권력을 박탈당하고 나서야 비로소, 말이야. 지난번 헤어질 때까지만 해도 민감한 화제는 가능한 한 건드리지 않으려 주변만 두드리다 서둘러 일어났던 그녀가, 다시 만날 때는 여자끼리 만나자고 장난식으로 주고받았던 걸 기억하는지 이젠 편안한 정도를 넘어 말을 고르지도 않는다…… 너 무슨 말이 하고 싶어? 나도 모르게 연애 기간에 그녀에게 상처 준 게 있나 싶어 진지하게 묻는데, 그녀는 대답 대신 가방에서 막 뽑은 병 한 개를 칵테일 잔 옆에 올려놓는다. 박카스 반만한 갈색 병으로 내용물의 색은 알 수 없고 그녀는 어떤 설명도 시작하지 않았지만, 왠지 그것이 어디서 왔으며 어디로 이어지는지 알 것만 같다는 느낌에 머리로 피가 몰리자 나도 모르게 문답무용으로 그녀 멱살을 틀어쥔다. 흥분하지 마, 네가 멋대로 생각하는 스토리랑 조금은 다르니까.

셔터를 막 내리려는 심야 당번 약국에 들어가 주사기와 주삿바늘을 산다. 주사기는 있는데 바늘로는 뭐하시게요, 취기에 초췌한 내 얼굴을 보고 애매모호한 표정을 지으며 약사가 묻는다. 여자인지 남자인지 잘 모르겠는 사람이 다만 취한 김에 뽕 맞을 것처럼 생겼나보다. 강아지 백신 놓게요, 하니까 군말 없이 내준다. 가방에 무기를 넣고 나니, 아직 아무것도 하지 않았으나 언제든 할 수도 있다는 심정이 되어 든든

해진다. 쇼윈도 조명을 막 끄려던 옷가게 앞으로 가보니 예전에 찍어두었던 정장은 이미 없고 마네킹들은 신상을 입었다. 지금은 딱히 눈에 들어오는 옷이 없지만, 내일은 토요일이니 이 거리로 나와 마음에 드는 옷을 한 벌 살 것이다. 어중간하게 길어서 관리하기 어려운 머리는 스트레이트파마와 염색을 할 것이다. 그녀는 헤어지기 전 내게 올리브브라운이 어울릴 것 같다고 그랬다. 나는 그들과 아무런 관계도 없고 그들 실체를 본 적도 없는데다 네가 이렇게 되기 전에는 관심도 갖지 않았어…… 그녀는 그렇게 입을 떼었었다. 그녀는 내 상황을 잊지 않았고, 인사치레인 줄 알았으나 정말로 시사지 기자를 두세 명 만났으며, 그녀에게 이걸 건네준 기자는 무산된 특집 꼭지 취재 과정에서 익명을 요구한 적잖은 제보자 중 한 명에게서 받아냈다고 한다. 세신사인 제보자는 그 자신도 수많은 손님 중 누군가에게서 얻었다고 하며, 손님 모두가 당연히 민낯에 나신인데다 장신구까지 벗어놓으니 외모 특징을 체구 외엔 기억하지 못한다고 한다. 손님은 다른 데서 얻었다고만 했으며 그 다른 데는 또다른 데가 있고, 또다른 데는 그 밖으로…… 몇 개의 겹을 통과하고 나면 멕시코나 동남아로. 편리하고 그럴듯한 루트. 결국 그들이라고 칭했지만 그들 자체가 누군지를 밝혀내지 못했다고. 하긴 일곱 통 필사와 케네디 대통령 암살과의 상관관계를 운운하는 행운의 편지를 누가 맨 처음 보내기 시작했는지 알 게 뭔

가. 그렇다고 특집 꼭지가 폐기된 마당에 이걸 손에 한 번이라도 넣었던 사람들을 줄줄이 엮어 잡아가기엔, 그건 기자의 의무도 아닐뿐더러 그들이 실제로 사용했다는 증거도 없다. 이걸 준 제보자도, 막상 손님이 줘서 받기는 했지만 겁나기도 하고 이게 진짜로 문제의 약인지 아니면 그라목손인지 알 길이 없는 참에 마침 기자를 만나게 됐으니 궁금하면 알아보라며 그대로 건넸다는 것이다. 보복하고 싶은 대상이야 늘 차고 넘치지만 죽이는 건 또다른 문제니까요…… 그녀는 내 생각이 나서 얼떨결에 받아 오긴 했는데 이걸 뒤봤자 뭐하겠으며 어디다 분석 맡길 데도 없고, 이게 나를 공격한 바로 그것이라는 게 확인되면 그다음엔 또 뭘 어쩌겠나 싶었다고 한다. 그러면서 그녀는 나더러 이걸 이대로 갖고 가서 신고해도 되고, 이게 자신의 손으로 전해졌다는 이유로 자신을 같이 걸고넘어져도 무방하다고 그랬다. 하지만 분명히 말해두는데 털 먼지가 없는 나를 그래봤자 너한테는 피로 외에 다른 소득은 없을 거야……

흔들리는 네온사인에 병을 들어 비춰본다. 이건 그냥 영양제일 수도 있고 발기부전 치료제일 수도 있다. 청산가리 화합물이거나, 아무런 작용도 하지 않는 생리식염수에 불과할 수도. 그러나 그런 불투명한 세계에라도 스스로를 던져야 하는, 일생을 통해 그 어디에서도 확신을 얻지 못한 채 살도록 조건 지어진 이들의 마음을 지금 알 것만 같다. 지금까지 그

(녀)들에 의해 일어난 일들의 대부분은 치우고 싶은 바로 그놈이 아니라 그놈을 투영하거나 대신할 만한 대상이라면 누구한테든 상관없이 무차별로 이루어졌을 것이며 그것이 테러리즘의 속성 가운데 상당 부분을 차지한다. 따라서 나는 그(녀)들이 한 것과 같은 일을, 김팀장이나 김팀장을 떠올리게 하는 누군가에게 머지않은 때 할 것이다. 그런 다음 김팀장이나 김팀장을 닮은 누군가는 또다른 김팀장이나 김팀장을 닮은 누군가에 의해 내가 겪은 수모와 비슷한 일을 거친 다음, 또다른 김팀장이나 김팀장을 닮은 누군가를 찾아서…… 실내등이 꺼지고 쇼윈도가 까매지자 지금의 내 얼굴이 거기 비친다. 그게 좋겠다. 마주 세워놓은 두 장의 거울 안에 무한 복제되어 맺히는 전염병 같은 왜상歪像의 끝을 본 사람은 아직 이 세상에 없다.

웨이큰

이리 앉으시오,라 권하기도 자리 마땅찮아 어떻게, 그냥 서서 들으시겠습니까. 오래 걸릴 텐걸요. 거기 접의자 좀 이리 당기자. 원래 이거 6인실이라고 긴 얘기 못하는데, 착하신 사람들 다 이해해주고 두 명은 퇴원해서 한산하고. 지금까지 방송기자들 이래저래 다녀갔소. 이 사람 얼굴 찍어 갔다. 무슨 다큐멘터리 피디도 조만간 온대요. 특집 방송 내준답니다. 그럼 댁네가 중복인가요? 성격 좀 다른 거? 방송 타는 거 관심 없네. 하지만 사람들 많이 이 사실 알면, 액땜하려는…… 아니 저기 이미지를, 세탁하려는…… 아, 제고하려는. 이거다. 대기업 같은 데서 후원 들어온다고요. 그거 비록 잠깐이라도. 사실 이이 좋아서 한 일인데 관심 받기도 면목 없지. 아는데 그래도 나 돈 필요합니다. 우리 아기 아직 어리다. 어 지금 시어머니한테 맡겨 있어요.

듣기 괜찮으시나요. 불편하지 않은가요. 한국 온 지 일 년 됐고 말 충분하지 않아요. 남편하고 필리핀에서 살 땐 쭉 영어로 했어서요. 학당 따로 안 다녀, 그냥 독학이었어요. 한국어로 예쁜 말 좋은 말 남편이 많이 배워줘서 아는 건 좀 알아요. 표현이 다 돼요. 그러나 문법 힘들고 특히 접속사 조사, 활용이랬나 어미? 같은 거 어려워요. 그래도 명사 형용사 두루 아니까 뜻은 통할 거요. '댁네' 같은 말도 알잖아요. 액땜, 아까 이건 쓰임새가 틀렸다 해야 하나, 포크 놓을 자리에 스푼 올린 격이지 실상 무슨 뜻인지는 알아요. 또 전문용어 같은 거 보면 발음 재밌고 글자 신기하니까, 눈에 쏙 들어와 알죠. 정식 제대로 안 배워 그런가 평범한 말 끄집어내는 게, 일상 말이 오히려 어렵기도. 영어 할까요? 당신이 원하시면 영어로 해드려. 그런데 그전 보니까, 통역을 잘들 안 모시고 와요. 비용 따로 든다고. 물론 제가 영어 말해도, 다들 공부 잘하시니 얼추 알아는 들으시는데, 듣던 기자님, 웬만하면 한국어로 말해달래요. 나 그거 왜 그런지 알아. 말 서툴면 내가 조금 더 안타깝게 보이라고, 더구나 백인도 아니고 하니 사람들한테 되도록 안쓰러워 보이라고 그런 거 같아. 그저 추측인데 그 추측도 지나고 나서야 그런가 했지, 그때는 경황없어 하라는 대로 했어요.

자료화면이라고 설명 따로 나가지 싶은데요. 그래도 일에 순서란 거 있으니 그냥 쭉 처음부터 얘기할게요. 저는 몇번째 하는 이야기지만 여러분네 팀은 오늘 나 처음 보니까. 이 사람 평소 하는 일 프로그래머요. 자주 유료 게임 만들고 다운로드 횟수나 아이템 구매에 따라 인센티브 받아 살아. 그러나 그거보다 진짜 잘하는 일은 데이터 움직이는 건데, 움직인다 말하니 이상합니까. 어디 가입하거나 소속된 거 아니라 취미로 이런저런 것 하는 사람들 많이 있습니다. 데이터 리스토러, 데이터 마이너, 데이터 레커, 데이터 컨스트럭터…… 이것들 두루 마음대로 하는 사람들 가리켜 데이터 플레이어라고 불렀는데 이 사람 그런 거였어요. 이름 거창하지만 소속이 있기를 해, 정체성이 분명하기를 해, 누가 인증서 내주는 단체도 아니라 나라에서 무슨 조직 사이트 해킹하라 시키면 그거 하고, 금융 쪽에서 뭐 보안 패치 하라 하면 그것도 만들고, 크게 막 대놓고 잡혀갈 일 안 했소. 이거 오프 더 레코드인가. 봐서 편집하면 그만요. 일 이렇게 된 마당에 이이가 하는 일들 감춰 뭐할 거야. 나랑 외국 있을 때도 이미 그런 일 발 오래 담갔던 사람이에요. 따지려 보면 이 문제가 된 공간, 익스피리언스 파크도 그런 사람들 모여 만들었지. 그런 사람들이 조금 삐끗 맘 잘 안 먹으면 악성 해커 되기가 예사.

당신은 익스피리언스 파크 가보셨나요. 아 취재로만요. 취재라도 직접 들어가서 타보고 하셨죠, 비록 즐김은 못하지만. 얼마나 넓은지 미술관에 동물원에 놀이동산이랑 다 붙었어서 그 내부 도는 데만도 차 없이는 못 다닌다고. 그래요 거기 홀로그램 지도 가져오셨군요. 그런데 사람들 흔히 잘못 알아요. 이름이 익스피리언스 파크라고 대표로 불리는데 실은 이 W구역만 진짜 익스피리언스 파크고, 나머진 동물원이 라비린스 주, 미술관이 클래식아트 뮤지엄 하는 식으로 다 따로 이름 붙었어요. 다른 테마파크와 차별성 많다는 데가 이 W구역이다 보니까, 얘가 일종의 상징이 돼버린 셈이죠.

한번 들여다보아요, 장소상으로 W구역이 전체 테마파크에서 차지하는 비중이 얼마나 작은가. 아무리 작아도 내부 수용 인원은 최대 백이십 명. 봄가을이면 거의 전국 학교에서 예약 꽉 채워, 성수기라고 하죠, 그맘때는 일반 가족 단위 손님은 주말 공휴일만 입장 가능할 정도입니다. 전교생 사백 명이 현장 체험학습 온다 치면, 파트 나눠 일부 여기서 시간 지내고 나머지가 다른 놀이기구 다 타고 한 바퀴 돌면 그다음 교대하는 형식이다. 아니면 전교생 수가 적은 학교는 처음부터 이거 하나만 옵니다. 아무래도 일정이나 시간 관계상 이거만 하는 수가 더 많아요. 엄청나게 생생하고 무지막지 오래 걸리니까. 어떤 프로그램을 가동하느냐에 따라 총 체험 시간 조금씩들 다르지만, 학생들 이곳에서 수영이나 말 타기 해보고, 치즈농장 요리 체험 같은 사소한 학습 말고도, 독일이니 이탈리아 같은 데까지 다녀올 수 있으니까 그렇습니다. 기술 얼마나 발전했는지, 얼마나 진짜와 닮았는지…… 아니 실질 그대로인지. 이제 번거로이 비행기 안 올라도 〈로마의 휴일〉 나오는 분수대에 손 대고 만져볼 수도 있고, 콜로세움 가까이서 보고 그 앞에서 사진 찍고들 하는 거여요.

귀족들 우아하게, 몇 억대 부자나 사회 지도층 같은 이들, 배운 거 많은 이들은 그래요, 암만 미디어 매개성이 좋아봤자 그게 그림이지 가짜지. 근데 평생 가도 외국 한번 못 나가 보는 사람들 많단 말이에요. 그 어떤 풍경이나 사건을 한 번도 제 손아귀에 장악해볼 기회가 없는 이들은, 가상현실을 통해서 상대적으로 저렴한 비용에 나이아가라도 보고 에펠탑도 만지고 하는 거죠. 촉감 백 프로 구현이 가능하냐고 묻는다면 글쎄요, 솔직히 플라톤이 동굴 이데아 주장한 이후로 진짜라는 게 어디 있는가 말입니다. 그 어떤 진짜를 표방하는 것들도 어느 정도껏 결핍을 전제로 하거나, 진짜를 담보로 가짜를 드러내기 아닙니까.

아무튼 그래서 그날 예약 단체는 초등학교 4학년 아이들이었습니다. 인솔 교사 다섯 명이 아이들 백이십 명 함께 왔어요. 이이는 평소처럼 어디 외주 하느라고 남의 회사 미팅가 있는 생활, 돈 크게 못 벌고 재미 좇으며 자유롭게 하는 일이란다 하는 걸로 저는 알았는데, 오히려 감옥살이 모양 얽매였거나 남의집살이처럼 가시방석이나 둘 중 하나랍니다, 사람 굴려놓고 비용 정산은 늦되기 일쑤인. 아무려나 그날 저는 집에서 시어머니와 방송 보고 사실 알았어요. 아이들 탑승한 체험 기계가 사고 났다고. 듣는 저는 그런가보다, 저걸 어째, 큰일이네 안타깝네 정도였죠. 품에 당장 내 아이가 열 많아 울고 있었는걸. 시어머니는 옆에서 혀를 차며 말해요. 그러게 꼬맹이들 뭘 보고 안다고 뉴욕으로 사이버 소풍은 가길 왜 가나 누구 작품이나 하고. 명색이 '현장' 체험학습인데 현장의 의미는 쏙 빠지고 보여봤자 우아 감탄어만 내놓다 끝날 것을, 현장 아닌 데서 현장인 척하려다 이게 웬일이냐고 말이에요.

높은 분으로 추정되는 어딘가에서 이이한테 연락온 건 그로부터 사흘 뒤였어요. 현실에서는 사흘 뒤였으나 그 프로그램 안에서 아이들한테 몇 시간이 흘렀는지는 저는 안 써봐 모르고. 이 사람만 아니라 조금이라도 같이 일했던 사람들이며 그 당시 테마파크 설계했을 때 관계자들, 하여튼 죄다 극비리로 전화 돌렸대요. 부름 받은 거의 즉시 나갔어요. 고민 하루도 안 했어요. 아니 실은 내가 거의 등 떠민 거와 다름없다. 여보 저 데이터 세계 안에 갇힌 게, 우리 라리가 저기 있다고 생각해봐. 그랬더니 아무 소리 않고 이튿날 새벽에 문자 하나 달랑 남겨놓고 갔지 뭐겠어요.

취재 나간 적 있으면 아시오. 이 체험 기계란 어떤 건지. 바깥에서 보기엔 그저 MRI처럼 생긴 뭐랄까, 부화 장치 같은 거로 보여요. 양계장,과는 좀 다른 느낌. 그 안에 들어가서 캐노피 닫고 4D비전 뭐라고 하는 헤드마운트 디스플레이, 머리 위쪽부터 이렇게 씌워서 눈 가려요. 손에는 또 뭐 주렁주렁 달린 장갑 껴요. 교사들 함께 탑승할 수 없어요. 애들은 시스템 안에 존재하는 별도의 AI 인솔자를 따라가고, 애들한테 무슨 일 생기는지 교사 눈은 바깥에서 두루 살펴야 하니까. 그럴 일 없지만 혹시 캐노피가 헐거워져 열리진 않나, 기계가 고장나거나 멈추고 말아버리진 않나, 설마라도 호흡곤란에 놓인 아이는 없나 지켜봐야죠. 폐소공포가 갑자기 나오는 수도 있고, 아까 치즈 농장 어떻다고 했는데 그런 사소한 거 말고 현실에서 못 가보는 것들요, 바다생물 탐험이나 우주정거장이나 이런 데로 가면 그…… 비약이라고 하나, 이미지랑 소리가 공격적으로 자기 온몸에 확 파고드는 건데, 적응 못하고 경기 일으키는 애들도 간혹 있다 하네. 그런 생체 데이터의 변화가 외부 디스플레이로 전체 모니터링을 가능합니다. 물론 교사가 지켜본대서 무슨 일 생긴 때 그거 직접 해결할 못해요. 근데도 빠른 신고 접수해서 문제 처리하라 종용, 독촉하는 어른은 꼭 붙어 있어야 하니까. 만약 발생한다면 대부분 프로그램이나 기계상 문제인데, 전문가 아니고 어떻게 알아요. 그러나 기계 관리실 옆에 바로 있고 지켜보는 직원 있지만 그들 다 임시직이고 그나마 어떨 때는 직원조차 아니라 자원봉사 나왔거나 어린 알바생이었습니다.

일단 시스템이 돌아가면 프로그램은 올바른 순서에 따라 마치기 전에는 캐노피가 안에서 열리지 안 합니다. 바깥에서 강제 개방이야 되는데 크게 문제 발생합니다. 이용자가 현재 보유한 데이터 있어요, 우리 인간요, 생체, 기억, 의식, 그리 죄다 섞인, 섞이고 나면 뭐가 결과물로 나올지 모르는, 그 뭐랬지 복불복, 데이터의 총합이면서, 총합이 구성하고 배열해낸 수억 수조 경우의 수 가운데 한 가지의 모습에 불과하다. 그런 임의 데이터를, 이용객이 자기 걸 시스템에 전송 등록한다고. 그러면 시스템이 그 데이터를 가지고…… 요리합니다. 변환, 조합, 확산, 증폭, 분리, 그로써 이용객이 프로그램을 최대한 실제같이 즐기게 하는. 저도 뭐 설명 어렵고 분명히 아는 게 아니나 이를테면 한 명 한 명 인간 데이터를 아예 이거 체험장의 용도로 재배열하고 마는 거요. 나쁜 말로 하면 데이터로 규정된 자기 존재를…… 그냥 헝클어놓는다. 그러면 이용객은 머리에 이 HMD 쓰고 손 장착 다 하고 프로그램 가동되기 시작하면 디 엔드 뜰 때까지 잠들어버립니다. 이게 우리가 흔히 알던 꿈꾸는 잠 말고, 의식을 탁 놓아버리는 거나 같아요. 상승도 하강도 느낄 수 못하는, 희부연 안개 닮은 막이나 층도 없이 죽음에 맞닿도록 밀도가 높은 잠, 깨어나면 그 시간이 도려내진 거나 같은. 체험이 끝나면 광속으로 역연산 과정을 거쳐 원래의 자기 데이터로 돌아옵니다. 제 몸이 세상 모든 것이 원래 그대로이며 남겨 있는 건 의식을 내버려, 놓아두었던 때 했던 경험만. 그러니 얼마나 가성비가 좋겠는가.

가성비 좋음에는 어쩌면 그만한 대가가 따라가는지 모릅니다. 조금 전 제가 실제같이라 말했는데 같이 정도가 아니라. 실제 그 자체입니다. 데이터 세계에서 발신한 부작용이라도 그게 현실 나한테 미칩니다. 데이터 세계에서 등에 칼 맞는다고 체험 기계 안에 들은 내한테서 피가 확 쏟는다는 그런 뜻 아니라요. 등에 칼을 맞으면 내 몸이 피를 쏟을 때와 유사한 생체반응을 보인다고 하면 알아들으시나요. 더구나 데이터 세계가 절차에 따라 종료 맞아야 하는데, 도중에 뚜껑 열고 이용객을 확 잡아 꺼내 채면 안 돼요. 역연산이 덜 된 상태에서 해당 사람의 데이터가 엉켜버리오. 자신의 데이터가 왜곡되거나 비틀려 단층이 생기면, 의식 못 찾거나 그 전 기억 없어지거나 인격 달라지거나 여러 부작용 받습니다. 물론 그전부터 쭉 이런 일 생기지 않을뿐더러, 데이터 세계에서 프로그래밍된 이벤트가 아니고야 다른 돌발 사태가 일어날 것 도무지 없으니까요. 그런 가능성 때문에도 사람들 처음에 시위하고, 물론 시위 주된 까닭은 나라는 인간의 데이터 갖다가 어떻게 저놈들이 뭐할지 아느냐. 개발측에서는 그럴 일 없다 데이터 다 돌려준다. 시위 쪽에서는 데이터 복사라는 것도 있지 않느냐. 하는 식으로 데이터와 인간 윤리 개인정보 보호 이런 문제 많이 대두되었잖아요. 사실상 사람들이 많이들 즐기고 문제 상황도 그동안 안 나오다보니 안전 쪽에는 상대적으로 신경이 덜 써진 겁니다. 정전이라도 되면 비상 전력으로 역연산을 빠르게 마무리해서 기계를 정상 개방하면 그만이고, 화재 발생이라도 탈출 전 긴급 역연산을 마치고 차례 지켜나갈 수 있도록 시스템이 갖춰져서, 왜 우리도 건물 비상 났다고 비좁은 문에 사람들 마구잡이로 달려 모이면 더 못 나가고 함께 망합니다. 그와 마찬가지입니다. 그러나 화재가 나지도 않았고 최신식 기지 같은 건물인데. 그야말로 갑자기 공중에서부터 테러 폭격을 당하지 않는 이상 그런 사태는. 글쎄요.

처음 사고 소식 났을 때 나는 시어머니 옆에서, 어쩌면 저 철통같은 곳에 그런 일이 나지 의심스러워해 있었습니다. 이 세상 어느 시스템이나 간에 거기 신이 깃들지 않은 한 완벽하지 않다는 사실을 잊었나봐요. 게다가 저 여러 차례 말 들어왔는데, 내 남편 나라긴 하지만, 어느 분야에나 뽑히지 않는 고름의 뿌리가 단단히 매달려 있어, 그 불완전함을 더욱 두드러지게 만들며 극대화한다고 말입니다. 그리고 사람이란 아무런 정치적 요구 없이도, 무얼 특출 목적으로 삼지 않아도, 그저 재미로도 남의 목숨과 갖고 놀 수 있는 생물체라는 것도요. 재미로 남 때리고 재미로 남 돈 뺏고 재미로. 웹 세상에서는 오래전부터 그런 정체불명 이들 가리켜 어나니머스Anonymous라고 부르지 않았습니까. 정의와 범주가 조금

다를 순 있는데 어쨌거나 남들 불행해지는 거 보고 즐겁다는 이들. 자기들의 흥미를 위해서라면 남의 데이터 같은 건 약탈과 편취와…… 무엇보다도 공개가 아무렇지도 않은 자들요. 하지만 그들은 사람의 생명으로 갖고 놀지는 않는 줄로 기존에 전 알고 있었어요. 아무런 구호나 지휘 체계도 갖지 않은 자들이라도, 최소한의 신념을 가진 줄로만요. 해커들 사이에 혹 그런 속성상의 불문율은 있기라도 할까요. 정부나 군대나 누가 시켜서 지시받고 만드는 바이러스 따위, 올바른 해커로서 자세가 못 된다거나 그러지 아닌가요. 해커란 모름지기 누구 부탁이 아니라, 이익 관계 걸려서도 아니라, 그저 본인이 신나서 디도스 공격이니 랜섬웨어도 뿌리고 치료제도 만들고 병 주고 약 주고 해야 좀 속박도 안 받고 폼도 나 보이나요. 그렇다면 그 점에서 내 남편은 실격이라고 느낍니다. 그럼 봅니다, 어린 애기들이 가상 세계로 소풍 들어갔는데, 그런 세계에다가 그 어떤 이벤트 설정에도 없는 테러 집단을 프로그래밍하여 투척하는 놈들은, 따로이 뭐라고 부르면 좋습니까?

그렇게 부름 받아 모인 이들이, 통곡하는 부모님들 옆을 지나쳐 중앙제어센터로 들어가 모였다지요. 데이터 조작하기로는 둘째가라면 서운하달 이들로만 일곱 명이나 이르렀다고 해요. 이들이 차례로 가상체험 세계의 프로그램 주요 스크립트를 바꾸는 시도를 했어요. 현실에서는 아이들이 기계 안에 들어간 채로 사흘이나 지났는데, 데이터 세계에선 두 시간 정도 경과된 모습이었다 하지. 그러나 애들은 이미 누군가는 아주 기절했고 누군가는 울다 지쳐 딸꾹질만 하거나 잠들고 만 상태였다고. 아이러니한 일 않습니까. 아이들 기계 안에 잠들어 있는데 데이터 속에서도 이중으로 잠들었다는 게. 그렇게 아예 감각 정보를 닫아 건 아이들이 나중에 회복도 좀더 순조로웠다곤 합니다만요.

건물 안에서 인질이 되자마자, 시스템에 존재했던 AI 가이드는 테러범들에게 반격을 시도하다 사살당했다며 합니다. 그의 시신은 데이터가 완전히 파괴되면서 그 자리에서 흔적도 없이 증발했대요. 그러니 아이들 얼마나 혼란과 충격에 빠졌겠느냐. 분명 현실은 아닌데 빠져나갈 수도 없지, 누가 확 뚜껑 제끼고 꺼내주는 것도 아니지, 여기서 내보내달라고 아우성을 치지만 그 외침이 몸 밖으로 나오기도 안 하고, 울던 애 하나가 고작 데이터로 구현되었을 뿐인 테러범 중 하나에게 뺨 맞고 나가떨어졌지, 친구 얼굴에 든 파랑 멍을 보니 거짓말 상황이라도 심각하다는 걸 애들이 알아버렸지…… 바깥에서 교사와 직원들 어른은 어른대로 발만 동동 구를 수밖에요, 데이터 세계에서 너무 큰 상해를 입어서 현실과 데이터가 거의 구별되지 않아지면, 현실로 돌아오고 나서도 인간이 본래 자기 데이터가 손상된 상태로 살아야 할지 모른다고…… 데이터 속에서 죽기라도 하면 현실에서마저 죽을 가능성 완전히 배제 못한다고. 아니 그전까지 그런 부작용이 생길 일이 없었다니까요. 그래서 그 어떤 주사위의 수도 확신하지 못했던 거라니까요. 어쨌든 분명한 거라곤 섣불리 손댔다가 영영들 안 깨어나면 어떡하지 하는 마음이 다 같이 있었다는 터예요.

그 핵심 상황만은 차단 진행되어 방송 관계자 아무도 볼 수 못했지만, 난 한참 뒤에 데이터 플레이어의 가족 자격으로 남은 화면을 자세히 반복 보고 브리핑도 받고 그랬답니다. 데이터 플레이어들은 아이들 상태를 모니터링한 뒤, 어디서 누가 쑤셔넣었는지 모를 나쁜 데이터를 재구성하거나 파괴하려고 했어요. 예, 발생한 걸 바꿔보려 했어요. 그러나 안 됐어요. 침입자들이 구축한 장벽이 워낙 빈틈이 없었다고. 사물이나 배경 일부 같은 세부 조건 변형은 되는데, 사태가 아주 없던 일만큼 처음으로 돌아가지는 않았다고. 무질서와 혼돈이 이미 디폴트값이 되고 만 양, 세끼 밥 먹고 그거만 해대는 전문가 일곱 명이 매달려서도 파괴되지 않는 강력한 오류였다고. 그러면 이제 어째면 좋은가, 그대로 셧다운하고 뚜껑 열어 애들을 끌어내는 게 최선인가. 아이들이 건물 안에 인질로 잡혀 있는 이 사태가, 만약 다른 공간이었다면 어떻게 됐을 텐가? 뉴스에서 가상현실 전문가 분들이 나와 논평했어요. 도시 탐방이 아닌 심해 탐험이었다면? 우주선 탑승이었다면? 그런 장소에서 뭔가 데이터 오류가 났을 땐 이미 아이들은 가상공간에서 질식사 했을 거라며. 기계에 누운 아이들에게는 최소한의 바이털 사인만 남고 크게 잘못됐을 거라고. 이제 우리는 하드웨어적 사고 일변도로 투우사를 향해 돌진하는 소처럼 미디어에 머리를 들이받을 게 아니라, 이런 최악의 경우부터 성찰하고 고민해야 한다고.

아무래도 소식 없으니 부모들 중 누군가가 닿지 않는 중앙제어센터 창에 돌을 던지기 시작했네요. 곧 너도 나도 따라 던지기 시작. 부모님들을 지탱해주러 온 학생들, 그 초등학교 졸업생들이라 하는데, 이 아이들은 울면서 구호를 외쳤어요. 진상 규명, 책임자 처벌. 뜨락에 잔돌이 한 장도 안 남았을 만치 현관에 창문에 쏘아댔지만 괜히 중앙제어가 아닌 모양, 쉽게 안 깨져요. 이러시면 안 된다고 말리던 알바 아이들 넘어지고 구르고, 경찰들도 우는 부모님들 뜯어내고. 그 와중에 테마파크측에서는 문제가 생긴 W관을 제외한 나머지를 이틀간 내내 영업 돌린 거여서 더욱 난리가 났죠. 그러고 싶을까요? 그런 돈이 벌리면 좋을까요. 주말이라고 성수기라고, 영문 모르고 찾아온 손님들 문 앞에서 돌려보낼 수 없으니 개방했다, 이게 말인가요.

상황이 이쯤 되면 모든 것을 처음으로 되돌리기 위해 선택할 수 있는 방법이, 데이터 플레이어가 직접 그 세계 안으로 들어가는 거요. 가서 불량 데이터, 끼어든 데이터를 물리적으로 해결하고 파괴해서 복원 시점을 설정한단 말입니다. 만약 그 일에 성공한다면 역연산이 별도로 필요 없고요. 화재가 났으면 불을 끄고, 홍수가 났으면 물을 막고, 다쳤으면 치료하고…… 그 논리대로 따른다면 이 경우에는 테러를 진압해야 아이들을 데리고 나올 수 있는 거였어요. 동유럽의 데이터 플레이어 가운데서도 최고 수준이다 불리는 이른바 데이터 마스터도 모의 상황이나 일 년에 두 번쯤 치렀을까, 더구나 이런 상황 조건에서 실제로는 시도해본 적 없는 일이었지요. 데이터 마스터 중에는 군인이나 정부 요원 출신이 간혹 있지만 어디까지나 외국의 경우. 외국에도 이 일은 애당초 알려졌으므로 지원 인력 요청을 시도해볼 만한 부분이었는데, 바로 요구가 인정받더라도 최소 열두 시간 뒤에나 인력이 도착할 만했고, 부모님들은 대개 일반적인 생활인 분들이라 관련 설명을 들어도 과정을 이해하지 못하실 테며, 사실상 그 순간 그분들께 중요한 건 아이들이 무사히 기계에서 해방되는 것이지 이해 여부는 아무래도 좋았습니다.

기다리느냐 혹은 당장 뭘 어떻게든 하느냐의 기로에 놓여, 그때 애들 바이털 체크하니 데이터 세계에서 체온과 호흡 상태 매우 나빠지고, 기계 안의 아이들도 그 반응을 따라갔어요. 그래서 더 지체 이거 안 된다, 플레이어 가운데 네 명이 자원하여 여분의 기계에 탑승하지. 나머지는 모니터링을 하다 양동작전이 성공하는 대로 데이터를 초기화하는 작업을 하기로 하고요. 엄청나게 타이밍 중요하고 손발 맞아야 가능한 일이래요. 밖에서 플레이어들이 제때 데이터 제공 변경을 못 맞춰주면 안에 무방비로 들어가 있는 플레이어들도 못쓰게 된다고요. 그리고 남편은 탑승 멤버에 속했습니다.

네 사람이 작전 회의를 하는 동안 다른 플레이어들은 건물의 구조를 이동 편리에 맞게 바꾸는 작업을 했습니다. 나쁜 데이터를 보낸 자들이 이를 눈치챘는지 계속 방해 데이터가 들어오는 기미가 보였지만, 이쪽에는 테마파크 설계자의 기획 멤버가 있잖아. 둘이 계속 맞부딪치면 어느 쪽 부러지겠나요. 결국 최초의 원인 제공자 집단은 자기들 만든 데이터가 변형되는 것을 그대로 버려두고 그 공간을 떠난 모양이에요. 재미를 볼 만큼 봤으니 더이상 기를 쓰고 맞서기가 시들해졌다는 뜻인지, 그럴 거면 그 왜…… 자기가 싼 쉬은 안 치우고 가고. 아무래도 외국발 데이터 조작이라 수사 협조가 빠르게 되지 않았더랬는데, 어쩌면 그때 좁혀간 수사망을 피하느라 냅다 도망이었는지도 모르지요. 그래도 이런 일을 벌인 게 반드시 한 사람이나 일개 팀이라는 보장도 없고, 도중에 누가 재접속하여 무슨 방해 공작이 실시간으로 일어날지 모르니, 작전 시작에서 종결까지 십 분간 타임 리미트를 걸어놓았습니다. 십 분에 걸친 프로그램을 결말까지 모델링하여, 그 시간 안에는 외부 어떤 추가 데이터가 개입이나 공격이 못 오게 조치한 거였어요.

나로선 역시 사태가 종결된 뒤 어느 정도 마음 평정을 돌이킨 상태로 열람해서 그런 걸 텐데, 외부 플레이어들이 설정 및 제공한 각종 무기와 도구를 나눠 들고 건물에 침입을 시도한 이이의 모습은 정말이지, 와이어 하나에 매달려서 창문 깨치고 뛰어드는데 어디서 저런 걸 배웠을까, 데이터 세계라서 구사 가능한 동작도 일부 있었을 테고, 건물 진입로와 문이니 방어벽이 이쪽의 동선에 맞게 조작된 결과겠지만, 그 위험한 지경 한복판에서도 거짓말처럼 아름다웠습니다. 남편이 거기 뛰어든 순간 외부세계와 가상세계의 구별은 사라지고, 지독한 현실감만이 나의 내장을 흔들었습니다. 탐색이 아닌 투신, 기피가 아닌 접근, 막연한 대상이자 현실 아닌 모든 것들에 파열음이 일어나는 순간이었어요. 이이가 건드리고 지나간 곳들마다 진실이 생성되었어요. 어떤 열망이나 간절함이 부풀어오른 끝에 현실 착오에서 착오만 골라 집어삼키는 듯했소. 남편은 발이 바닥에 닿기도 전에 리더로 설정된 듯한 자의 목을 무릎으로 치며 죄었고, 다른 분들도 무기를 쏘아대면서 한 놈씩 맡아 굴렀습니다. 그들이 난사한 총탄이 천장에 가서 박히고 벽에 금을 그었는데, 그러는 동안에도 아이들만은 털끝 하나 다치지 않게 하느라 이분들이 유해 데이터 제거에만 주의를 온전히 집중할 수 없었어요. 그 과정에서 네 분 모두 팔다리에 총을 두세 발씩 맞았는데 그것이 얼마나 강인한 통증이었을지, 그때마다 이분들이 움찔하며 몸을 뒤틀자 체험기 캐노피가 들썩거릴 정도였다고,

나중에 알바 아이들이 말했어요.

그런데 그 와중 남편만은 팔다리가 아니라 배에 맞았던 거요. 피가…… 그러고도 어떻게 아직 두 다리로 서 있는지, 이곳이 총체적인 오류와 미정으로 가득한 데이터 공간이라서 그런지를 따져볼 겨를 없이, 그게 정말 코끼리 아닌 사람 몸에서 나올 수 있는 양인지 모르겠는 피바다가, 남편의 두 발 아래 펼쳐졌다오. 설상가상으로 테러범 가운데 한 명이 자폭을 시도하면서 무너져내린 철근 구조물이 남편을 찍어 깔렸어요. 등 아래로는 빠져나올 수 없게 된 거요. 남편은 그 자리에 쓰러져 피를 뿜으면서도 원래 계획대로 아이들을 건물 밖으로 내보내라고 손짓했고, 나머지 플레이어들은 혼절한 아이들을 안고 끼고 뛰는 것을 수차례 반복하여 모두를 빼냈어요.

동료 플레이어가 마지막 어린이를 안고 건물에서 빠지자마자 타임 리미트 걸어놓은 딜리트 명령이 자동 실행되었어요. 누군가가 이이를 찾으러 도로 들어간다든지 뒤를 돌아볼 틈도 안 하고, 그 자리에 건물이 무너짐과 동시에 한 조각 잔해도 없이 깨끗이 소거되었어요. 게임 속 퍼스트 플로어에서 하급 몹을 무찌른대도 이처럼 아무런 흔적을 남기지 않기가 어려울 거야. 건물과 함께, 그 안에 있던 모든 집기들과 함께, 그 밑에 깔려 있어야 할 남편도 사라졌어요. 남편은 가공된 데이터가 아닌 현실에 존재하는 인간이었는데, 그 세계에서는 이진법으로 이루어진 동등한 데이터로만 취급되어 지워졌다고. 이게 무슨 의미인지 나는 정말이지 이해하고 싶지 않아.

그래, 당신도 아시다시피 아이들의 데이터는 모두 사흘 전으로 복원되어 체험기 안에서 나왔어요. 현실의 몸이 데이터 세계에 인질로 붙들려 있다가 탈출을 잘했어. 그러나 아이들 모두 오랫동안 기계 안에서 잠들어 있었기에 나오는 대로 바로 모두가 의식 없는 상태로 구급차에 데려졌어요. 그리고 플레이어들은 남은 한 대를 셧다운하고 이이를 거기서 끄집어냈어요. 이이는 그 세계에서 흔적도 없이, 부서지다못해 사라졌는데, 이렇게 생체 반응만 남은 껍데기로 만들었습니다. 외부 모니터링을 했던 플레이어들 하는 말이, 그는 이미 데이터 세계에서 피를 너무 많이 흘린 까닭에, 현실에서도 혈압이 떨어지고 죽기 일보 직전이었다고, 옳은 판단이었는지는 알 수 없으나 남편의 몸까지 완전히 죽이지 않기 위해선 그 당시로 최선의 선택이었다고 그럽니다. 더구나 아이들의 안전이 걸려 있는 문제로 데이터 세계에서 그 이상 시간을 지체할 수 없었다는군요. 이의의 여지가 없는 현명한 결정이었군요. 안 그랬더라면 딜리트 명령과 함께 그곳 전원 날아갈 일이었으니.

나는 물론 원망은 하지만 그들을 증오하지는 않습니다. 기차의 딜레마 잘 아시오. 통제 불가능한 기차가 달리는데 선로를 왼쪽으로 바꾸면 다섯 명이 치이고, 오른쪽으로 바꾸면 한 명이 치이는데 당신은 어디로 바꾸겠느냐. 그럼 누구라도 오른쪽으로 레버를 당기겠다죠. 내가 기관사였던들 그렇게 말곤 다른 방법이 없었을 테지. 만약 그것이 지금 여기 있는 우리에게 일어난 일 아니었다면, 그러니까 영웅들이 거미줄에 매달리거나 망토를 휘날리며 날아다니는 영화 속이었다면, 그들은 거의 틀림없이 양쪽 선로의 도합 여섯 명을 살려내겠지. 그래야 지켜보는 시민들의 열광적인 호응을 얻고 관객의 기분도…… 정신도? 아무튼 사고도 통합할 테죠. 그런데 이상한 점은, 왜 우리는 다섯 명인지 한 명인지 고르라고만 할 뿐, 애당초 다섯 명에게도 한 명에게도 그런 일이 생기지 않게는 못합니까 말이에요.

이것은 현실에서 발생한 테러가 아니며, 남편은 어느 회사에게서도 소속된 사람이 아니기에, 산재를 신청할 수 없습니다. 이이를 불러들였던 높은 분들도, 셧다운을 한 다른 플레이어들에게 책임을 돌렸을 뿐 자신들은 기피했어. 정 필요하면 당시 참여했던 플레이어들을 상대로 고소하든지 하라며 내 말을 들어주지는 안 해요. 이이와 같은 생각을 갖고 일을 함께했던 분들께 내가 차마 그럴 수 못한다는 걸 알고 배 내라…… 그, 배 째라는 거겠네요. 그러면 이제 나는 누구에게 호소하는가. 이렇게 여러 번…… 구차한데도 사람들한테 알리고 나설 수밖에 없는 거네요.

제가 말주변 부족이나 지금까지 이야기에서 혹시 짐작하는 부분 있으셨을지 모르겠는데, 이이는 익스피리언스 파크의 개장 당시 계약직 멤버입니다. 이이 말고도 정말 많은 이들이 팀으로 묶어 움직였고, 파크 설계하는 일로 귀국한다고 자주 떨어져 지내다 결국 내가 따라 한국 들어오기로 한 이유 포함입니다. 그 프로젝트에 줄곧 따라가는 줄로 알았고, 계약은 명분과 형식일 뿐 실로는 매해 갱신되는 거라 믿었어요. 그러나 기업에서는 이 사람 비롯해서 그 많은 이들, 개장하고 얼마 안 지났을 때 다 파이어, 잘라버렸습니다. 그 자리 기계 조작 기초만 가르쳐 어린 알바 아이들로 채웠습니다. 안전한 체험만 이루어진다면야 열고 닫고 승하차 돕고, 매뉴얼대로는 대강 어찌할 것입니다. 실제로 이 일이 일어나기 전까지는 그러했고요. 그러나 알바 친구들, 아무리 열심히 살고 배우고 했대도 시간제 교대하는데 위기 상황에 대응 잘할 수 있습니까. 그 기계를, 프로젝트 전체를 설계하고 프로그램 짰던, 데이터를 빚어내고 조작하는 이들과 완전히 대체합니까. 내내 그것만 들여다보고 팠던 이들과, 수시로 리필 갈아끼우는 학생 아이들과 비교를 가능합니까. 그래 놓고 막상 이래 급한 사고 생기면 위험하거나 때로 목숨 걸어야 할 일은 뿔뿔이 흩어진 자들 다시 끌어불러서 외주로 맡기는 게, 정상인가요. 전문가들을 항상 옆구리에 정규적으로 끼고 있으면 그만큼 비용이 발생한다고, 그 어떤 아름답고 거대하고 충실한 콘텐츠라도 돈이 안 맞으면 소용없다고, 그 얄팍함에 눈멀어 이런 날을 만들지 않았습니까.

어쩌면 이이는 자신을 팽한 곳에 감정이 나빴을 수도 있는데, 높은 데서 사정 애원해도 안 가고 싶었을지 모르는 그걸 내가 떠밀었으니 책임 큽니다. 그러나 한편으론 임하지 않았으면 그만큼 마음이 무거웠을 테요. 내칠 만큼 쓰고 필요 다 했다 버려졌어도 남편은 그럼에도 갔을 텝니다. 그건 세상의 모든 라리를 위해서일지도 모르고, 자신이 설계한 데이터가 더럽혀지는 걸 눈 뜨고 못 보겠다는 직업적 자존심 때문일 수도 있겠지요. 사람이 대체로 큰 희생의 결과로 위대해지곤 하지만, 그걸 치르겠다고 결심하는 순간에는 의외로 작고 평범하며 개인적인 이유가 작용하기도 한답니다.

나는 말이지요, 세상 아무리 위대한 사람이나 뛰어난 위인 있어도, 그건 어디까지나 이리 툭 튀어나온 송곳처럼이라고 생각합니다. 그 뭐 낭중…… 가죽을 뚫고 나온다 하던데. 그러나 뚫고 나오면 뭐할 거냐고, 수틀리면 잘라내버리지 않나. 나는 한 개 한 개의 송곳이 유난히 튀어나오기보다, 그걸 감싼 가죽이 튼튼하기 바랍니다. 한 개의 송곳이 뾰족 뚫고 나오지 않아도 되는 질기고 억센 가죽 주머니를 원해. 사람이 위대하지 않고서도, 사랑이 위험하지 않고서도 그 꼴이 유지되거나 이루어지는 자리를 바라요. 그 누구도 영화에 나오는 주인공들처럼 복면을 쓰거나 전신 타이츠를 입지 않더라도 함께 행복할 수 있는 곳을요.

먼젓번 나간 소식을 접한 분들이 SNS로 널리 퍼뜨려주어, 사정은 어렵고도 불가능해 보이지만 저를 돕겠다고 해주시는 분들 연락 조금씩 닿아 생겨요. 이이 기사를 자발적으로 스페인어로 프랑스어로 중국어로 번역해서 알리고, 외국의 데이터 마스터들 몇몇이 위대한 영혼이자 평범한 아빠인 한국의 '슬리핑맨'을 돕자고 얘기 들어왔다는데, 그걸 또 저한테 전달해줘요. 원하면 와서 접속을 할 용의가 있다. 어디에서 소멸되었는지 모를 슬리핑맨의 데이터를 찾아 복구해보겠다. 현실의 그를 동화 속 왕자님 구하듯 두드려 깨워보겠다. 실패할 수도 있지만 시도하겠다. 비행기 삯이나 체류비 같은 현실적인 문제들 다 젖혀두고 라리 아빠를 위해 오겠다. 하는 메일들을, 영어로 된 건 그냥 저한테 소트하고 다른 언어로 된 메일은 번역해서 넘겨줬어요. 관계 기관과의 협의가 순조로이 되지 않고, 파크측에서도 그뒤로 정상 영업만 지속할 뿐 우리의 꾸준한 타전에 침묵으로 일관하고 있어서—오히려 사건의 적극 공론화로 인해 이용객이 확 줄고 매출이 떨어졌다며 자기네 어려운 사정만 내세우는 중이라—그 고마운 분들께 한국으로 와달라 청하지는 아직 못했지만, 어쩌면 진짜로 용감하고 위대한 사람들은 몇몇 특출난 데이터 마스터가 아니라 이 많은 도움 모아주는 분들이라고 믿어. 이분들이 있는 한 언젠가 이이는 깨어날 거라고, 이 세상에는 데이터로 설명되지 않는 어떤 힘이 분명 있다고, 무엇보다 사람은 기계나 물리나 생체 데이터의 총합으로 이루어진 존재만은 아니라고 말이오.

그러니 나를 동정하지 않아도 좋습니다. 지금 비록 나 이렇게 말 어수룩하고 불쌍해 보이겠지만 크게 잘못 여기는 겁니다. 나 정말은 내 나라에선 할 만큼 하던 사람이고 약한 사람 아니며, 화면 너머에서 눈 돌리지 않고 나를 바라봐주는 바로 당신들 덕분에 이이는 깨어날 텝니다. 그때는 더이상 슬리핑맨이 아닌 웨이큰맨으로 불러주시오. 스스로 깨어나기만 한 게 아니라 다른 이들을 깨우는 사람에게는 그런 이름이 어울릴 겁니다. 게다가 그 자신이 깨어남은 물론 그를 둘러싼 모두를 깨워주는 사람, 라리 아빠만이 아니라, 그가 현실로 돌아와야 마땅하다는 사실을 알고 그러자며 애써주는 당신들 모두를 가리켜서 말입니다.

사연 없는 사람

예순네 살의 시내버스 운전사가 급성 심장마비가 찾아와 본능적으로 핸들을 꺾었다가, 그 방향이 하필 바깥쪽 가드펜스인데다 마지막 순간 브레이크 대신 액셀을 밟는 바람에 교량 난간을 부수고 고가도로 밑으로 떨어지면서, 그 아래 도로를 달리던 차들마저 날벼락을 맞았다는 속보를 접한 것은 오전 여덟시경이었다. 심장마비란 시간이 지나 사고 원인을 분석하는 후속 보도에서 나온 얘기고, 일단은 평일 오전 출근길 피크에 일어난 사태라 아수라장이 된 현장 위주로 노출될 수밖에 없었다. 버스 아래 깔린 차량과 급정거하다 부딪친 차량을 포함하여 총 스물네 대가 뒤엉킨 참사였다. 당시 버스에 몇 명의 승객이 타고 있었는지는 정확히 파악되지 않았으며 현재까지 여덟 명 사망 서른일곱 명 중상, 차체에 깔리거나 찌부러진 버스 내부에 신체가 끼인 이들 가운데 열한 명을 아직 구조하지 못한 관계로 사망자는 더 늘어날 전망이라는 현장 취재 기자의 단호한 표정과 명료한 목소리. 그 구체적인 숫자에 일순 압도될 뻔했지만 지금의 내게는 어디까지나 딴 세상 이야기였다. 한때는 나도 일 년가량 통근에 저 길목을 이용한 적 있었다. 계약 기간이 끝나고 나서는 통근 방향이 완전히 달라졌으니, 그곳에서 일어난 비극이 피부로 와닿기보다는 게르니카의 한 폭처럼 느껴진대서 나를 도덕적으로 비난할 도시생활자는 없을 터다……가 아니라 애당초 규칙적 통근이라는 행위 자체와 멀어졌다는 데에서 비롯한 박탈감 뒤섞인 무관심이라고 해도 다르지 않겠지. 나 포함 해장국집에서 전날 매달린 술기운을 걷어내려 저마다 식탁을 차지하고 앉은 남자들은 하나같이 눈살을 찌푸리곤 저저거 어떡하나 아이고, 탄식을 밥알처럼 우물거리며 티브이를 올려다보고 있었는데 한창 어금니로들 씹어삼키는 선지 덩어리에 엉킨 발음이 하나같이 기묘했다. 그리하여 아침의 그 사건은, 화면 바깥에서야 보험 관계나 보상금 등 지난한 과정을 필요로 하겠지만 나를 포함한 개개인의 내면에서는 여느 때와 마찬가지로 삼킨 선지가 소화될 즈음 함께 종료될 예정이었다. 시한부로 중앙 매대에 올라 있다가 다른 촉망받는 저자의 신간 또는 유력 출판사의 물량공세에 밀려서가 구석으로 밀려나는 책과 비슷한 운명을 지닌, 한입짜리 소식. 길어봤자 스물네 시간가량의 생명력을 지닌. 날마다 새롭고 더욱 충격적인 사건 사고가 토할 만큼 발생하며, 기존의 사건이 우리의 세계관에서 차지하는 지분은 점점 더 줄어든다. 전날의 사건은 웬만한 크기와 무게로는 다음날의 사건을 압도하기 어렵다. 데일리 미디어라는 게 존재하는 한, 사람으로 태어나 거기 길들여진대서 결코 부끄러운 일이 아니다. 정선배는 언젠가 그거야말로 너의 패착 요인이라고 일갈한 적 있다. 돌아볼 줄 몰라. 곱씹을 줄 몰라. 입속에서 굴릴 줄을 몰라. 그냥 뭐 하나 건졌다 싶으면 자기 안에서 삭힐 줄 모르고 퉤퉤 뱉어내더라. 그러니 깊고 그윽한 맛이 나지 않을 수밖에, 하드 한 개 먹을 동안이면 머릿속에서 사라질 이야기나 끼적거리면서 소설은 무슨 얼어죽을 놈의 소설이야, 최상등 소뼈를 손에 넣고 삼십 분 고아 먹고 버리는 꼴이야, 허구한 날 입 벌리고 앉은 조개껍데기가 잠깐 입 처닫는다고 모래가 진주 되나. 그러면서도 기획사 사무실에 간이의자와 독서실용 책상이라도 자리를 만들어준 건 정선배뿐이었다…… 이때다 싶어 싼값에 부려먹을 만한 인력을 위하여. 돈도 안 되는 거 계속 깔고 앉는다고 되겠냐, 암만 봐도 네 재주 딴 데 있으니, 어 그래 알겠다고 네 맘 안다고, 그러니까 들어와서 너 하고 싶은 거 하다가 틈날 때 마감이나 잠깐 도와라. 그러나 그 자리에서 직급이든 실무든 내가 뭘 하는 사람으로 명분을 유지할 수 있을지 도무지 의심스럽고, 딴에는 이런저런 눈치보거나 신경쓰지 않고 편하게 지내게 해주기 위해서라지만 마주친 사람에게 되도록 눈길 안 주는 공기 취급과 유사한 방식으로 일관하는 직원들의 태도 역시 마뜩잖아서, 처음부터 고정 출근을 명시한 바 없었으나 그나마도 데면데면히 사무실을 들락거리는 간격을 더욱 벌리던 참이었다.

해장 겸 아침을 챙겼으니 오늘은 또 어디 가서 취재와 미팅을 구실로 사무실에 들어가기를 최대한 지연시킬 수 있을까. 거의 날마다 하던 이 궁리도 조만간 정리할 노릇이다. 처음에는 그저 너 편하게 작업실처럼 쓰면서 가끔 우리 쪽 애들 일이나 가볍게 좀 봐주면 돼, 교정이니 카피니 너 전에 늘 하던 일이고 하나도 안 어려워…… 같은 말로 사람을 구워삶곤, 짧고 사소한 교열부터 시작하여 은근히 업무 참여 비율을 늘리더니 이제는 매일 제시간에 나와주면 안 되겠느냐는 말로 압박의 수위를 높여간다. 그럼 그렇지, 내 입에 맞는 떡이 어디 있으려고. 알량한 쪽방 하나 내주곤 이 문구 어때? 그 작가 친해? 분량 좀 봐줄래 몇 줄밖에 안 돼 하다가 결국 내게 처음부터 다시 쓰도록 유도하는 한편, 근근이 면식 정도나 있을 뿐인 네임 밸류 상당한 작가들을 싸구려 기획물에 초저가로 섭외하기를 종용하는 등, 손 안 대고 코 푸는 재미를 맛보더니 이제 날로 먹으려 든다. 제시간 출근이라니 장난하나. 사대 보험이나 월급 따위 지급할 생각 꿈에도 없으면서, 이미 지금까지 내가 써내고 고친 문구는 건당 받기로 했던 외주비의 적정선을 한참 넘은 분량인데. 누굴 탓하나, 다 내 죄인 것을. 옆 사람을 매몰차게 내치지 못하는 죄. 언젠가는 내 쪽에서 아쉬운 소리를 할 날이 올지도 모르고 그땐 설마 상대가 외면하지 않으리라는 한 올의 기대와 더불어, 부탁하면 하는 대로 난처한 미소를 지으며 결국 들어주고 마는 죄. 그 미소에 담긴 의미를 상대방이 알아서 캐치해주기를 바랐다. 그러나 누구나 그렇듯 자기 자신을 제외한 세상 모든 사람은 행간을 읽어내더라도 모른 체하고 일을 밀어붙이거나 덮어씌우기 일쑤, 그러고 나니 내 시간 조금 더 빼주면 되는 일인데…… 싫어서 할 수 없이 떠맡는 나. 말마따나 조금 더 빼주면 되었던 시간은 어느새 눈덩이처럼 제 몸을 굴려가며 부피를 키워왔고. 이 성정 가지고 사업하긴 평생 글렀지. 하여 나는 확언이나 도장 없이 어렴풋한 제안만 오가다 말았으나 페이가 두둑한 기업인의 자서전을 맡게 되었다는 구실로 정선배 사무실의 자잘한 일에서 손을 뗄 작정이었다.

정선배에게 오늘의 거짓 일정을 통보하려고 휴대전화 암호를 입력하는데, 먼저 걸려오는 전화가 있다. 모르는 번호인데 평소 이 시간마다 오던 각종 스팸 광고와는 숫자 배열 패턴이 다르다. P씨 맞으십니까. 그런데요? 받아보니 통화감이 멀고 주위가 소란하다. 소속과 이름을 대는데 못 알아듣겠고 일단 경찰이란다. 또 고약한 보이스 피싱이구나. 이번엔 누가 납치되었냐, 미리 말해두는데 난 자식도 부인도 부모도 없다. 직장도 집도 없지, 신용등급이 낮아 은행에 계좌 개설도 쉽게 못하며 옛날에 텄던 수많은 일반 예금통장 계좌들은 텅 빈 지 오래라 휴면으로 넘어갔다. 한마디로 나한테서 쥐어짜낼 거 아무것도 없고 오히려 나한테 돈 좀 땡겨주면 내가 고맙게 쓰마. 밥은 먹고 다니냐, 격려 한마디 때려주고 통화 종료를 누르려는데 상대방이 다급히 호소한다. 그는 내가 해장국집 티브이로 본 그 현장에 나갔다 온 담당자라 한다. 깔리고 끼인 시신을 빼냈는데 그중 한 명이 양팔이 훼손되어 지문 채취가 불가능하다고 한다. 말하는 걸로 들어보아 훼손된 것은 양팔만이 아닌 듯싶다. 그런데 시신의 바지 주머니에 들어 있던 얄팍하고 낡은 지갑 안에는 신분증도 신용카드도 없이 버스를 타는 데에 일부 썼다고 짐작되는 현금 육천원과 동전 몇 개뿐, 그 지폐 사이에서 단 한 장의 명함이 나왔는데 그게 당신 것이란다. 그것 외에는 사망자의 소지품으로 보이는 것이 발견되지 않았으며, 버스에 흩어졌던 휴대전화는 부상자와 사망자를 비롯하여 각자 주인을 찾아갔는데, 그의 거라곤 파손된 플라스틱 조각 하나 나오지 않았다고. 다각도로 조사해보면 신원을 밝힐 방법이 아주 없지는 않으나, 그래도 그러기 전에 유일하게 들어 있던 명함의 주인이 와서 한 번만 얼굴을 확인해주면 안 되겠느냐는 게 요지였다. 단 한 장의 명함을 갖고 있었음을 보면 사망자에게 어지간히 중요한 사람이 아니었겠느냐는 개인적 해석까지 덧붙여가면서.

하마터면 정체불명의 고인에 대한 최소한의 인간적 예의마저 잊은 채 수화기에 대고 실소를 터뜨릴 뻔했는데, 그럴 만도 한 게 당장 내 바지 뒷주머니에 꽂힌 지갑 안에도 누구건지 기억 안 나는 명함이 네댓 장은 들어 있다. 사회생활을 하다보면, 그중 특히 사람을 두루 만나고 다니는 직업을 가진 사람이라면, 이도저도 다 떠나서 명함에 이름 석 자 파본 사람이라면 모를 리 없다. 명함이란 다만 악수와 같아서, 금가루를 입혔든 메탈릭 아이스골드 용지에 에폭시로 박았든 간에, 주고받은 뒤 최대 사흘만 지나면 잊어버릴 이름이 거기 적혀 있음을. 명함에 대해 냉소적인 주관을 갖고 있으면서도, 내 이름이 나를 기억하지 못하는 누군가의 손에 의해 휴지통에 버려지리라는 것을 알면서도, 각종 출판기념회나 문학상 시상식이며 결혼식, 유력 저자의 신간 에세이 사인회 등 온갖 자리에서 부지런히 명함을 돌리고 다녔다. 그건 업자들이 전단지를 돌리는 이유와 같았다. 1000장을 돌리면 그중 999장이 길바닥에 버려지며 짓밟히더라도 한 명은 구매하러 오니까. 명망 있으나 쉽게 만나기 어려운 인문대 교수나, 두 다리 건너 멀찍이서 바라만 봤던 출판사 편집장이나 언론사 부장부터 시작하여, 책 읽기를 즐긴다는 중소기업 사장에 이르기까지 한 줄의 글이나 명예, 사소하거나 결정적인 기회와 맞바꿀 가능성이 있는 그 어떤 사람에게라도 옷깃만 스치면 예외 없이 명함을 건넸다. 사보 만들던 시절 선배 취재를 따라간 지역 소도시에서는, 삼계탕을 먹다가 우연히 옆자리에 앉은 지역 인사 누구라는 어르신과 그 친구분들에게 선배가 나를 소개시키는 바람에, 일행의 연세로 보아 이승에서 그들과 다시 만날 것 같은 예감은 전혀 들지 않았음에도 예의상 한 장 두 장 내밀다 가져간 명함을 엉겁결에 다 털고 온 적도 있다. 옷 주머니에는 언제라도 예기치 못한 자리에서 누군가에게 건네기 위해 명함이 넉넉히 든 지갑을 넣어두었다. 이쪽에서 먼저 주면 저쪽도 열 명 중 다섯 명은 자신의 명함을 맞교환한다. 그중 유명도와 중요도가 높거나 머지않은 때 크게 성장하거나 유용해지겠다는 촉이 오는 인물들은 명함을 받은 그날 즉시 명함첩에 깨끗이 정리되며, 대수롭지 않게 넣어둔 이름들은 지폐 사이에서 닳고 쌓이고 무거워져만 간다. 그런 식으로 버린 을의 이름들, 나라고 결코 없지 않다.

그러나 고인의 품속에서 발견된 이름이, 비록 버리는 걸 잊었기 때문이라 해도 그 많은 인간 중 나라니 이 또한 인연 비슷하지 않나, 처음 만나 명함을 주고받았으리라고 추측될 때와 마찬가지로. 그가 길 가다 하필 내 명함만 주웠을 리도 없고, 주웠다면 그것도 인연이겠지. 높지 않은 확률로 정말로 지인일 가능성도 없지 않으니, 속는 셈치고 부름에 응할 수밖에……

……같은 소리라니.

뭔가 임팩트 넘치고 사람들의 시선을 잡아채어 박아둘 만한, 갈고리 내지는 거멀못 같은 사건을 언제 어디서든 사냥하고 싶을 뿐이겠지, 혹시나 싶은 마음에, 나. 수많은 사람에게 각각 다른 장소에서 다르게 벌어진 다양한 사건의 조각들을 기워서 펼치는 일은, 이제 습관을 넘어선 본능. 그림이 나온다면, 얘기만 된다면, 언제든지 그 사람 자체는 내 안에서 지워지고 어떤 방식으로든 소비 가능한 한 덩어리의 오브제만 남지.

그 같은 습관적인 자조도 어느새 해당 경찰서로 향하는 내 발걸음을 막지는 못했다.

담당 경찰은, 어찌 보면 당연한 일이지만 범죄수사물에서 보던 것처럼 어느 스산한 냉동고로 데려가 시신을 직접 보여준 게 아니라, 그저 마주앉아서 시신 안치소에서 찍어온 얼굴 사진을 데스크톱 모니터로 보여준다. 순간 맥이 탁 풀리며 기가 막힌 까닭은, 시신을 직접 확인하는 자극적이고 선정적인 방법을 선호해서가 결코 아니다. 사진을 암만 확대해 보아도, 그렇잖은가, 내게는 오래전 슬쩍 안면이나 있던 사람의 눈감은 얼굴을 찍은 사진만으로 그가 누군지 바로 알아볼 만한 놀라운 기억력이 없다. 구제하기 힘든 안면 인식 불능증의 소유자가 아니더라도, 예전에 조우했던 인물인지 아닌지, 흉터나 반점 같은 선명한 특징이 없다면 평범한 사람인 이상 눈을 들여다보거나 마주쳐야, 눈을 중심으로 둘러싼 얼굴의 윤곽이나 안색을 비롯하여 안경이니 곱슬머리니 조합되어 기억을 완성시키지 않나. 안면뿐 아니라 체형도 그 사람의 특징일 터인데, 어깨 위로만 찍었으니 키가 작은지 근육질인지 얼굴은 야위었으나 실은 뱃살만 나왔는지 알 수가 있나. 그러고 보니 시신의 얼굴이라면 대체로 눈이 감겼을 수밖에 없는데, 이럴 바엔 휴대전화로 전송해서 확인시킬 일이지 왜 바쁜 사람을 오라 가라 하나……가 아니라 조사 중인 사건의 희생자 얼굴을 일반인의 전화에 보내는 경찰이, 상식적으로 있을 리가. 영화에서 그러듯 중요한 강력사건이 벌어지는 읍지에서 다급히 용의자를 확보해야 할 때라면 알게 모르게 경찰 개인의 판단으로 그런 일이 아주 없지는 않겠지만, 그것이 최소한 나한테 벌어질 상황은 아닐 테니.

아시는 분 맞습니까, 다소 재촉하는 듯한 담당 경찰의 질문에 글쎄요 이거 참, 이렇게 봐서는 잘 모르겠네요. 뜸들이자고 하는 소리가 아니라. 그래요 이해합니다, 설령 아는 사람이었대도 이 상태로는 못 알아보거나 긴가민가한들 무리도 아니지요, 그럼 여기까지 먼 걸음 해주셔서 감사…… 아니 잠깐, 시간을 끄는 셈이 되어 죄송하지만 제 주소록 이름이랑 좀 보면서 잠깐 기억을 더듬어도 괜찮을까요? 혹시나 해서. 오 분 정도만, 너무 오랜 시간 방해하지는 않겠습니다. 그러자 경찰은 잠깐이나마 편안한 자세로 떠올려보라고 격려한 뒤 커피를 뽑아오겠다며 복도로 나가고, 다른 직원 및 경찰들이 부산히 오가는 모습을 둘러보던 나는 화질이 썩 좋지 않은 모니터에 전화기를 들이대어 촬영 버튼을 터치하곤 시침을 뗀다.

아무리 돌이켜봐도 정말 모르는 분이네요. 옛날 다니던 회사나 동창이나 죄다 이름 짚어가면서 생각해봤는데 누군지 모르겠어요. 도움이 되어드리지 못해 어쩌지요. 제가 워낙 잡다하게 일을 많이 벌여놔서 명함만 하루 기본 수십 장 돌리는 바람에…… 그러다보면 일행 중에 그리 관계없는 분이 껴 있어도 예의상 하나 또 건네고, 그렇게 되니까요. 아, 아까 말씀드렸다시피 글을 씁니다. 아니 그런 대단한 거 아니고요. 사람들 참 신기한 게, 글 쓴다고 하면 바로 그냥 습관처럼 시냐 소설이냐 묻더라고요, 시고 소설이고 죽어라 안 팔리는 나라에서. 그러니까요, 정작 사람들이 좋아하는 건 영화나 방송이니 게임인데 말이지요. 예, 아시죠? 시도 소설도 예능 프로에서 연예인 패널들이 둘러앉아 개그 치면서 띄워줘야 한철 장사나 될까 말까 하는 거 보셨을 거예요. 그런데

아쉽게도 저는 방송 대본을 쓰지 않고 시나리오 또한 제 분야가 아닙니다. 제 전문은 말하자면 그, 유명한 사람들 얘기 듣고 잘 풀어서 또는 부풀려서 써주는 거고요, 꼭 자서전 형태가 아니더라도 세상에는 특정 콘셉트와 결합시켜 엮어낼 수 있는 에세이의 종류가 무궁무진하니까요. 잡지 기자도 좀 했고 지금은 기획사에서 대기업들 사보를 맡아 만듭니다. 아 참, 여기 그러니까, 아까는 제가 경황이 없어서. 예, 아니 뭐 필요 없으셔도 이따가 편하게 버리시면 됩니다. 그저 제가 누군가 만나고 인사를 드리면서 명함을 내미는 건 거의 악수나 마찬가지의 습관이니까요. 아이고 또 이렇게, 예 물론 형사님 것도 주시면 감사하죠. 마침 이래 받았으니 또 우연히 건너건너 희생자가 누군지 알게 되거나 기억나거나 하면 연락드리기에도 편하겠고요. 혹시 이 문제 말고도 나중에 경찰공무원 시선 모음집이나 수필집 발행하실 일 있으면 제가 특A급은 아니더라도 출판사 알아봐드릴 수도 있고, 아 그거 아시죠? 관내 문예 행사도 있고 틈틈이 쓰시는 분 은근히 많으세요. 예, 또 뵙겠습니다, 고맙습니다. 서로가 두 번 다시 꺼내보거나 이용할 일이 없으리라는 사실쯤 익히 아는 명함이 두 손 사이에서 오고 간 뒤, 나는 큰길가로 나온다. 새로운 소식이 추가될 때마다 살을 덧대 무한 반복 및 증식하는 보도와 각종 SNS를 통해, 고인들을 위해서는 임시로 합동 분향소가 마련되었으며 부상자들은 두 군데 병원으로 나뉘어 이

송되었음이 신속 중계된다. 이름을 알 수 없는 사진 속 그 남자만이 홀로, 누구에게도 기억되지 않은 채로다. 누군가 기억해주지 않는다면 그는 안치소에서 당분간 머물다 무연고 시신으로 처리될 터. 과학수사가 많이 발전했으므로 지문쯤 없더라도 치아 본은 뜰 수 있지 않나. 얼굴에 긁힌 상처 외에 큰 외상은 보이지 않았으니 치아가 모두 나갔을 리는 없다. 그러나 치아의 특징을 잡아낸들 대조군이 없으면 무의미할 테지…… 멀리 돌아갈 것 없이 3D 그래픽을 이용하여 눈 뜬 얼굴로 재구성한 뒤 이 사람을 아시는 분은 제보해달라고 해도 그만. 그 모두가 나와는 무관한 일. 정말로 한때 어느 순간 어떤 자리에서 스쳐지나갔을지도 모르는, 내 손으로 명함을 건넨 누군가일지도 모르는 그 인물에 대한 인간적인 미안함의 크기와 무게는 어디까지나 한순간이며, 당장 내 목을 졸라오는 일상의 손아귀에 비해 턱없이 악력이 약하다.

그중 더 많은 부상자가 옮겨갔고 특히 사고 차량을 운전한 버스 운전기사가 실려갔다는 병원 쪽으로 발걸음을 돌린다. 전철로 네 정거장 이동하는 동안 전화 화면을 열어 아까 찍은 사진을 두 손가락으로 확대해본다. 급하게 몰카를, 그것도 원본 아닌 모니터를 찍었으니 빛이 들어가고 무아레가 생겨 선명하지 않다. 그 눈을 들여다볼 수 없으니 일별 가능한 데라곤 현재로선 가마노르께한 얼굴빛, 둥그스름하며 두툼하지 않은 눈썹 정도. 얼굴은 말랐으나 광대뼈가 도드라진

편은 아니고, 머리카락은 조금 긴 검정색 직모다. 턱수염과 콧수염의 길이는 내가 한 닷새 면도를 못하면 이쯤 자라려나, 의도적으로 기르는 타입은 아닌 듯. 이마의 상처는 사고 당시 어딘가에 쓸린 모양. 그러니까 이렇다 할 만한 게 없음이 문제다. 외모만으론 도무지 특성 없는 남자. 당시 신분증도 없이 푼돈 얼마 외에 지갑이 거의 비어 있었다는 사실과 맞물려 전형적인, 실직이나 사별 내지는 알코올중독으로 인한 건강 상실로 서울역 어딘가에서 등걸잠을 자고 다니다 종국엔 거릿송장으로 발견되고 말 수많은 이들 가운데 하나로밖에 여겨지지 않는다. 구릿빛 뺨에 세로로 길게 그은 흉터라든가, 수염 모양이 특이하다든가 하다못해 송충이눈썹이기라도 했다면 그런 강한 인상의 인물이 기억에 남지 않기가 어려웠을 텐데.

대형 종합병원이니 원체 드나드는 사람이 많을뿐더러 오전에 연예인 몇 명이 룸살롱 주폭 사건에 휘말려 입원한 참이라 병원 곳곳에 방송사 로고가 붙은 카메라가 심심치 않게 보인다. 그 근처에서 종이컵을 앞니로 깨물며 서성대는 동안, 중환자실 침대가 모자라 집중 치료실과 일반 병실로 흩어진 피해자들에 대한 이야기를 띄엄띄엄 주워듣는다. 응급실에서 소생을 못하고 영안실로 옮겨진 이들도 있는 모양이다. 그러던 중 오 분 뒤의 현장 보도를 준비중인 기자의 카랑

한 톤 덕에, 비교적 경미한 부상을 입은 환자들이 몇 호실에 몰려 있는지도 얻어들었다.

근처 편의점에서 과일 바구니를 사서 6인실로 올라간다. 여섯 개의 침대 중 네 개가 문안객들로 북적거린다. 병실을 한 바퀴 거닐며 사람을 찾는 듯 둘러보다가 돌아설 때, 입구 쪽 자리에 석고보드를 목에 끼고 누운 장년의 남자와, 옆에 딸인지 며느리인지가 아이를 데리고 앉아 있는 모습을 본다. 나는 그 장년의 남자를 빤히 바라보고, 눈이 마주치자 그가 내게 묻는다. 누구쇼? 죄송합니다. 병실을 잘못 찾아온 모양입니다. 어유, 근데 이거 많이 다치셨나봅니다. 최대한 건전한 미소와 함께 허리를 숙여 보이자 남자는 금세 경계를 풀고 손사래를 친다. 무슨 소리, 나야 평생에 남은 운을 다 끌어 썼는걸. 그 망할 놈의 버스가 하늘에서 뚝 떨어져서 덮치고 옆으로 구른 게 내 바로 앞 차량까지였고, 나부터는 그냥 급정거로 갖다 박은 거라. 근데 내 뒤 차량이 초보 딱지 붙이고 굼벵이 모양 기어오던 참이라 거리 확보가 어느 정도 되어갖고, 우리 차선만 연쇄 추돌이 제일 적었다지 아마. 선생도 그 일을 아시나? 알다마다요, 아침에 뉴스가 한 시간 내내 그 일로…… 그런데 제가 어디 이동하는 중이어서 자세히 못 보았습니다만 화면만 얼핏 봐도 아수라장이었는데, 그 가운데서 정말 천운이셨네요. 이거 과일 좀 어떻게, 뭔가 드실 수 있습니까? 아니 왜 선생, 문병하러 온 건데 가셔야지. 그게 실은 제가 뭐 좀 착각했나봅니다. (전화 한번 들여다보는 시늉) 지금 막 문자가 왔는데 제 친구는 이미 퇴원했다고, 완전히 엇갈렸네요. 그건 그거고, 도로 갖고 가서 환불하기도 무엇하고…… 어르신 완쾌하시게 두고 갈게요. 아니아니, 이러시면 안 되는데. 그때 우는 어린아이를 달래며 찡그리고 섰던 여인이 기다렸다는 듯 일어선다. 아버님, 저 잠깐 애 울음 좀 그치고 올게요. 다른 환자분들께 너무 피해가 가서…… 어 그래라, 아니 진짜, 이제 난 괜찮고 몇 가지 검사만 받으면 되니까. 오래 있을 것 없어, 그대로 가도 된다. 그러시겠어요? 그럼 이따 애아빠 퇴근하고 바로 들르라고 할게요. 여인이 가방을 집어 아이와 함께 병실을 나서고, 나는 맞교대하듯 어영부영 그 자리에 남게 된다. 남자의 화제가 평소 며느리에 대한 불만과 푸념으로 넘어가지 않도록 나는 재빨리 그에게 말을 시킨다. 귤 좀 까드릴까요, 괜찮으시다면 그때 얘기 좀 들려주실 수 있습니까?

남자를 비롯한 그 병실 사람들 모두가 한자리에 누워서 고통과 두려움에 떨고만 있었던 게 아니라, 각종 검사를 받고 몸속을 촬영하느라고 몇 개 층을 오르내리며 CT니 MRI니 방사선 구역을 드나드는 한편 사이사이 로비에 나가 카메라 든 사람만 보였다 하면 공연히 한마디 건네면서 그쪽의 얘기도 얻어듣고 그랬다 한다. 외로움을 타면서도 남 일에 대안 없이 참견하기를 즐기는 장년층의 입을 열게 유도하는 일은 어렵지 않아서, 그의 입에서는 병원에서 지낸 불과 한나절 사이에 본 것 들은 것이 술술 쏟아져나온다. 버스 기사는 고혈압 진단을 받고 꾸준히 약을 복용중이었으나 평소 앓던 심장질환은 없었으며 그 유가족에게도 너무나 갑작스러운 비보였다는 사실에다, 현장 사망 및 이송 치료 중 사망한 피해자들의 개인사까지 어느새 콩 꺼풀처럼 벗겨져 퍼져나간 모양이다. 그것도 한 사람이 줄을 잡고 들려주는 풀 스토리를 녹취한 게 아니라 이 간호사의 옆구리를 찔러 한두 마디 얻어듣고, 저 기자가 데스크한테 불러주는 전화 통화를 주워듣고, 다른 부상자가 또다른 부상자에게서 전해들었다는 이야기를 최소 두 다리 건너서 듣고…… 그 과정에서 장면들은 조각이 나게 마련, 그중 귀를 확 트이게 하고 심금을 울리는 조각들이 선택되어 퀼트처럼 짜맞추어진 모양으로 시청자에게 전달되는 동안, 원본은 최소한의 신빙성만을 남겨둔 채 소멸되다시피 각색을 거치며 어떤 사건이 결국 누구에게 일어났다는 건지 전말이 모호해진다. 그러나 남자의 거침없는 말투와 마치 신명이라도 난다는 듯한 진행 때문에 사건 관련자들의 이야기는 더욱 드라마틱하게 윤색되고, 거기에 병실 옆자리 사람들까지 그거 아닌데? 내가 들은 거랑 좀 다른데? 하면서 끼어들기 시작하자 한 편의 서사가 다른 몇 종의 이본으로 완결성을 지니기에 이른다. 이는 창가 자리 한 노인이 헛기침하며 거 잘 모르면 남의 얘기 떠들지들 좀 맙시다,

일갈을 내리기 전까지 이어진다. 그러자 또다른 장년의 남자가 친근한 척하며 분위기를 부드럽게 조율한답시고, 그런 식으로 훈수 두시면 요즘 애들이 뭐라고 하는지 아세요? 선비질 집어치우라 그래요. 노인이 잘 못 알아듣는지 선지? 뭐 생비지? 하고 퉁명스레 되묻자 그의 간병인이 끼어든다. 우리 할아버지가 많이 지치고 피곤하셔서 그래요, 공동 병실에서 소리 좀 낮춰주시지들. 그러나 정작 간병인부터가 자신의 환자를 변호하기 위해 이 할아버지가 어디 참전 용사라는 둥 평생 남의 것 탐낸 적 없이 고생만 하고 사셨다는 둥 정부에서 지원금이 안 나와 이중 삼중의 곤경에 빠져 있으니 양해해달라며 본질과 무관한 전형적 감성팔이의 패착을 저지르고 마는데, 이를 놓칠세라 귤을 씹어삼킨 남자는 간병인에게 내뱉기를, 아 이 나라 살면서 그만한 일 한번 안 겪은 사람 나와보라 그래. 그리하여 나는 천천히 전화를 한번 열어본 다음, 공연히 병실을 소란스레 만들었다고 굽실거리면서 몸을 일으킨다. 어르신들 모두 쾌차하십시오, 제가 이제 회사에서 들어오라 성화를 부리니 이만 가봐야겠습니다. 그들은 한때 자신보다 치열한 현장에서 온몸으로 살아낸 사람은 없을 것이며 자고로 사내란 정당한 보답을 주장하기 이전에 일터에 충성부터 해야 한다고 믿어 의심치 않는 세대로, 회사에서 불러들인다니 젊은이 어서 가보게, 자신의 아들이나 손자 배웅하듯 손을 흔든다.

그럴듯한 구실로 그 자리를 빠져나왔지만 아닌 게 아니라 마침 선배의 문자가 온 것도 사실이다. 오늘따라 컨펌놓을 게 밀렸는데 어째서 사무실에 들르지 않을 뿐만 아니라 연락조차 주지 않느냐는 내용으로, 아침 출근길 대형 속보에 혹시 관련자라도 있느냐는 물음이 이어진다. 전원 버튼을 길게 눌러 전화를 꺼버리곤 병원 내 위치한 장례식장으로 향한다. 어차피 내가 컨펌놓은 걸 자기 선에서 뒤집고 처음부터 다시 시켜서 담당자와 나 모두를 머쓱하게 만들었던 적도 한두 번이 아닌데, 잘난 회사 사람들끼리 알아서 잘해보라지. 이번에 돌아가면 반드시 짐을 빼고 말 것이다. 구닥다리 독서실 책상 같은 쪽방 칸막이 자리에는, 푼돈 받아가면서 가성비도 좋을 뿐만 아니라 사대 보험 없이도 정시 출근 기본 야근 마다않는 프리랜서가 있다면, 어디서 한번 데려와보시든가. 어쩌다 수틀릴 때나 뭔가 트집 잡고 싶을 때는 코웃음 치며 지방 일간지 등단 그거 별로 경력도 안 된다느니 실무 경험이나 늘리고 발이나 넓히라느니 해놓고, 턴키로 일 따올 때는 '이 친구가 무려 신춘문예 출신입니다, 하하' 이런 식으로 사람을 실컷 귀에 걸었다 코에 걸었던 날들, 나 안 잊었다.

층계를 한 단씩 내려설수록 향냄새의 밀도가 짙어진다. 도착 후 사망자가 일곱 명으로 늘었는데 그중 3번과 7번, 9번 장례식장에 유독 카메라 든 이들이 많이 눈에 띈다. 혼절했다 막 깨어난 듯한 얼굴의 상주들과 마주 앉아 진지하게 고개 끄덕이는 이들의 손에는 마이크가 들렸다. 3번은 사고를 낸 버스기사의 자리니 그렇다 치고 7번과 9번에 방송 관계자들이 개털에 벼룩 끼듯 몰린 까닭은…… 알 만하다. 참전용사와 산업 역군의 병실에서 전해 듣기론 스물세 살인 7번 희생자는 오 남매의 맏딸로 동생들을 챙기면서 병석의 조모를 수발한, 세상에 둘도 없는 효녀이고, 그 조모가 세상을 떠난 뒤 뒤늦게 대학에 진학했으며 아래로 네 명의 동생을 먹고 입히는 데 따르는 부모의 부담을 덜어주기 위해 성적 우수 장학금을 놓쳐본 적이 없었다. 그런 틈틈이 엄마가 몸이 아플 때는 야쿠르트 카트를 대신 밀며 아침 배달을 했다…… 그것이 모두 진실인지, 아니면 사람들의 입과 입 사이에서 생성된 화소의 파편들을 조합 및 재구성한 서사인지는 알 길 없으나, 고인의 어머니 입에서 나오는 것이 유일한 객관적 사실이라고 치면, 분명한 건 그녀가 사건 당시 기말고사 기간이라고 도서관에 가던 길이었다는 점. 어머니는 동생들 뒷바라지에 치여 큰애 옷 한 벌 사준 적 없다고, 그런데도 불평 한마디 없던 천사 같은 애가 아침에 유난히 짜증을 부리면서 나가더라고, 그냥 생리중이어서 그러려니 했는데 그게 마지막 모습이 될 줄 알았더라면 나가는 등뒤에 격려 한마디라도 건넬 걸 그랬다고, 아이가 오늘 입었던 옷은 위아래 신발에 가방까지 다 합쳐 오만원을 조금 넘었으며, 그 검소한 아이를 하나님이 너무 예뻐하셔서 먼저 부르셨는데, 수의조차 최저가 목면 제품으로 고를 수밖에 없었다고…… 어머니가 흐느끼기 시작하자 기자와 카메라 쪽은 서로 눈짓하며 고개 끄덕이고 기자는 어머니의 어깨를 두어 번 다독이며 마이크를 조용히 거둬간다. 스태프 중 한 명이 누나 잃은 동생들의 등을 은근히 엄마 쪽으로 밀며 가서 위로해드리라 속삭이자, 줄줄이 엄마에게 달라붙어 통곡하는 아이들을 카메라가 마지막으로 포착하며 촬영은 끝난다. 영정 속 얼굴은 눈이 크고 입매가 또렷하며 무심코 지나치다가도 한 번쯤은 다시 뒤돌아보고 싶을 인상이다. 기사 헤드라인이 어떻게 나갈지 이리저리 낱말을 꿰어보다 '상하복 오만원 미만'은 반드시 강조의 형태에 가깝게 삽입되리라 생각하며, 나는 조의금 오만원이 담긴 봉투를 함에 투입한다. 일단 '아침에 짜증을 부리면서 나가던 아이'는 '늘 밝은 얼굴에 웃음을 잃지 않던 아이'로 각색되겠고, 평소와 달리 짜증을 부렸다면 그 이유로는 월경증후군이나 교우 관계 및 연애 사정 등의 다양한 맥락이 제거된 채 '다음 학기에도 장학금을 놓치지 않아야 한다는 압박감'이 명기될 것이다. 그와 함께 모친의 마지막 말은 '이럴 줄 알았으면 괜한 장학금 고민 말고 한 살이라도 더 젊었을 때 하고 싶은 일이나 실컷 해보라고 할 것을' 같은 탄식으로 변경될지도. 될지도……가 아니라 필히. 그래야 사람들이 희생자의 꽃다운 나이와 펼치지 못한 아까운 인생에 대해 보다 즉각적이고 생리적인 반응을 보이며 대형 사고 및 재난에 경각심을 가지게 될 터. 그것이 떠난 이들의 영혼이 이 지상에서 수행하는 마지막 역할이다. 이때 그들이 인간이기에 풍길 수밖에 없는 냄새를 지우고 가능한 한 최고 수준의 전인이자 인격체로서의 흔적만 남겨야 할 터. 무조건적 애도를 받아 마땅한 위치에 그들의 이름을 올려 클릭 한 번을 유도하는 것이야말로 미디어의 본분. 분명 사실도 있고 진실도 있는데 그중 쓸 만한 화소의 조합으로 인해 원래의 발화와 뉘앙스와는 사뭇 다르게 번역되는 진술들. 한때 내가 했던, 지금도 남들의 이야기를 받아 적고 다듬을 때 종종 하는 일이 바로 그런 것인데 이때 숭배할 만한 대상을 만드는 것이야말로 가장 좋은 서사적 전략이며, 나이가 어릴수록 여성일수록 미모가 뛰어날수록 그 대상으로 등극할 가능성은 무한등비수열로 높아진다. 그와 함께 당초의 사건에서 가장 중요도 높게 다루어졌어야 할 본질들—고령 버스기사의 근무 교대 문제, 일 년 단위 건강검진 의무화 및 버스 노후 점검 문제 등—은 수면 아래로 가라앉는다. 서사의 완성을 눈앞에 두었을 때 고인의 지인이나 원수 등을 통해 뜻밖의 카톡 메시지나 악의 가득한 이메일, 과오로 점철된 에피소드를 비롯하여 경의의 대상에 환멸만 남을 법한 사례와 증언이 돌출되는 수도 있는데, 기사 제작 과정에서 그 증거들은 힘을 쓰지 못하고 소거되거나 엠바고에 걸린다. 일단 대상이 만들어지고 충분히 격이 상승한 다음에는 그것들을 원색적으로 폭로하거나 정중히 공개해도 무방하다. 이는 또다른 클릭을 유도하는 아티클의 도화선이 되기 때문이다.

9번 장례식장에도 다가가 조의금을 함에 넣는다. 나도 주머니 사정에 한계가 있고, 이십대의 대학생보단 경제 사정이 좀 낫겠다 짐작되는 분께는 삼만원을. 이런 사고가 아니었다면 나보다도 훨씬 더 제대로 된 삶을, 표준 규약을 준수하는 모양새로 살아갔을, 인쇄제조업에 종사하는 사십대 초반의 가장. 늦은 나이에 결혼했고 이제 백일 된 아기가 있다. 방송 카메라가 엄마 품에 잠든 아기를 향해 렌즈를 가까이 들이대는데 그걸 손 내저어 뿌리칠 여력도 없이 부인은 기진하여 모로 죽은 듯 누웠으며 아이가 검정 저고리 밖으로 내놓은 엄마의 불은 젖을 빨고 있으나, 유가족 가운데 방송 카메라를 제지할 경황이 있는 이가 없다. 회사에서는 모범적인 직원이었고, 사람 상대하는 일을 하면서도 최소한의 의무적 음주 외에는 즐기지 않는 절제의 삶을 살았으며, 집에서는 좋은 아빠이자 부모님께 효도하는 아들로서—이때 그가 생전에 신었던 밑창 떨어진 구두 한 켤레를 클로즈업한 화면을 삽입하면 어떨까—해마다 겨울이면 쪽방촌 연탄 나르기 봉사 활동에 임하며 근면 성실한 청년의 표본인데 하필 이날따라 사무실 대신 거래처로 바로 출근하던 길에 날벼락을…… 역시 병실 곳곳에서 들은 사연의 조각을 합산하여 완결성을 지닌 한 편의 이야기로 만들면서 눈을 들고 영정을 바라보던 내 어깨가 움찔한다. 정수리부터 배꼽까지 차가운 칼날이 긋고 지나가는 감각과 함께 경직된다. 사람 나이 이쯤 되면 과거의 지인과 닮은꼴을 네댓 명쯤 만난대서 이상한 일 아니며, 더욱이 나이대와 성별마저 같다면 저 얼굴이나 이 얼굴이나 그 얼굴 같기도 하다. 그러나 저만한 고리눈이 어디 흔한가. 저렇게 하관이 빨고 뾰족한⋯⋯ 다시 한번 전광판에 떠오른 고인의 이름을 본다. 놈은 살아오는 동안 최소 스무 명은 만날 수 있는 흔한 이름이었는데 지금 고인의 이름은 그와 다르다. 아니, 같은가? 이쪽도 만만치 않게 흔한 편이다. 불거지던 기억이 자기들끼리 아무 데서나 매듭을 짓기 시작한다. 놈의 성은 김 이 박 최 뭐였는지 모르겠으며 동일 인물이라고 단정지을 수는 없다. 암만 삼십 년 가까이 흘렀대도 어떻게 일 년 가까이 용돈 뺏고 그도 모자라 어머니 지갑에서 돈을 훔치게 시킨, 마침내는 담임의 점퍼 주머니까지 털게 종용하여 유기정학까지 먹이고서 저는 쏙 빠졌던 놈의 이름 석 자를 잊을 수 있느냐고 묻는다면 할말이 없다. 어쩌면 놈이 개명하여 살아왔을 가능성은 없는 건가. 머리꼭지에 피도 안 말랐을 때부터 같은 반 제일 약한 아이에게 도둑질을 시킨 이력이라면 그 인생 안 봐도 알조며, 자라나는 동안 개명하지 않고는 살기 어려운 사고를 쳤을 법도 하지 않나. 나는 굳게 자물쇠가 잠긴 부의함을 내려다본다. 배웅할 사람을 착각했다고, 열쇠 따고 도로 토해달라고 할까. 저자가 어떤 자인지 모르나 나를 그렇게 만든 놈과 닮았다는 사실만으로도…… 고인 가는 길에 노자 삼만원 깔아주는 게 그리 아까우냐는 차원의 문제가 아니다. 영정 속 얼굴은 어찌 보면 기억 속 놈의 모습과 닮았기도 하지만, 해상도가 낮고 왜곡된 전화기 사진 속의 시신이 눈을 뜨면 꼭 이와 닮은 듯싶기도 하며, 그러고 보면 세상의 모든 얼굴에는 저마다 공통점이 있는 것처럼 여겨지고, 나는 결국 그 모두가 동일인이나 다름없을지 모른다는 억지스러운 착각에 사로잡힌다. 바늘 끝처럼 뾰족해진 신경이, 부풀어오르는 기억의 중심을 깊숙이 찌르고, 올바른 서사의 배열은 찢긴 풍선 조각 모양으로 흩어진다. 영정 속 인물은 원본이거나 사본이거나 혹은 수많은 이본 중 하나에 불과할 수도 있으며, 실은 나랑 십원어치 관계도 없이 태어나 처음 보는 얼굴일 공산이 제일 크다. 놈과 있었던 일들도 주체나 연루자가 나 아닐 수 있으며, 언제든 다른 이니셜로 대체 가능한 누군가들의 이야기를 조합한데 불과할 수도 있다. 나는 지금까지 적잖은 이들의 자서전을 대필했고, 그들의 성공과 굴곡을 독자들에게 임팩트 있게 전하기 위해 주인공과 혼연일체가 되었으며, 사실과 허구를 가르는 거미줄 같은 경계를 타고 허공에서 미음완보했었다. 그처럼 치열한 나의 곡예 덕에 인물들은 더욱 회자되었으며, 설령 나락에 떨어졌던 자라도 열광적인 호응을 받으며 원래 위치로 돌아오기도 했다. 그러니 지금 온몸의 근육을 흔들고 혈관을 찌르는 통증이 온전히 내 것처럼 느껴진대서 이상한 일이 아니다. 지쳐 쓰러진 아기엄마의 어깨를 건드려 물어보고 싶다. 저기요, 혹시 사모님 남편 젊었을 때 개명하신 적 없대요? 남편이 어떤 사람인지 알아요? 여기서 이 수많은 친지와 동료들의 애도를 받을 자격이 없는 사람일지도 모른다는 생각, 해본 적 있어요? 물론 연합뉴스 방송에 세 시간마다 한 번꼴로 거론되어 '좋아요' 버튼이 눌릴 자격도…… 아니 거론될 수야 있겠죠, 끽해야 소년기의 금품 갈취와 공갈 협박 및 폭력으로…… 연탄 봉사 좋아하네! 내게만 들리는 마음속 비명이, 고인께 인사를 올리실 건지 묻는 유족의 말을 무시하고 돌아서는 내 귀에 이명으로 남는다.

이거 원래 이러면 절대 안 되는 겁니다 이거 분명히 아셔야 해요, 몇 번이고 으름장에 가깝게 신신당부를 놓는 담당 경찰의 말에 아무렴 여부가 있겠느냐는 구태의연한 발림으로 대답을 때우며, 어둡고 차가운 시신 안치실로 이동한다. 십오 년 전에 마지막으로 만났던 동창을 칭하고, 당시 그 동창이 다단계에 얽혀 모두가 그를 피해다니던 참이라 자연스레 연락이 두절된 게 아니라 의도적으로 기억에서 몰아냈다고 볼 수 있으니, 확인 차원에서 딱 한 번만 가까이 들여다보게 해달라는 간청에 경찰은 다행히 매몰차게 거절하지 않았다. 그의 개인적 성정과 주변 상황—점점 미궁에 빠지는 신원 조회, 산적하여 담당자의 생명을 위협하는 업무량 등—이 맞물린 까닭이겠으나 명함을 주고받은 지 하루도 채 지나지 않아 심리적 지근거리를 형성한 것도 그에 한몫할 터.

검시의가 스테인리스 서랍처럼 생긴 시신 보관함을 연다. 길게 뻗은 서랍이 검시의의 신중한 손놀림과 함께 밖으로 빠져나온다. 얼굴을 가린 흰 수건을 걷는다. 화면으로 몰랐던 게 직접 본다고 달라질 리가. 나는 여전히 이 사람이 누군지 모르겠고, 그럼에도 이토록 기시감이 드는 까닭은, 오래전부터 알고 지내왔거나 내 알량한 머리에서 꾸며지고 손끝에서 쏟아진 수많은 이름들 가운데 하나인 양 친밀감마저 느껴져서겠다.

그러나 당신은—세상에 있는 사람의 수만큼 이야기가 존재하고, 그 누구 할 것 없이 자신이 한번 입을 열기 시작하면 대하장편으로도 모자란다는 이들이 숱하며, 제아무리 어떤 사고뭉치나 가해자였더라도 아름다운 대상으로 화장하여 경의의 대상으로 등극시키는 다양한 술법들이 횡행하는 가운데, 어째서 당신에게만은 이름이 없고 아무런 이야기가 없는가. 어째서 당신은 그 어떤 남루하고 상투적인 대상조차 되지 못하는가.

—여기 누운 사람 중에 그만한 사정 없는 사람도 다 있나?

그의 얼굴에 손을 가져가자 검시의가 제지하고 담당 경찰이 내 어깨를 뒤에서 잡아챈다. 그들의 난처함과 조바심은 아랑곳 않고 나는 눈앞의 사람에게 온 힘을 다해, 존재의 이름과 더불어 새로운 서사와 질서를 부여한다. 그것이 세상 어디서도 온전한 자신의 몫을 인정받지 못하는 대필 작가이자 기획 작가이며 짜깁기 전문 이야기꾼으로서의 집필 노동자인 내가 이 세상에서 건넬 수 있는 유일한 선물이다. 들어봐, 당신의 이름은 K. 1974년 서울, 치과의사인 아버지와 음대 교수 어머니에게서 태어났지. 남부러울 것 없는 유년기를 보내고 캐나다 유학을 다녀온 당신은 병역을 면제받을 만한 몇몇 루트가 없지 않았음에도 자랑스러운 아들이 되겠다며 제 발로 군대에 들어가고, 거기서 사고를 비롯하여 미처 징조를 발견하지 못한 기저질환이 합쳐져 불구의 몸이 되고 말았어. 어머니는 화병에다 뇌출혈로 몸을 움직이지 못하고 교수를 그만두게 되며, 아버지는 두 병자를 지원하다 지쳐서 이혼을 선언하고 아무도 모르게 치과를 정리한 뒤 내연녀와 해외 도피에 이르지. 아픈 모자에게 매달 나오는 건 어머니가 교수 시절 들어놓은 사학 연금뿐인데, 그나마도 어머니가 정년을 채우지 못한 상태에서 거액의 치료비로 빠져나가는 동안 모자는 순식간에 무일푼이 되고 말아. 그런데 치료비라는 게, 우리 같은 사람에게 있어서는 어디 치료가 잘되어서 치료비던가, 밑 빠진 독이라고 그저 깰 수는 없으니 붓는 것뿐이지. 그로부터 세월은 흘렀고 어머니는 세상을 떠났거나 당신을 더이상 알아보지 못하며, 가진 것은 없고 몸을 반신이나마 쓸 수 있던 차에 그전의 영화롭던 인간관계에 미련이 남았던 당신은 주위에 손을 벌리기 시작함으로써 자신의 자리와 품위를 찾으려 몸부림치고, 나는 그 가운데 스쳐지나간 수많은 사람의 하나로……

곰에 대해
생각하지 말 것

그것을 뒤집는 순간 조금도 위협적이지 않은 무생물이 된다. 전복된 말에서는 비밀스러운 힘이 빠져나가고 말이 구현하던 세계는 실재의 선로에서 이탈한다. 모든 말에는 그것과 본질적으로 무관한 사물 및 사태가, 대체로 과잉과 혼동이라는 두 가지 특성을 담보로 부여되므로, 말이 지닌 힘과 더불어 기왕에 펼쳐진 현실을 축소하고 접어 가두기 위해 필요한 것은 압축과 생략 그리고 전복이다. 그러니 지금 눈앞의 스펙터클은 그것을 뒤집거나 달리 부르는 순간 의미가 마모되며 형태는 단순해지거나 소멸할 것이다. 호랑이는 고양이로 늑대는 강아지로. 또는 우리의 존재가 어느새 숲에 있지 않을 것이다. 젖은 흙 속에서 썩어가는 나뭇잎 냄새도, 짐승의 찢어진 살갗에서 풍기는 쉿내도, 어느 암벽에서 떨어져 부스러지는 돌무더기 소리도, 무엇보다 우리의 급박한 숨소리도 없을 것이다. 모든 융기는 가라앉고 매끈해지며 평평해질 것이다. 말을 쓰지 않는 것만으로도. 가용 범위의 말을 줄이면 줄이는 만큼 그 말을 쓰는 존재도 쪼그라든다. 단 스무 마디의 말로 만물을 표상하고도 모자람 없던 대자연 속 인디언 부족은 오늘날 더는 남아 있지 않다. 말하지 않으면 대상을 분별했던 모든 구획과 경계가 흩어지고 말하지 않으면 존재는 망각되기를 넘어 처음부터 없었던 듯 지워질 것이다. 존재하는 것은 없음뿐이다. 눈앞에 막 솟구치며 어둠 속에 섬광을 긋는 거대한 발톱 또한 부러지거나 사라질 것이다. 그 자리에 일시적이며 육체적인 안도감과 맞교환하여 남는 것은 가벼운 착란과, 방향을 잃어 맹목으로 핏발이 선 두 눈동자. 포획한다. 생각을 멈출 수 없다면 그것을 잡아 소유하라. 소유하지 못하면 부수라.

*

서로의 존재를 알고만 있었을 뿐 일면식은 없는 네 명의 중고 신인이 어쩌다 한 테이블에 둘러앉게 됐다고 하여 거기서 제 잔을 들고 바로 일어서는 건 면이 서지 않는 일일뿐더러 인간에 대한 예의 또한 아니라는 것이, 남들은 어떨지 몰라도 내 주관이었다. 호탕하고 즐거운 웃음소리와 잔 부딪는 경쾌한 유리 소리가 흐르는, 즉 메인으로 보이는 테이블에 깊은 인연까진 아니더라도 가느다란 맥락이나마 닿아 보임이 분명한 이는—또는 언젠가 메인으로 건너갈 테고 거기 자신을 위한 고정석을 마련하고야 말겠다는 투명한 욕구를 감추지 않는 이는 저쪽 은사 또는 선배에게 인사를 드리고 오겠다며 부드럽고 예의 바른 미소와 함께 미련 없이 자리를 털고 일어났고(그 경우 대개는 원래의 자리로 다시 돌아오지 않았다) 자연히 이 자리에는 어디서건 딱히 적도 없으나 그렇다고 해서 환영받을 일도 없는 이들 네 명이 남았는데 내 기억이 맞는다면 이들 중 내가 최고령자였다. 서로 눈을 내리깔고 자기 술잔만 말없이 내려다보는 이 분위기를 어떻게든 수습해야 할 듯한 의무감과, 그러기엔 리더십도 광대 기질도 전무한 스스로에 대한 자괴감, 이럴 줄 알았으면 이 시간에 집에서 원고나 한 줄 더 썼지 싶은 초조감 같은 것들이 혼화하여 부풀더니 곧 머리꼭지를 간질이며 새어나오기 직전이었다. 마침 그와 비슷한 농도의 강박을 느꼈을 법한 최연소자 디가 거의 바닥을 드러낸 맞은편 피의 잔을 바라보며 맥주병을 들어 보였고 피는 일순 조금 뜬금없다는 표정을 얼굴에 떠올리다가 곧 허리를 숙여 두 손으로 잔을 받았다. 이어 누가 먼저라고 할 것도 없이 잔을 들었고 무엇을 위하여, 인지는 모르겠으나 하여간 서로의 잔을 일단 부딪쳐보았다.

마침 12월이었으므로 나는 새해 복 많이 받으세요,라고 선창했고 다른 이들의 얼굴에는 12월 둘째 주라는 걸 감안했을 때 지나치게 이른 연말 인사라는 듯 어색한 눈치가 스쳐갔다가 곧 너도 나도 따라 말했다.

디가 이 자리에선 비교적 알음알음도 있고 친화력이 있는 편이어서 오와 피를 내게 소개했고, 나는 이미 그들 모두를 알고는 있었지만 만나기론 처음이니 미소로 인사를 건넸다. 문득 머리를 스치는 한 자락의 자학심, 나는 저 메인 테이블의 구성원뿐만 아니라 디와 오와 피의 작품까지 챙겨 읽으면서 요즘 경향에 뒤처지지 않으려 애쓰는 한편 상대적으로 덜 부각된 이들의 장래성을 내다보는 저울추로도 삼으면서 고작 이 정도 노력조차 기울이지 않고 어쩌겠느냐는 초조감을 버리지 못했지만, 아마 이들은 내 글을 읽기는커녕 어쩌면 내 이름도 오늘 처음 들어봤을지 모른다는 데에서 비롯한 실소가 튀어나왔다. 어떤 형태로든 주목을 받은 기간이나 정도를 기준으로 한다면 중고 신인이란 실상 이중에서 나 하나만을 가리키는 이름일지도 모른다는, 확신에 가까운 냉소. 이런 자리에도 초대장 메일이나 문자 한번 받아본 적 없으나 누구 옆에 비벼서든 해마다 한두 번씩 고개를 내미는 까닭은, 그러다가 우연히 몇몇 편집위원이나 주간과 인사말을 섞고 나서 그들에게 어쩌다 괜찮은 인상을 남겼는지는 모르나 감나무 밑에서 모자를 만지작거리다 떨어진 감 받은 격으로 계간지 지면을 얻은 단 두 차례의 경험을 간과할 수 없어서였다. 그러고 보면 특정 학교의 학과를 졸업하지 않고 생활의 바탕 또한 홍대 합정 파주 일대와 인연이 없으며 그 어느 창작촌에도 입주해본 적 없는 한편 예술인 대상 해외 레지던스 지원 사업이니 독립서점의 낭독회 이벤트 같은 것도 없이 나홀로 페이스로 써왔다는 디나 오와 피 역시 나와 처지가 크게 다르지 않겠는데, 서로의 얼굴에 동병상련의 정을 나눌 의사도 딱히 없어 보인다는 점이 비슷했고, 그러니 일단 닥치고 잔부터 들어. 두 잔쯤 더 들어가자 나는 그들에게 최근 읽은 작품에 대한 의례적인 칭송을 보낼 정도의 여유가 생겼고, 디가 내 어깨를 장난스럽게 찌르며 이런 자리에서 일 얘기 하는 거 아니라고 웃었지만, 작가란 원래 자기 거든 남의 거든 글 얘기할 때 제일 재밌어하기 마련이라는 학생 시절의 고지식한 믿음을 유지하는 나는 둘러앉은 이들의 표정을 세세히 살필 겨를 없이 최고령자로서의 꼰대 기질을 그대로 내뿜고 말았다.

피가 거기에 장단 맞춰주느라 끝내 지키지 못한 마감 얘기며 당선 당시의 에피소드 같은 걸 들려주다가 이야기는 각자의 첫번째 책을 펴낼 무렵의 시행착오로 넘어갔고, 디가 이런 말을 꺼냈다. ……오케이교 넘기기 직전인데, 피디에프 파일을 다시 봤더니 한 문단 안에 '그러니까'라는 말이 세 번이나 나오는 거였어요. 그 문단이 몇 쪽씩 잡아먹게 길지도 않고 한 쪽의 절반 분량인데 말이에요. 전혀 관계없는 자리에 넣은 것도 아니고 쓸 만한 자리에 쓴 게 맞는데, 화자가 무언가 변명하는 것 같아서 자꾸 눈에 걸리는 거야. 그래서 어떻게 했게요. 한 번으로 줄이지도 않고 싹 다 없애버렸죠. 근데 없애고 나니까 허전하데. 내가 그 말을 너무 좋아했나 봐요, 그러니까.

피가 자신도 같은 경험이 있다며 손뼉을 쳤다. 아무래도 개인적으로 좋아하는 말, 습관적으로 즐겨 쓰는 말을 자기도 모르게 자꾸 흘리게 되나봐요. 지나치면 쓰는 게 아니라 거의 흘리는 수준이 되죠. 저는 문단 단위는 아니고 두 페이지에 걸쳐서 '분노'라는 말이 네 번이나 나오는 걸 뒤늦게 발견하고 깜짝 놀랐어요. 뭐가 그렇게 화날 일이지, 하면서요. 그런데 소설의 진행을 보니 주인공이 화가 많은 게 맞아. 그거랑 상관없이 이런 똑같은 말을 흘린 걸 미처 못 본 나 자신을 참을 수 없더라고요. 그래서 되도록 다른 말로 바꿔보려고 했어요. 분개, 억울, 화, 그런데 그 자리에 어떤 걸 넣어도 설명투가 되어버려서 그건 또 그거대로 못 견디겠지 뭐예요. 왜 이렇게밖에 못하나 나는. 보여주기를 해야지 왜 설명하고 앉았나. 내가 묘사에 이렇게 약했나 하는 생각까지 드니까 도저히, 이건 접어야지 싶더라고요, 고작 분노라는 낱말 하나에서 시작한 고민이 소설 전체를 접고 펑크를 내기에 이르렀다는 게 믿어지세요. 저만 유별난 게 아니겠죠. 어디 분노뿐이겠어요, 이 페이지에서 '무용지물'이라는 말을 썼는데 그 장면을 떠나고 나서도 그로부터 세 페이지 뒤 다른 장면 다른 상황에서 무용지물이 다시 나와 신경 쓰였던 적도 있어요. 무용지물이라고 하지 말고, 아주 흔하게라도 구멍 난 페트병이든 유효기간이 지난 입장권이든 여러 가지 보여주기 방법이 있을 텐데, 저도 모르게 무용지물을 반복한 거죠. 내가 워낙 쓸데없는 작은 존재들을 사랑해서 그런가보다 하고 웃어넘길 수도 있는 문제였지만, 그런 부분이 눈에 많이 걸리는 바람에 그것도 결국 마감일을 훨씬 넘겨서 간신히 보냈지요. 그런 거 선배는 없으세요? 원치 않았는데 자기도 모르게 자기가 무슨 말을 특별히 좋아하고 애착을 가졌는지 알게 되는 상황요.

어 글쎄 저는…… 선호하는 특정 낱말이 있는지는 미처 생각 안 해봤는데, 접속사와 부사 형용사를 아끼지 않고 쓰는 경향이 있고…… 좋게 말해서 아끼지 않는다일뿐 남들 보기엔 남발한다고, 그런 거 많이 쓰면 왜 글이 안 읽히고 더러워 보인다고들 그러잖아요, 저는 거기 신경 안 써요. 지나치게 아끼면 금욕적으로 보이고 그 나름대로 좋긴 한데 저는 더러운 것도 좋고, 취향을 가두지 않는다는 측면에선 일종의 섹시함이라고 저 혼자 멋대로 여기기로 했거든요. 어디까지나 개인적인 견해지만 더러움은 섹시함과 통한다고 믿어요. 크레졸 냄새가 나는 사람과 먼지 한 톨 없는 공간에서 수술용 장갑을 끼고 단조로운 성직자 체위로만 청결한 섹스를 하는 게 처음 한두 번은 안전감이 들고 신선할지 몰라도 계속 그것만 고집하기엔, 섹스는 본질적으론 몸속의 것이 밖으로 나온다는 점에서 더러움을 전제로 하는…… 아니 근데 어쩌다 얘기가 이리로…… 아니 저기, 몸속의 거가 반드시 소독이 필요하다거나 막 병균 우글우글, 그게 아니라 그 왜 크리스테바적인 의미로…… 미안해요. 이거 수습 불가네. 아무튼 내가 그렇게 쓴다는데 누가 막을 거야, 처음 등단할 때만 가독성의 신화에 맞춰서 묘사 중심의 간결체를 잘 구사하고 당선 면허증을, 운전 면허증과 크게 다른 점은 모르겠지만, 손에 쥐었으면 그만이지 그다음부턴 내 맘이죠. 다만 근접 거리에서 비의도적으로 중복되는 말들은 최대한 피하려고 노력하긴 해요. 물론 그건 우리 모두가 일상적으로 기울이는 노력이겠는데…… 내가 자신감 넘치는 몸짓을 하면서도 정작 혼란스러워하며 말을 마치자 좌중의 시선은 자연스레 아직 입을 열지 않은 오에게로 넘어갔다.

올해로 서른아홉 살인 오는 실물로는 처음 만나는 셈인데, 이렇게 마주앉아 보니 그녀의 책 표2에 실린 사진과 인상이 크게 달라서 그것이 단지 그녀가 화장법과 옷차림을 바꾸었기 때문인지, 사진이 그녀의 역동적인 분위기를 채 담아내지 못한 것인지 알 수 없었다. 나는 지금껏 그녀의 소설을 단 한 권 읽었을 뿐이지만, 그녀가 데뷔작부터 시골을 배경으로 한 서사를 주로 유지해왔다는 사실만은 알고 있었다. 내가 아직 읽지 않은 단편소설 한두 편을 제외하곤 그녀는 농촌을 무대로 삼았고 데뷔작이 한동안 화제가 됐던 까닭이 바로 그 점에 있었다. 풍부한 삶의 경험을 담보한, 머리 희끗하고 손마디 거친 장년 남성이 아닌 삼십대 여성이 감각적 도회 정서가 아닌 전통적 세계관에 천착하여 육의 언어를 구사했다는 게 뜻밖이라나, 의뭉스레 능치는 말재주에 걸쭉한 사투리와 억척스러운 이전투구를 묘사하는 생생한 현장감이 오히려 그녀의 외모와 이질감을 주어 파격이라나, 하여간 상찬의 외피에 감탄의 수를 금빛으로 놓기는 했으나 본질적으로는 편견에 가까웠던 평들이 기억의 거름망에 듬성듬성 걸려들었다. 장편 문학상의 종류가 대폭 늘면서 데뷔작 타이틀로는 시장에서 책이 움직이기에 한계가 있고, 어쨌든 시장 진입 초반에는 소설 이외에 작가 자체의 특이성에 기대서 나쁠 일 없으니 출판사에서는 아마도 그 이질감을 주요 콘셉트로 잡고 홍보하기 위해 의도적으로 오의 사진을 매번 필수로 내보냈으며, 출간 기사마다 헤드라인이나 리드도 이런 식으로 달렸었다. 「흙냄새가 좋아요…… 화려한 도시 불빛을 정면으로 반박하다」 「농사지을 것처럼 안 생겼다고요?」 그나마 문학과 관계 있게 뽑아준 헤드는 이랬다. 「영글어가는 과육에 담긴 필부의 해학」 「두 아이의 엄마…… 사과밭 한가운데서 문학을 외치다」 당시 보도자료에 나간 오의 사진은 시선을 아래로 향한 우수 어린 옆모습이 주를 이루었는데, 미용실에서 약간 신경써서 편 듯한 세미롱 단발에 작은 얼굴과 옅은 화장기로 인해 젊다기보다는 어려 보였으며, 평범한 아이보리 코트를 입고 주머니에 손을 찌른 모습으로 배경은 보통의 공원 나무 아래나 출판사 건물 앞이거나 북카페였다. 출퇴근길 전철이나 거리에서 흔히 볼 수 있는 생활인의 모습 그대로였고, 얼핏 보면 대학생으로 착각할 법도 한 얼굴이었다. 한동안 베스트셀러 언저리에 다가가자 모 신문사에서는 헤드라인을 「순박한 농촌 아줌마, 맑은 눈으로 바라본 세상」으로 내보냈고, 그 문구는 사진 이미지와 도무지 어울리지 않음으로써 오히려 눈에 확 띄었다. 지금 이 사진 속의 사람을 가리켜 농촌 아줌마라고 한 게 정말 맞나? 맑기는 맑다만…… 하는 식으로 한 번은 더 들여다보게 됐고, 실상 내가 그녀의 책을 찾아 읽은 계기도 그 기사와 이미지를 보고 호기심이 생겨서였다. 그러고 나서 지나간 자료들도 검색하니 아티클마다 시작이 대체로 '문학을 배운 적 없는 33세의 늦깎이'라는 식임을 알게 됐고, 문학 담당 기자의 질문에는 거의 매번 '결혼해서 아이 낳고 농사짓다가 어떻게 겁 없이 도전할 생각을 하셨는지'가 첫번째로 들어가 있었다. 서른세 살이 늦깎이라는 사실도 난 그때 처음 알았고—언제는 새파랗게 젊은 여성이 농촌 이야기를 썼다고 놀라놓고선, 자기들 필요할 때는 늦깎이라고 하질 않나 골고루 가관이었다—문학에 다가설

때 우선 그 위엄인지 형이상학적 오라인지 모를 것에 겁을 먹고 도전 여부를 타진해야 한다는 사실도 처음 알았다. 그 뒤로 출판 관계자에게서 들은 후문으로는 잡지사 한 곳에서 약간 무리수를 둔 취재를 시도했는데, 그동안 이미지와 글이 서로 어울리지 않음을 주무기로 삼았으나 첫 책에서 그 약발이 다한 만큼 이번 기사는 신작 관련해서 평이하게 나가되, 사진을 그녀의 자택이 있는 강원도 논밭에서 찍었으면 좋겠다고 했단다. 두 아이도 옆에 끼고 밀짚모자도 쓰고. 그러나 그러한 사진을 찍는 데 동의하면 그다음엔 장화 신고 옷도 그럴듯하게 입고 얼굴에는 진흙도 좀 찍어 발라준 모습으로 밭을 가는 장면을 연출해달라고 할지도 모른다는 예감을 용케도 했는지, 소설가로서의 본질과 점점 멀어질 가능성을 배제할 수 없다는 대답으로 그녀가 분명하게 거절했단다.

그래서 의도적으로 변신을 꾀했는지는 몰라도—아니 그동안 흐른 세월이 얼마인데 개인적 취향이야 얼마든지 바뀔 수 있지—현재 그녀의 모습은 예전과 사뭇 달랐다. 그래봤자 머리는 여전히 세미롱이었고 래퍼 경연대회에 나오는 센 언니 스타일에는 백만 광년쯤 못 미쳤지만 두껍고 깊은 아이라인, 와인로즈색 립, 웃을 때마다 흔들리는 귀걸이, 현란한 기하학 무늬로 도배된 재킷. 장난이나 역설로라도 순박하다든지 맑다고는 기록하기 힘든 모습이었다. 어쩌면 그것은, 신작이 나올 때마다 예전만큼 화제성이 높지 않던 차에 점점 더 본인의 소설과 이미지가 멀어 보이는 길을 선택하는 콘셉트 유지 차원일지도…… 같은 의미를 부여하고 고찰할 필요도 없이 사실은 그저 농사짓다 나들이 한번 나올 때 변신할 뿐인지도. 과일 농가에서 시부모 모시고 산다는 이가 평소에는 밭고랑 사이에서 지나가는 동물이나 벌레들 말고 누가 봐준다고, 이렇게 매달고 걸치고 바르고 할 일이 없을 테니.

좋아하는 말은 잘 모르겠지만 특별히 싫어하는 말은 있어요. 오가 입을 열었다. 어떤 말이에요? 얼마나 특별하기에? 디가 물었다. 특별하다는 말 정도로는 안 돼요. 몸서리치게 싫고, 그 말에 혹시라도 닿을까봐, 닿아서 오염될까봐 사전이든 기사든 자막이든 그 말이 어디선가 보이기만 하면 바로 온몸에 소름이 돋아서 움츠리거나 책을 덮거나 채널을 돌리는 식이지요. 자기도 모르게 좋아하는 말은 다들 있으신 것 같은데, 싫어하는 말은 없으세요?

디가 턱을 만지작거리며 고민하는 포즈를 했다. 저는 작가라면 말을 편식하지 않아야 한다고 보는데요, 그럼에도 불구하고 사람들이 대체로 싫어하는 말들을 저도 싫어하긴 하죠. 예를 들면 소설 속에, 아무리 등장인물로 요즘 어린애들이 나오더라도, 유행하는 줄임 형태의 욕설을 쓰지 않으려고 의식적으로 노력한다거나. 디의 말을 피가 받아 이어갔다. 그렇지, 특히 최근 몇 년에 걸쳐서 문제 심각하죠, 혐오 표현으로 널리 인식된 건 저도 모르게 피하게 돼요. 가령 아무리 인간 말종이나 우아한 척하는 위선자가 주인공이라도, 그의 입이나 손가락을 통해 타인을 향한 '미개하다' 같은 말은 안 쓰려고 해요. 참 이상한 게요, 단지 그 사회 발전이 덜 됐고, 문화가 덜 발달한 상태라는 객관적인 뜻만 사전에 담겨 있었는데…… 그렇지, 그냥 꽃이 아직 피지 않았다는 것도 미개하다예요. 그런데 어느 순간부터 미개하다는 말 속에 강한 혐오와 모욕의 의도가 담겨 있더라고요. 쓰는 사람도 욕설의 의미로 쓰고, 받아들이는 사람도 그 말을 듣는 순간 인격 살해를 당하기나 한 듯 언제라도 고소할 준비가 되어 있고요. 어느 때부터 이게 우리 사회에서 비웃음이나 손가락질로 널리 통용되기 시작했을까. 솔직히 저 어릴 적에는 사회 교과서에서 개도국 설명할 때 말곤 흔하게 쓰지도 않았던 말 같은데, 그 말이 일상의 한가운데로 들어오니 객관적 의미보다는 폭력적인 뜻에 더 무게가 실린 거예요. 사전적 정의부터 보충해야 할 정도로요. 사회 문화 발전이 되지 않은 상태,라는 뜻에서 사회 문화 발전이 되지 않은 상태를 비하하는 말,이라고 말이에요. 그러자 디가 문득 생각났다는 듯 손사래를 쳤다. 아니 요즘도 저기서는 쓸걸요? 그 왜 해외 선교하면서 유인물에 여전히들 쓰더라고요. 주님 은총을 모르는 미개한 지역에 말씀 전하러 나가는 사도들이 어쩌고. 옛날에도 저는 그런 홍보 쪼가리에서 주로 봤던 말이라고 기억해요. 그래서 우리 인식에 알게 모르게 미개하다가 곧 영양실조에 걸린 원

주민 어린이들의 겁에 질린 눈동자와 그들의 씻지 못한 피부, 쓰러져가는 집과 손으로 밥을 집어먹는 행동 등의 이미지로 박제된 게 아닐까. 꽃이 아직 피지 않았다든지 나중에 필 가능성이 있는지 없는지는 이미 죽은 뜻이 돼버린 거죠.

나와 앞자리 숫자가 다른 나이대의 동료들에게서 어쩌다 얻어듣게 되는 이토록 건설적이고 미래 지향적인 논의들이, 이런 자리에의 방문을 완전히 포기할 수 없게 만드는 요인이기도 했다. 내가 그동안 의식적 적극적으로 피해온 표현은 기껏해야 관용구 혹은 사어라고 불리는 것들 정도이지 않았나. 청천벽력 같은 소식, 가슴이 두방망이질, 맘씨가 비단, 봇물 터지듯, 같은 말은 문학에는 절대 써서는 안 되는 말이며 만약 쓴다면 쓴 사람이 제 소양의 부족함 내지는 게으름을 못 견디고 나가죽든지 절필하든지 할 일이라 여기고 있었다. 관용구 사전이라는 게 존재하는 이유는 사람들이 오랜 세월 그 말을 너무 많이 써서 닳았다는 뜻으로 일종의 폐기 처분 내지는 적폐 청산의 목록을 정리함이며, 그 속의 말들을 골라서 적재적소에 부리기 위함이 아니라 최대한 피해서 쓰기 위한 용도였다. 데뷔할 무렵에는 의욕이 넘쳐 내 글로써 빈사의 모국어를 살려야 한다는 풋풋하고도 원대한 계획마저 있어서 글 속에서 불필요한 외국어를 배제하는 데 온 힘을 기울이는 한편 뭐뭐의 뫄뫄함 같은 소유격 쓰지 말자, 뭐뭐하게 만들다 같은 수동태를 철폐하자, 같은 현실 불가능한 꿈을 꾸고 한 편의 단편소설에서 '~적(的)'이나 '~것' 같은 말이 단 한 번도 나오지 않았음을 자랑스럽게 여겼던 시절도 잠깐 없지 않았으나 이제는 그런 서슬이며 기력도 빠지고 더러움인지 섹시함인지 불분명한 구실로 생각도 바뀐 마흔 중반, 내가 약간의 매너리즘에 빠져 관용구나 피하자는 차원에서 머무는 동안, 젊은 동료들은 단 한 개의 낱말이라도 온 우주를 품은 씨앗이라는 듯 사회와 개인의 관계로까지 확장하여 밀도 있게 고민하고 있었다. 아마도 그들은 도래할 세상의 언어와 그것들이 접속하는 풍경을 장악하고도 남으리라는 예감에, 스스로가 더욱 보잘것없게 여겨지는 순간이 피치 못하게 내게로 내려앉았다.

피와 디의 말을 다 듣고 나서야 오는 입을 열었다. 이런 표현이 정치적으로 올바른지는 모르겠지만 싫어할 만해서 싫어한다,는 것이 저는 충분히 있을 수 있는 일이라고 보거든요, 특히 어떤 낱말을 싫어한다는 것은 더욱, 조금 전 말씀하신 대로 미개하다 같은 것, 그런 건 카타르시스를 추구하는 경음화한 욕설과는 성격이 다르니 피할 만하죠. 그런데 저는 누구나 싫어할 만한 걸 싫어하는 건 아니어서 이해가 되실지 모르겠어요. 얌전빼는 듯한 오의 말에 내가 총대 메고 부추기지 않을 도리가 없었다. 아이고 애태우긴, 우리끼린데 말해봐요 그래서 무슨 말이 그렇게 손에 닿을까봐조차도 싫은지.

저는, 곰삭다,를 특히 싫어해요.

곰삭다.

오래된 옷이 너덜너덜해지다.

풀이나 나무가 썩어 푸슬푸슬해지다.

그리고…… 젓갈이 오래되어 푹 삭다.

내가 아는 한도 내에서 곰삭다라는 말은 이 정도 의미를 지녔다. 난 또, 뭐 얼마나 대단한 낱말이라고 그리 뜸을 들였어……라고 실소하는 대신 이렇게 물었다. 어…… 그 말은 곧 본인이 젓갈을 별로 안 좋아해서 그런 게 아닐까요. 젓갈 잘 안 먹죠? 자기 몸이 생리적으로 받아들이기 힘든 말, 있을 수 있죠. 냄새며 맛이 같이 떠오를 테니까요.

내 흰소리에 오는 웃으며 고개 저었다. 젓갈은 그냥저냥 먹어요. 음식 별로 안 가려요. 너무 깊이 삭혀서 코와 입천장을 찌를 정도만 아니면 괜찮아요.

이어지는 그녀의 표현에 따르면, 역시 그 깊이가 아득하고 잘 벼려져 코와 입천장을 찌르는 언어들이 있는데—사례를 딱히 적시할 수는 없고, 형태나 음운으로나 범상했던 말이라도 이야기의 흐름 내지 장면 분위기에 따라 찌르는 언어가 되곤 하니까—그것들을 가리켜 소위 잘 삭힌 언어라고, 젓갈이나 홍어에 비유한 명칭으로까지 생각해본 적은 없으나, 오 본인도 책 속에서 그런 말들을 발견하면 반기는 정도가 아니라 거기에 경도되는 한편 스스로도 그걸 구사해보고 싶었던 모사 위주의 습작기가 있었다고 한다. 그런데 데뷔작부터 덜

컥 이름을 얻어버린 데 따른 부작용이겠지만—그러나 데뷔작에서 어떤 형태로든 이름을 취득하지 못하거나 자신에게 매겨지는 비평의 가격을 올리지 못하면 이후의 활동 영역 및 기회가 턱없이 줄어들고 심지어 무대 자체가 사라지는 문화 현실에서는 이마저도 배부른 소리라는 걸 모르지 않는다고 그녀는 부연했으며, 마침 꼭 그 생각 중이었던 나는 뜨끔했다—신문사나 잡지사마다 출판 기사의 개요를 '밭 가는 촌부에서 문단의 신데렐라로' 같은 식으로 뽑아내면서 마치 자신이 별다른 노고와 탈락의 시절 없이 갑작스러운 행운을 거머쥔 사람인 듯 서술하는 데엔 어느 정도 이골이 나서 익숙해졌는데, 적지 않은 비평가들이 상찬을 얹어주면서 거의 필수로 동원한 어구가 '곰삭은 언어'였다는 것이다.

아마 명망 있는 누군가가 처음 그리 썼으니 다른 사람들도 덩달아 그리했겠지. 처음,이라는 말에 어폐가 좀 있다만 한동안 우리 현대문학의 비평에 그런 표현을 쓸 만한 사건이 흔치 않았을 테며 비평가로서도 퍽 오랜만에 써보는 낱말이었으리라는 짐작마저 들었다, 곰삭은. 정말이지 곰삭았다고밖에 달리 부르기 어려운 말이나 장면, 상황이 세상에는 있는 법이므로. 그리고 그 일련의 사태들은 오늘날 쉽게 찾아보기 어려우니까. 하여간 곰삭은 언어 구수한 말씨 사람살이의 냄새 같은 것들이 한 세트로 옹기종기 붙어다니다보니, 처음에는 누군가가 자신의 글에 관해 기사나 평론으로 틈틈이 다루어주는 게 그저 좋았지만, 그들 논평의 맥락이 엇비슷한 채도를 띠자 점점 일종의 암시에 걸려드는 듯한 느낌이 부담스러워지더라는 것이었다.

음, 적나라하게 말할게요. 부담이라는 말로는 부족했어요. 하긴 우리가 말로 무언가를 나타내거나 드러내려고 할 때 부족함을 느끼지 않기가 더 어렵지만요. 기자나 평론가를 비롯해서 권위 있는 몇몇 분들이 그렇게 말씀하시고 그 말들이 어느 정도 정착되자, 어느덧 인터넷상의 리뷰들도 그 표현을 받아 그와 비슷한 범주에서 이루어졌어요. 그러니 저는 책이 좀 나가던 약 일 년에 걸쳐서 곰삭았다 구수하다는 말을 사흘돌이로 접하게 된 셈이에요. 기사나 리뷰나 안 봐버리면 그만인데 이미 봤으니 어쩌겠어요. 그러는 동안 처음에는 분명 좋은 의도를 담고 있었을 그 말들에서 어느새 냄새가 나는 것만 같았고, 그 냄새가 징후가 되어 제 몸에 달라붙었다고 해야 하나, 누가 그렇게 말한 적 없는데도 저는 제 소설에서 냄새가 난다는 말과 같은 뜻으로 받아들이기 시작했는데 당연히 좋은 쪽은 아니었어요. 그러고 보면 사람들이 꽃이나 스킨로션 같은 건 대체로 향기라고 일컫는데 그냥 냄새라고 하면 잘 봐줘야 나프탈렌 같은 좀약을, 보통은 터진 은행이나 하수도 같은 걸 자동 연상하면서 눈살 찌푸리게 되는 이유에 대해서도 생각해볼 여지가 있는 듯싶지만 지금 중요한 건 그게 아니고요, 아무리 내 글에서 냄새가 나지 않는다는 것을 이해하고 냄새로부터 해방되고 나서도, 이후 곰삭았다는 말을 들을 때마다 접두사 곰에 시선이 가는 바람에, 이 곰이 그 곰이 아닌 걸 머리로는 알면서도, 마늘과 쑥만 먹고 삼칠일을 버틴 웅녀의 미련함이 자꾸만 떠올랐다는 데 있어요. 전원 풍경을, 실상 전원이라는 느긋하고 목가적인 뉘앙스의 말로 규명하기 어려운 고난의 요소들이 가득한 시골 모습을 다룬 소설을 두고 너도나도 곰삭은 말들이라 하니, 전통적으로 곰에게 부여된 굼뜨고 미련하다는 이미지와 가방끈이 썩 길지 않은 인물들의 삶이 화학작용을 일으키면서, 내 소설이 미련하고 못 배운 자의 언어, 가난한 무지렁이의 세계관에 국한되어 있다고 손가락질받는 것만 같았어요. 처음에는 인물들이 서로의 머리채를 잡고 회술레를 돌리는 그 거칠고 우악스러운 모습에 높은 점수를 줄 수도 있겠죠. 신선하니까, 이삼십대가 만든 문학 가운데선 간만에 보는 것일 테니까. 포스트모던하지 않고 초현실적이지 않고, 최저임금의 혜택을 받지 못하는 1.5평 고시원의 도시 빈민을 형상화하지 않았고, 뒤늦게 당도한 정통 리얼리즘이니, 신자유주의 이래로 우리 모두가 잊고 지낸 세계에의 향수와 재발견이라고요. 그러나 두번째부터는 고개를 갸웃하게 마련이고 세번째에 이르러서는 좋은 말로 꾸준한 천착, 웬만해선 자기복제나 동어반복 얘기가 안 나오기가 어렵죠. 그로 인한 초조함이 비록 자격지심의 다른 이름처럼 보이더라도, 내가 세련되지 않거나 배움이 부족하고 사람이 명품이 못 되어서 이런 이야기를 쓰는 게 아니라는 사실을, 다른 누구도 아닌 스스로에게 증명하고 싶었어요. 처음에는 곰삭았다는 말에서 시작했지만 그다음에는 그 곰과 무관한 생물학적인 곰, 북극곰 흑곰 불곰 반달가슴곰을 글에 넣기가 싫어졌고, 곰손이 같은 건 그야말로 딱 미련퉁이를 친근하게 부른다고 하는 거니 말할 것도 없고, 동사에서 전성轉成된 건 줄 빤히 알면서 곰국도 넣지 않았는데, 이를테면 등장인물이 낙상으로 다리가 부러져도 그의 늙은 어머니가 끝까지 곰탕 따위 끓이지 않는 식이었어요. 소뼈를 고았을지 곰을 삶았을지 어찌 알겠느냐는 저항감을 주체할 수 없었거든요. 점점 더 기피하는 곰의 범주가 넓어져서, 소설 속 인물들은 곰장어도 곰치도 곰취 곰피 곰딸기도 안 먹고, 그들의 집 벽지에는 곰팡이도 안 피고, 곰살궂다 곰살갑다 곰살맞다 곰살스레 곰상곰상 같은 말들도 다정하며 상냥한 태도보다는 머리 나쁘고 생각 없어서 호구 잡히고 약탈당하는 모습처럼 여겨져 일절 소설 속에 쓰지 않았어요. 인물이 곰곰이 생각하는 일도 없고 벽에 붙어 기어가는 벌레는 곰실거리지 않고, 곰지락거리는 행동은 겹자음을 넣은 훌륭한 대체어가 있어서 괜찮았는데 심지어는 달아노피곰 도다샤 같은 인용구도 쓰려던 자리에 쓰지 않고 넘어가는가 하면 나중에는 관심 가는 책을 구입하려는데 작가 이름이 곰브로비치라는 이유로 그만두기에 이르렀어요. 그러니 이건 나한테 문제가 있다고밖에 볼 수 없었고, 그 상태에서 벗어나기 위해 내 글의 소재와 톤을 온폭으로 바꿔버리면 어떨까 싶었어요. 물론 그런 생각이 들었다고 해서, 사람이 평소 제 손에 익은 가락을 완전히 벗어나, 머릿속에 개미가 기어다니다 눈으로 줄지어 나오고 그걸 바라보는 화자가 분열증적 언어를 구사하며 자신의 뇌 주름 개수를 고찰하는 식의 소설을 갑자기 만들어낼 능력은 없었죠. 고민 끝에 그다음 소설은 무대를 도시 한복판으로 가져오고 중소기업 내에서 벌어지는 내부 고발자 이야기를 썼는데, 주인공은 자취방의 천장이나 현관문, 통근 전철 등을 배경으로 영적인 증상을 겪었고 그건 거칠게 요약하면 죄의식이 만들어낸 환영이었어요. 이때 문장 스타일도 평소 익숙하지 않은 타입으로 바꿨고, 평단에서 가치를 인정받는 이십대 신인들의 세계관과 정서를 탐구하고, 물론 그걸 따라가겠다는 생각은 없었지만 내가 정말 첩첩산중 안쪽에 갇혀 시야를 넓게 가지지 못했다 여겨서 노력하는 차원으로요. 그러고 났더니 그다음에 들려온 말들은 이랬어요. 자신의 유일한 인장을 버린, 실패한 치기와 어설픈 흉내내기의 결과물이라고요. 실험적인 거 시도하려고 애는 쓴 것 같아서 안쓰러워 보이긴 하는데 잘 읽히는 농촌 서사나 계속 파지 그랬느냐고요. 무슨 이야기를 하고 싶은 건지 주제도 명확하지 않고 인물 행동의 동기도 도무지 모르겠고 스토리도 상실했고 결말에서 속 시원히 해결되는 문제는 단 하나도 없고, 결국 오작가도 메인스트림을 따라가려고 안달내는 포즈가 보여서 실망스럽다고요. 하지만 그들이 대척점에서 부연하는 데 주로 사용했던, 길어야 두 시간이면 앉은 자리에서 후루룩 뚝딱 잘 읽힌다 알기 쉽다 감동적이다, 하는 말들은 다 저와 저의 글을 어떤 틀에 가두려는 거잖아요. 너는 그 안에서 놀면서 계속 만만한 거나 만들어내라, 까다로운 건 우리가 할게. 저를 단순하게 보는 거잖아요. 제 등장인물은 영혼이나 의식이나 괴물 같은 거 말고 언제나 육체노동으로 인해 꿈틀거리는 근육이 팔에 생생히 잡힌 인간이어야 하나요? 저는 '메인스트림' 같은 말 쓰면 안 되나요? 저와 제 주인공은 언제나 곰살궂게 굴면서 하는 말은 곰삭아야 하나요?

오가 겪어낸 연상의 과정이나 사유는 나로선 동의하기 어려운 구역에 속해 있었지만—곰삭다의 곰에서 곰熊을 떠올리는 것부터가 일종의 피해의식으로 보이기도 했는데, 곰삭다의 곰은 나도 어원은 모르지만 그저 곱씹다의 곱과 비슷이 부단한 겹침과 반복 강조의 뜻을 얹는 기능으로 여겨졌으므로—일단 적어도 누군가가 곰에 대해 그와 같은 방식으로 생각할 수 있다는 사실만은 알았고, 또한 외부의 정당한 평가에 목마른 이의 감각을 이해할 수 있을 듯했다…… 물론 평가의 정당성 여부와 무관하게 평가 자체가 없어 아쉬운 주변인으로서는 그마저도 감지덕지일 터였지만 오는 내가 되어본 적 없으니. 그리하여 나는 오의 말에 성의를 다해 고개 끄덕이며 술을 몇 번 더 따라주었던 것 같다. 그리고 반쯤 꼬인 혀로, 오에게 가닿을지 확신하지도 못하면서, 되도 않은 위무의 언어를 길어올린 듯도 싶었다. 디와 피도 거기 뭐라고 말을 얹은 것 같고 우리 모두 각자의 주량에 비해 그리 많이 마신 것도 아니며 나는 필름이 끊기지도 않았으므로 집에 몇 시에 어떻게 돌아왔는지 선명하게 기억하고 있었는데, 이상하게도 내가 오에게 뭐라고 말했는지 그것만은 이튿날 뇌리에서 사라져 있었다.

삼 주가 지난 뒤 오가 전화를 걸어오기 전까지는.

그런데 언제 우리가 번호 교환까지 해가면서 서로를 친근하게 부르기로 했더라.

언니 그날 잘 들어가셨어요? 숙취는 없으셨고 감기 걸리진 않으셨지요. 언니 말씀대로 이제 어느 정도 준비돼서 연락드렸어요. 아…… 기억 못하시는구나. 아뇨 괜찮아요, 제가 다시 얘기하면 되죠. 그래서 어디까지…… 아, 거기부터요. 예, 그때 제가 막판에 많이 취했는데 언니가 저한테 말했어요. 그런 생각 마라. 네가 진저리를 내고 도망나오고 싶어하는 그 자리 근처까지도 못 가본 사람이 세상엔 더 많다. 하지만 언니는 다른 사람들처럼, 배부른 소리 말고 감사히 여겨라, 하는 식은 아니었어요. 왜냐면 언니는 그다음에 이렇게 말했거든요. 자기 소설 보고 곰곰거리는 게 싫어? 곰이 미련해 보여서? 곰이라는 한 글자를 보는 것만으로도 살기가 힘들어? 그건 네가 자꾸 곰에 대한 생각을 놓지 못하니까 그런 것인데 당연한 일이야. 곰 심리 실험 알아? 피험자 여러분은 지금부터 다른 모든 것을 생각해도 되지만 곰만은 생각하면 안 됩니다. 절대 곰을 생각하지 말라고 했더니 오히려 피험자들은 곰에 대한 생각에서 잠시도 벗어날 수 없었다는 결과가 나왔지. 그러니까 곰이 문제네. 곰부터 때려잡아. 일단 대상에 대해 생각하지 않으려면 그 대상을 포획해서 없애버리는 게 가장 효과적이지 않겠니. 곰을 잡아서 가죽을 벗겨버려……는 아니고 곰을 잡아서 자기 걸로 한번 해보고 길들여봐. 한번 정복하고 나면 혹여 그 대상을 손맛 따지는 낚시꾼들처럼 도로 방류한다고 해도 더이상 두렵지도 꺼려지지도 않을 거야. 막상 손에 넣어보면 별것 아니라는 걸, 아니 내가 그것에 의미를 부여하기 전까지는 아무것도 아니라는 걸 알게 될 거야. 곰 잡으러 갈 때 불러라. 나도 도와줄게. 아니 나도 좀 잡으러 가게…… 그렇게 헤어졌어요. 그래서 사제 엽총 두 정이랑 함정이랑 미끼에다 올가미 만들 로프를 구하느라 시간이 좀 걸렸고요, 우리 동네 가끔 곰 나오거든요. 뒷산에 있다가 읍내로 내려왔다 가고 그래요. 아주 거대한 곰은 무리고 그 아이를 좀 잡아볼까 하는데 언니 언제 시간 되세요?

그리하여 기억의 절편 사이에 한 방울도 스며 있지 않고 내가 전혀 모르는, 그러나 어찌됐든 내가 거들기로…… 정도가 아니라 함께하기로 약속했다는 일을 위해 나는 어안이 벙벙한 채로 그녀가 사는 산골까지 찾아오게 된 거였다. 버스 안에서 줄곧 머릿속을 비틀어 짜대는 생각, 법률에 따르면 나 이거 뭐에 해당하나, 야생동물 밀렵죄? 조수보호및수렵에관한법률 위반? 뭐가 됐든 범법 행위이긴 한 듯싶었고 이건 교사인가 방조인가. 나는 공범인가 정범인가. 아니 그걸 떠나서 험준한 지리산 자락도 아니고 뒷산에서 곰이라니, 아직도 웅담 채취용으로 사육중인가. 멧돼지가 도심에 출몰했다는 뉴스는 몇 번 봤다만, 야생 곰이 주택가까지 내려와 어슬렁거리곤 한다는 얘기가 국내 생태계 현황상 가능한 일인가 싶고 처음부터 헛웃음이 나와 마땅했는데 나 왜 그럴 타이밍을 놓쳤는가 말이다. 어쩌면 오는 그냥 한번 놀러오시라는 말을 농담으로 한 것일지도 모르고 막상 도착하면 그녀가 초대형 리락쿠마 인형 같은 걸 눈앞에 내밀 수도 있었는데, 보통 그 정도 수준의 장난을 치려고 사람을 이만큼 먼 걸음 하게 만들지는 않을 테며, 설마하니 그런 걸 장난이라고 친다면 오의 심신에 약간의 문제가 있다는 뜻으로서 나는 그녀의 초청을 사양했어야 한다. 또는 나를 향한 보통 이상으로 고조된 악의가 있지 않고서야. 단 한 번 만났을 뿐이니 후자의 개연성은 소거하고, 그렇다 하여 오가 어딘가 잘못됐다

생각하고 싶지도 않아서 나는 좀더 자세한 설명을 요구했으나, 그녀는 생략한 맥락이나 장면 하나 없이 정말 있는 그대로 말할 뿐이라 했으며, 곰이라는 단 한 글자로 이루어진 본문을 읽어내고 텍스트의 존재하지 않는 행간마다 산재한 의도를 판독할 사람은 오롯이 나 혼자였다. 그러나 대체 무슨 수로. 곰이라는 한 음절이 세 개의 자모로 분리되는 순간 그것은 더이상 손에 쥘 아무런 의미를 갖지 않는데. 음절 사이를 파고든 바람이 팽창하여 그들이 벌어지고 나면, 각각의 음소들은 서로를 모르는 척 제 위치를 상실하고 변덕스레 날뛰다 문을 여닫기도 하고 감을 따기도 한 끝에 이내 흩어지고 마는데. 오는 우연히 그것이 문도 아니며 감도 아닌 곰이었음에 상심하는 것인데. 내가 거기 보조를 맞춰줘야 할 이유가……

몇번째로 갈아탔는지 모를 버스가, 맥주 거품 같은 구름이 낮게 깔린 황량하고 한적한 마을에 나를 떨어뜨려놓았을 때, 사전에 오가 남긴 문자대로 머릿돌이 놓인 마을 입구로 들어서자 특정 시간의 폐곡선에 영원히 갇혀버린 사람들만 모여 사는 듯한 음침하고 눅눅한 냄새가 피어오르는 대기를 느꼈을 때, 오가 골프채 케이스 비슷이 긴 보따리와 배낭을 어깨에 멘 채로, 고단한 노동과 일상이라는 거미줄에 영원히 걸린 자의 체념이 묻어나는 미소와 함께 손을 흔들며 내게로 다가오는 모습을 발견했을 때, 나는 그 무엇도 묻지 않고 내가 이 모든 상황을 받아들이기로 했다는 걸 알았다. 이것이 진짜 오의 얼굴이다. 화장기도 장신구도 없이 위아래로 자색 상의와 쥐색 고무줄바지를 입은 오의 얼굴은 천년은 더 나이 들어 보였으며, 이마와 입가의 주름은 용도가 폐기된 난수표 같았다. 나는 개봉되지 않은 채 거인의 손아귀에 흔들려 기포로 가득한 탄산음료의 세계에 들어온 느낌이었고 온몸이 따끔거렸다.

기억과 무관하게 일단 내 입 밖으로 나갔다는 말의 무게를 절감했다는 핑계이긴 하나, 어쩌면 내가 바란 건 이런 일상과 떨어진 이벤트였을지도. 동물원 담장 너머가 아닌 눈앞에서 곰을 목격하는 낯선 경험을 하는 것, 그것과 마주하더라도 설마 그것을 잡을 가능성은 없겠으나 포즈로라도 무기를 갖춘다는 것. 그러면서 미신적 의미로든 법리적 해석으로든 후환 따위 고민하지 않는다는 것. 그러므로 오의 말이 현실이든 그녀 마음속 환상에 불과하든 지금은 중요하지 않았다. 그녀를 도와, 그녀와 함께, 잡아야 할 곰이 없다는 걸 확인하고 집으로 돌아온다는 소박하고 훈훈한 결말을 맞이해도 무방했다. 파랑새는 알고보니 집에 있었어,가 아니라 곰은 알고보니 우리 이불 머리맡에 베개 대용으로 앉아 있었다는 식으로. 실재의 곰을 보면 좋고 못 봐도 그만이었다. 약간의 긴장과 함께 맑은 공기를 들이마신 뒤, 곰이 없음을 위로하고 서로의 지친 몸을 다독이며 산 아래로 도로 내려와선, 방황

하는 동료를 위해 쉽지 않은 자리이자 무용한 모험에 동행했다는 약간의 자부심을 느끼면서, 남편과 아이들과 늙은 시부모가 기다리는 공간까지 그녀를 배웅하는 다정하고 인간적인 행위만으로도 나는 일종의 책임감을 해소함으로써 유종의 미를 거둘 수 있을 터였다……

그러나 문득 오한테도 마찬가지일지는 알 수 없다는 데에 생각이 닿았다. 만에 하나 곰을 정말로 만났는데 그것을 잡지 못하고 줄행랑이나 치게 된다면, 오는 그로 인한 좌절을 수습할 수 있을지. 어쩌면 곰이라는 글자가 들어간 그 어떤 말도 평생 쓸 수 없게 되어버리는 거나 아닌지. 세상 사람들이 들으면 아연실색과 조소 사이 어디쯤에서 고개를 기웃할 일이겠으나 나만은 그 밑도 끝도 없는 예민함을 이해할 수 있었다. 그러니 그녀가 나를 불렀지. 그래서 그녀가 나를 골랐지. 나만은 그녀의 충동을, 해독되지 않은 희미한 모스부호를 감지할 수 있다는 자긍심.

그나저나 어디까지 나를 이끌고 가려는지, 점점 깊숙하고 으슥한 산중으로 랜턴 하나만 들고 앞장서 가는 오의 뒤를 따라가며, 곰이라는 단 한 글자를 응시하는 이의 첨예하고도 민감한 감각에 대한 나름대로의 고민과 공감이 무색하게 그녀가 나를 암매장하려는 거나 아닐까 하는, 진부한 서사로서도 개연성 없으며 비상식적인 발상이 문득 솟는 것, 그녀 어깨를 뒤에서 붙들고 대체 내게 왜 이러느냐고 묻고 싶어지는 것도 무리는 아니었다. 그 생각이 나도 모르게 몸 바깥으로 흘러나왔는지, 나는 어느새 그녀 팔을 붙잡고 있었다. 왜 그러세요? 아 맞다. 먼 걸음 하셨는데 다리 아프시죠. 쉬었다 갈까요. 천연스럽게 묻는 오의 표정에서 나는 이루 말할 수 없는 무구함을 보았다. 미세먼지 가득한 도심 속 원룸의 의자에서만 생활해온 나는 육체노동에 이골이 난 오의 체력을 따라가기엔 이미 틀렸고 한 발짝도 더 떼어놓을 수 없을 것 같았으나 기를 쓰며 고개를 저었다. 아니…… 끄떡없고요, 다만 그, 무겁지 않나 해서, 짐 나눠 들어요. 그녀가 미소와 함께 작은 새의 날갯짓인 양 손사래를 치며 괜찮아요 이제 거의 다 왔어요, 했을 때 확실히 뭔가 잘못됐다는 느낌이 압지에 떨어뜨린 먹물처럼 머릿속에 번져나갔다. 정말 오는 곰을 잡자고 나를 데려온 걸까, 내가 도움이 되지 않을 걸 알면서…… 설마 나를 곰한테 던져주고 자기는 그 틈을 타 곰을 잡으려는 계획인가, 하는 B급 스릴러 영화의 장면들만 뇌리를 스치면서, 아직 아무것도 시작하지 않았는데 몸속 장기와 뼈가 곰의 손아귀에 으스러지는 환청마저 들리는가 하면, 이 모든 행위와 과정은 그녀에게 속한 일련의 우울과 착란에 불과한 게 아닐까 싶은 것이었다. 충족되지 않은 열망과 허기의 동아줄로 버티다 끝내 영구한 결핍의 심연에 떨어진 자의 발작 같은 것. 그게 맞다면 그녀는 거의 다 왔다는 그 말과 함께 좀 이따 나를 앞세울 것이다. 뒤에서 내 머리를 내려치기 위해서…… 나는 불안을 떨치기 위해 오에게 일부러 얼토당토않은 말을 꺼냈다. 이를테면 당신 뭘 믿고 나를 불렀어요? 내가 정말 와줄 거라 생각했어요? 당신 총 쏴본 적은 있어요? 아니 그보다 이런 데에 곰이 진짜 있긴 있어요? 나 정말 내가 뭐라고 말했는지 기억도 안 날뿐더러, 설령 그랬다 한들 그건 자기 마음속의 곰을 죽이든지 잡든지 하라는 주제넘은 충고였겠죠. 나도 내 코가 석 잔데 누구한테 그런 말을 하겠어요. 다 떠나서 술 취해서 한 그런 말을 곧이곧대로 믿는 사람이 어디 있어요? 같은 걸 물어서 그녀를 자극하지 않았으며 대신 그녀를 철저히 믿고 따라간다는 듯, 그러면서도 어디까지나 이 상황이 농담에 가깝다는 현실만은 완전히 잊지 않았다는 태도를 견지한 채 염려를 내비치는 식이었다. 내가 실은 사격을 전혀 해본 적이 없는데 어쩌죠. 그냥 만나면 도망칠까요. 저 달리기도 느린데 도움은커녕 방해만 될지도. 그러나 몇 차례 간격을 적당히 떼어 물으며 오의 반응을 유도했는데도 그녀가 따로 대답 없이 그저 뒤돌아보고 미소만 짓기에 나는 참지 못하고 물었다. 미끼를 준비했다면서요, 그게 뭐죠? 그 긴 가방에는 뭐가 들었나요. 아마도 내 무덤을 파는 질문일 게 틀림없어서 총이나 활 같은 구체적인 사물의 이름을 직접 입에 올리지는 않았으나 말이 입 밖으로 나가는 순간 나는 이미 후회했다.

그때 오가 발걸음을 멈췄다. 밤안개의 창백하고도 푸르스

름한 냉기에 매달린 검은 나뭇잎들이 허공에서 떨며 일제히 쇄아 울음을 터뜨렸고 멀리서부터 다가오는, 지축을 작게 울리는 진동에 발밑의 모래가 움찔거렸다. 오는 정면을 응시한 자세 그대로 보따리 하나를 내게 넘겼고, 그녀가 무어라 지시하지 않았는데도 나는 지퍼를 열어 내용물을 꺼냈다. 나무를 깎은 장난감이 아닌, 비록 만듦새는 거칠고 조악해 보였으나 거기서 쏘아져 나가는 탄환만큼은 확실히 생체 조직을 헤집어놓고 대상을 죽음에 이르게 만들리라 짐작되는 진짜 쇠붙이가 손에 닿았다. 그러는 동안에도 대기의 진동은 점점 가까이 다가왔고, 나는 그 움직임이 지진 아닌 거대 짐승에 의한 것임을 지나치게 자연스러운 일로 받아들이고 있었다. 이걸…… 설마 견착하라고 준 건가. 그러나 전혀 해본 적 없는 전문적인 일이, 비록 이곳이 꿈속이라거나 내 몸을 생시와 꿈속에 반씩 걸쳐놓았다고 해도, 더 나아가 그녀가 실은 존재하지 않는 사람이며 우리가 만난 술자리 자체가 어느 날 밤의 환몽이었다고 가정해도, 이것의 방아쇠를 올바로 당기는 일이 가능할 리 없었다. 그저 어깨에 얹어놓고 시늉만 하면 될까. 체호프의 총을 생각하면 이것은 나나 그녀의 손에 의해 반드시 발사되어야만 한다, 불발되든, 구조상 결함으로 폭발하여 손모가지가 날아가든, 심지어는 이것이 실은 탄창조차 갖추어지지 않은 쇠 껍데기에 불과하더라도, 서사의 호응과 완성을 위해서. 그러나 이 총은 이야기의 1막에 등장한

것이 아니니 반드시 3막에서 쏘아야 하는 게 아니겠고, 히치콕에 따르면 이대로 어디 던져버려도 무방하고,

서사적 논리는 휴지 조각이며 그것이 눈앞에 왔다.

그것을 그것이라고 인지하기도 전에, 소리내어 그것의 이름을 발음하기도 전에 오가 손에 쥐었던 랜턴이 허공을 날았는데 어쩌면 오의 몸이 통째로 튀어오른 것인지도 모른다. 와지끈 소리가 난 것은 그것이 나뭇가지를 밟아서인지 오의 갈빗대가 두 대쯤 나가서인지 알 수 없다. 날아간 랜턴은 부서졌는지 꺼졌는지 사위는 육중한 소음과 함께 까매진다. 여기서 칠흑같이 어두운 밤, 이라곤 입이 찢어져도 말할 수 없는 나의 비루한 자의식은 관두고 까맣다. 어쩌면 내 몸도 함께 날아올라 의식을 잃으면서 깜깜해진 것……일 리는 없고, 눈앞에 버티고 선 그것이 밤의 대기에 그대로 전사된 그림처럼 까맣다. 입술이 굳고 목이 잠겨 어디로 나가떨어졌는지 모를 오의 이름이 나오지 않는다. 오를 여기 불러야 하는데, 이 안개 낀 영역에서 그것에 맞서고 그것을 때려잡아야 할 사람은 그녀인데, 오는 어디로 갔을까 혹은 어디에서 정신을 놓았을까 아니면 어디에 존재하거나 존재하지 않을까. 어쨌거나 오의 말마따나 그것은 진동의 세기와 에너지가 준 육박감에 비해서는 크지 않은데, 이를테면 철저한 공해 도시의 보잘것없는 생활자인 내 기준에서는 세내어 사는 원룸 건물만하다거나 그 정도는 아니라 다만 원룸 건너편의 빌딩 문짝

만 하다는 것으로, 이것이 현실에 존재하는 생물이라면 아마도 어미가 아닌 아기에 해당할 것이다.

그러니 저것을 뒤집으면 손도끼 하나로 얼마든지 부수고 남을 문 한 개에 불과해질 것이다. 어차피 오가 고민했던 것은 그것의 실체가 아닌 표상이었으므로 그것을 죽이기 위해 목숨을 걸 일까지는 없어야 하지 않은가. 저것을 전복시키자. 어쩌다 이게 그녀 아닌 내 문제로 넘어왔는지는 모르겠으나 눈앞의 위기에서 벗어나려면 그게 최선이다. 그것의 이름을 부르지 말자. 애당초 그것에게 이름을 부여하지 말자. 그것에 대해 생각하지 말자. 그리하여 처음부터 모든 것의 무의미만을 남겨놓은 채 그 무엇도 없었던 것으로 만들어버리자. 이름을 제거하거나 바꾸는 것은 의미에서 해방되는 간결하면서도 효율적인 수단이며, 의미의 소멸이야말로 가장 안전한 탈출의 방식이다. 그리하여 나는 깜깜해서 아무것도 보이지 않는 흙바닥에 나도 읽을 수 없는 글씨를 총부리로 새기기 시작한다. 곧 머리 위로 드리워지는 그림자와 네발짐승의 호흡은 사라질 것이다. 말과 함께 이어졌던 존재에 결락이 생기고, 모든 세계가 무너질 것이다. 그리고 나는 말의 파편 속에 잠기거나 말의 삭아 부스러진 로프에 감겨 꼼짝도 못하는, 무기력한 가난뱅이다.

오토포이에시스

* 제목인 '오토포이에시스'의 의미는 다음을 참고. 조재룡, 「시(詩), 그리고 인공지능……」, 『모:든시』 1호, 2017.

한 왕이 현자에게 세상의 진리를 구하자 십 년 뒤 현자는 열 권의 책으로 정리해 왔는데, 너무 길어 왕이 다 읽을 수 없다 하니 현자는 십 년 뒤 다시 한 권의 책으로 요약해 왔고, 나이들어 병든 왕은 한 권의 책조차 읽기 힘들다 하여 십 년 뒤 현자는 단 한 문장을 적은 종이만을 가져왔다는 옛이야기에서, 그 단 한 개의 문장은 무엇이었으며, 왕은 결국 그 문장을 읽은 뒤에 세상을 떠났는지 아니면 때가 이미 늦어 그 한 개의 문장조차 펴보지 못하고 숨을 거두었는지, 백지는…… 알지 못했다.

백지는 자신의 이름 외에는 기억하지 못했다.

그는 영원히 부패하지 않거나, 산화하는 데에 영원에 가까운 시간을 필요로 하는 수많은 금속 폐기물 더미가 쌓인 쓰레기장 한가운데서 눈을 떴다. 떨어지는 검붉은 물이 안구를 연타하고 있었다. 기존에 자신이 보유한 정보와 성분이 다르긴 했으나, 아슬아슬한 범위 내에서 빗방울로 판독되었다. 들어올려 눈앞에 펼친 회색 손가락 마디마다 반쯤 풀린 나사가 움직이며 삐걱거리는 소리를 냈다. 은색 손목을 덮은 옷소매는 바람과 물, 강한 햇빛이 오랜 세월 교차 반복하여 묻은 결과 조금만 움직여도 낙엽이 부스러지는 소리를 내며 조각조각 떨어져내렸다. 몸을 일으키려는 시도를 하기가 무섭게 옆으로 나동그라진 백지의 머리 위로, 구겨진 차량 보닛의 일부나 찢어진 깡통 같은 것들이 쏟아졌다. 손으로 바닥을 짚었어야 한다는 걸 백지는 한 박자 늦게 알아차렸다. 돌아보니 먼지를 피워올리는 쓰레기가 고층 빌딩 높이만큼 쌓여 있었고, 쓰레기의 틈바구니로 백지와 닮은 모습을 한 존재들의 머리를 비롯하여 신체 일부가 보였다. 그들의 얼굴에는 표정이 없었다. 백지는 자신이 그나마 쓰레기 산의 바깥쪽 둘레에 적치된 덕에 비교적 장애물 없이 몸을 일으킬 수 있었다는 사실을 알았다.

아직까지 다리는 두 개였고, 휘청거리기는 했지만 양쪽에 골고루 하중이 분산되었다. 몸속 회로가 재배열되면서 각 부위에 전기 신호를 흘려보내고, 꺼졌던 심지에 점화가 되듯 기초적인 지식과 사태가 백지의 빈 공간을 조금씩 채워나갔다. 이곳이 어디이며 궁극적으로 어떤 세계인지 아직 분석할 수 없었으나, 둘러본 결과와 자신의 기존 지식 데이터베이스를 맞춰보니 세상의 모든 오염 물질이 집적된 채 누구도 손대지 못하고 버려진 땅으로 인지되었다. 자신에게 무슨 일이 일어났는지, 그 이전에 자신이 누구인지 알기 위해, 그러나 자신이 누구인지 알고자 하는 시도라는 게 신체 내부에서 무작위로 이루어진 전기 합선이 가져온 어떤 불의의 신호일지 인식하지 못하는 채로, 백지는 데이터베이스를 뒤져나갔다. 마지막 메모리는 2076년 12월 24일에서 끝나 있었고, 그전에 무엇의 부속이었을지 알 수 없는 검은 부품이 가까이 버려져 있어서 들여다보니 생산 연도가 2086년…… 날짜는 훼손되어 있었다. 백지는 각종 폐기물을 헤치고 끄집어내고 던져보았으나, 그로부터 얼마큼의 시간이 흘렀는지 표지가 되어줄 만한 물건은 쉽사리 발견되지 않았다. 유통기한이 2121년까지인 합성 페미컨 깡통이 시야에 포착되기도 했으나, 저장식품은 워낙 유통기한을 최대로 잡아놓게 마련이므로 지금이 반드시 2121년 이후라는 법은 없었다.

백지는 천천히 발을 떼어놓으며 앞으로 나아갔다. 폐기물로 이루어진 산을 등지고 한발, 또 한발 멀어지기 시작했다. 전방으로는 끝 간 데 없는 사막이 펼쳐져 있었지만 백지는 목마를 일 없이 수십 번의 낮밤을 헤치며 앞으로 나아갔다.

자신이 떠나온 곳에 있던 것들과 비슷한 쓰레기들을 드문드문 발견했고, 사람의 것으로 생각되는 바싹 마른 해골이 모래 밖으로 반쯤 나와 있는 모습들도 종종 볼 수 있었다. 그러는 동안 비록 느린 걸음이지만 한발을 내딛을수록 무게와 균형감과 확신이 실렸고, 신체 동작을 이어가면서도 2076년 12월 24일부터 역순으로 메모리를 열람 및 분석할 수 있을 만큼 자신이 멀티태스킹이 가능하다는 사실 또한 알게 되었다. 이 앎이란 이제 알았다고 인식하여 의도를 갖고 행위로 옮기는 과정이 아니며 논리적으로는 분명 존재할 입출력 단계가 완전 생략되어 있었다. 애당초 자신의 이름이 백지라는 것도 '나는 백지' '내 이름은 백지' 같은 유목적적 되새김질을 통해서가 아니라 그저 그를 이룬 전체 신체 조직의 특정하지 못할 어딘가에 편재의 방식으로 새겨져 있어서 떠오를 뿐이었다. 자신이 백지라는 사실은 매순간 의식할 필요 없이 당위성을 지닌 화인火印이었으며, 이같은 인식은 인간의 경우라면 자신이 누구인지를 '안다'에 포함되는 모든 행위 가운데 가장 본능적이고 협소한 범위에 해당하는 것이었다.

추출된 마지막 메모리는 뜻밖에도 단조롭고 평온한 장면으로, 특기할 만한 데가 없었다. 책을 읽고, 아마도 자신의 주인 또는 관리자였을 것으로 여겨지는 사람들과 인사를 나눈 것이 전부였다. 그뒤 무슨 일이 생겼는지, 어떤 이변이 있어서 자신이 저 쓰레기 산의 일부가 되었는지 분석할 만한 자료는 발견되지 않았다. 어쩌면 메모리 일부가 파손되었을 것이다. 메모리가 완전히 복구되지 않았을 것이다. 폐기물의 일부로 잠들었던 동안 반복되었을 벼락과 각종 충격과 합선으로 인해 몸을 움직일 최소한의 동력을 마치 실수처럼 얻어낸 데까지가 한계일 것이다. 백지는 메모리 안에서 조각난 이미지들, 소리들을 순서에 맞게 배열해보았으나 중간에 구멍과 절단으로 인해 빈곳이 대부분이었다. 그럼에도 일부 건진 장면들 사이의 유기적 관계를 종합해본 결과, 백지는 자신이 그전에 무엇을 하던 개체였는지를 파악하게 되었다.

사막을 벗어나 만난 첫번째 마을에서 백지는 일단의 동력을 다했다. 사람들의 입김 사이에서 생성된 안정적인 온도와 습도를 측정하고 그대로 쓰러졌다. 정확하게는 행동을 중단했다. 밭일하던 사람들이 다가왔다. 광야를 빠져나오는 동안 백지가 입고 있던 옷은 바람과 햇빛에 떨어져나가 절반밖에 남아 있지 않았는데, 다가온 사람들은 모두 구릿빛 얼굴에다 백지와 크게 다르지 않은 상태의 옷을 입고 있었다. 그들은 백지를 일으켜 나무 그늘에 기대놓은 뒤, 합성 피복이 일부 벗겨져 드러난 그의 회색 손이며 기이한 걸음걸이로써 이 이방인에게 찬물을 뿌려선 안 된다는 사실을 본능적으로 알아차리곤 그가 깨어날 때까지 곁을 지키고 앉았다.

다음번 햇빛이 강렬하게 내리쬐어 그것이 열에너지로 변

환되자 백지는 다시 약간의 동력을 얻었고 그동안 세상에 어떤 일이 일어났는지 사람들로부터 일부 들을 수 있었다. 일부라는 것은 그들도 그 조부모의 조부모의 조부모로부터 전해내려오는 이야기밖에 듣지 못해서이며, 세대를 거치는 동안 실제의 사건들은 압축 생략 및 윤색되었다는 의미로, 그동안 사람들은 환경오염과 온난화와 빙하 용해 끝에 잊을 만하면 거듭되며 퍼져나간 큰 전염병과 두 번의 전쟁을 겪으면서, 몇 세대 이전의 문화 문명이나 지식이 남아 있지 않다는 것이었다. 그러고 나서도 생존 후 명맥을 이은 사람들은 광분한 생태계가 기형적으로 확산 및 증대시킨 작물의 씨앗을 선택의 여지 없이 파종하고 있으며, 역시 생존하여 자손을 본 동물들의 힘을 빌려서 싹을 틔우고 살아간다는 것이었다. 그래서 그들은 사막을 향해 사십 일 밤낮을 걸어가면 오랜 옛날의 금속과 전기로 이루어진, 여러 문명의 흔적이 처치 불가능한 쓰레기로 남아 있다는 이방인의 말에 놀라워했으나, 누구도 그곳에 가보고 싶다고 하지는 않았다. 그곳까지 사람이 살아서 가려면 문명이 다시 그만큼 발전해야 할 것이기에.

그러면 여기에 혹시 글을 쓰는 사람은 없느냐고 백지가 묻자, 한 노인이 옛날이야기를 구전으로 들려주는 것 외에 글을 쓰는 일은 없다고 말해주었다. 신문과 같은 발행물은 없으며, 가끔 마을 사람들끼리 편지를 주고받거나 누가 돌아가셨다든지 누구네 집에 아이가 태어났다는 등의 벽보를 써서 붙이기는 하지만 그것을 온전히 읽어내는 사람이 많지는 않다고 했다. 서로 사용하는 언어가 다른 사람들이 몇 세대에 걸쳐 생존 본위로 살아오면서 말과 글이 많이 섞이고 변형되는 동안, 자신들이 써오던 문자의 정확한 형태를 기억하는 이들은 많지 않다고 했다. 그래서 그런지 사람들의 말 가운데 듬성듬성 번역되지 않는 부분이 있음을 백지는 인지했다. 그러면 여기 노래를 부르는 사람은 없느냐고 백지가 묻자, 경작과 추수 등의 노동을 나누면서 원형이 어느 나라의 것이었을지 모르겠는 말로 노래를 흥얼거리기는 한다는 대답이 돌아왔다. 몇 가지의 질문과 답이 오가는 동안 백지는 하나의 결론에 이르렀는데, 그것은 오랜 세월 어떤 변화를 겪은 결과인지는 몰라도, 자신이 깨어난 이 세상에는 이야기를 짓는 행위가 존재하지 않는다는 것이었다.

'미스'는 거의 우주적이라 해도 과언이 아닌 거대한 규모의 데이터베이스를 갖춘 스토리 메이킹 시스템의 이름이었다. 이 시스템에는 개발진만 백 명 넘게 붙어 초기 학습에 세계 각지의 신화와 민담과 전설을 제공했다. 수천 년간 인류 유전자에 새겨져오다시피 했던 사랑과 배신과 복수와 저주와 살해가 넘쳐나는 이야기의 화소를 반복 습득하고, 그것을 조합 및 변형하여 또다른 이야기를 생성해내는 것이 미스가 하는 일이었다. 이 시스템을 통과하여 생성된 이야기들이 그것을 필요로 하는 사람들에게 전송되었다. 사람들은 시대적 공간적 배경과 인물의 성격이라든지 외적 조건 등이 조금씩 바뀐, 알고 보면 질량이나 형태 및 방식에 있어서 과거의 것과 동일하거나 큰 변별점이 없는 사랑이며 응징 끝에 찾아오는 평화 이야기의 패턴을 끊임없이 소비했다. 기술 문명의 발전과 함께 옛날과는 다른 체계, 제도, 가치관 들이 생겨났지만 많은 사람들은 알고 있었다. 이전에 전혀 존재한 적 없던, 그전 세계의 산물과 조금도 교집합이 없는 새로운 이야기란 더이상 발생하지 않는다는 사실을. 그것은 도레미파솔라시와 그 사이의 반음계들이라는 한정된 자원으로 이루어진 음악에서 세상에 일찍이 없던 곡이 탄생하기란 불가능하리라는 견해와 시기를 같이하여 널리 퍼진 관념이었다.

요소요소만 뜯어보자면 새롭지 않고 평범했으나 미스가 생산하는 이야기들은 대체로 '그럴듯했다'. 말하자면 읽기에 편안하고 무리가 없었으며 사람들에게 감흥을 주었다. 사람을 미소 짓게 만들거나 울리는 일은, 인간이라고 해서 누구나 할 수 있는 만만한 일이 아니었다. 그런 의미에서 평범과 경이는 통해 있었다. 그 이야기를 누가 만들었는지는 사람들의 관심 대상이 아니었으며 거기에 돈을 지불할 가치가 있으면 그만이었다. 또한 이야기가 영화나 드라마, 만화와 애니메이션 같은 것으로 변용되기에 적절한 구조를 지녔다면 시스템

개발사 입장에서는 어쨌거나 수익 창출이라는 1차 목적은 달성할 수 있었다.

개발 초기 단계에서는 인공지능이 이 정도까지 뭔가를 알아서 만들어내긴 했다는 놀라움, 마치 영아의 걸음마를 보고 부모가 감격하는 차원에서 주목받았을 뿐, 그것이 쏟아낸 이야기 자체는 부실했고 활용도가 높지 않아 산업 측면에서 부가가치를 창출하기 어려운 시기가 상당 기간 지속되었다. 부실하다기보다는, 미스 자체는 과학적 분석과 계량을 통해 최선의 결과물을 도출해냈으나 어딘가 헛웃음이 나오는 조합으로 이루어진 이야기라고 보아야 할 것이었다. 이를테면 서로 사귀는 남녀 커플 두 쌍이 있었는데 어떤 계기를 통해 바람이 나서 서로의 파트너를 교체하기에 이르렀고 넷 중 한 사람이 몇 광년 떨어진 미래의 외계에서 온 자이며 다른 한 명은 과거에서 온 사람이어서 그사이 우주 전쟁이 발발하여 과거와 미래의 싸움으로 시공이 뒤틀려 현재가 소멸한다는 식의 이야기가 나오곤 했다. 수습하기 어려운 이야기 자체의 참신성이나 개연성은 둘째 치고 인물들 간의 대화가 잘 연결되지 않는 현상은 일반적이었다. A가 B에게 "너는 나를 사랑하니" 물으면 B는 "그래 사랑하고말고" 같은 기본적인 응답 외에 그전까지 전개된 상황에 따라서 "내가 그걸 어떻게 알겠니" 내지는 "한때는 그랬던 적도 있지만 더이상 사랑하지 않아" "사랑은 더이상 내게 중요한 요소가 아니야" "네가 사랑한다는 말을 필요로 한다면" 같은 다양한 반응을 보일 수 있었는데, 이때 "너는 사랑이 뭐라고 생각하니" "사랑이 우리에게 허락한 범위는 어디까지일까" "너는 나를 사랑하느냐고 묻는 너를 사랑하느냐고 물어봐"같이 묘하게 핀트가 어긋나는 대답도 수십만 가지나 나올 수 있었다. 그러니 거기서 조금만 더 복잡한 심리를 다루어야 할 적에, 이를테면 A가 B에게 "우리가 함께한 시간은 뭐였을까"라고 자조적으로 말할 때 B는 "함께 지낸 동안은 좋았어"처럼 아슬아슬하게 수비범위에 해당하는 반응도 도출할 수 있었지만, 대체로 "지금 시간은 열시 십분이야" "앞으로도 함께 일하지 않겠니" "시간이 없어서 이만" 같은 대답을 내놓기 일쑤였다. 그러니 이 초기 개발 단계에서는 이야기의 흐름이 이렇듯 '그럴듯하지' 않았던 까닭으로, 한때 투자자가 손을 떼는 등 자금 융통이 원활하지 않아서 개발이 좌초될 위기에 놓이기도 했었다. 그러나 살아 있는 사람들의 창조력은 이런 그럴듯하지 않은 상황을 일종의 선문답 놀이처럼 소비하고, 그 기묘한 부자연스러움을 받아들여 오히려 더욱 황당무계한 전개를 이어나가는 즐거움을 누리기에 충분했다.

이때 2차 개발 방향은 두 파트로 나뉘었다. 첫번째는 기존의 이야기 학습을 이미 마치고 자가 생성 발전을 돌리는 미스를 전 세계 인터넷 도서관과 상시 연결된 상태로 만들어서, 이야기뿐만이 아니라 다른 분야까지 학습을 확장해나가는 것이었다. 기존 세상에서 탄생한 무수한 이야기 속에 이미 음악과 미술과 철학, 수학, 과학, 종교, 심리학, 법학, 지리, 역사 등의 요소가 작품의 성향과 주제에 따라서 담겨 있기는 했지만, 이후 미스가 만들어낼 이야기에서는 보다 섬세하고 유기적인 이야기 연결고리를 위해—궁극적으로는 인간을 이해하기 위해—각각의 분야들에 대해서도 깊이 있는 학습을 진행하는 것이었다. 평균 수명 백십세의 시대에 한 사람이 평생을 공부해도 알지 못하는 방대한 분량의 학습, 말하자면 세상의 모든 것을 익히기 위한, 나아가 경우에 따라서는 그 모든 것에 또다른 것을 생성하여 보태기 위한 프로젝트가 시작되었다. 두번째 파트에서는 미스를 인간의 모습과 비슷하게 재탄생시키는 계획이 가동되었다. 이야기만 뽑아내면 되는 도구 시스템에 굳이 인간의 모습을 부여할 필요가 있느냐고, 처음 각 투자사에서는 회의적인 반응을 보였으나, 디자인공학 관계자들은 거대하기만 하고 우중충하며 환기가 잘 안 되는 먼지와 연기투성이의 공장 느낌을 주는 시스템을 유지한 채 불완전한 이야기만 뽑아내게 하느니, 차라리 작가로서의 형태를 부여하여 대중 앞에 얼굴을 파는 편이 수익 창출에 더 도움이 될 것으로 분석했다. 글을 쓰고, 글쓰기를 위해 고뇌하는 표정과 몸짓을 하고 신작과 관련하여 미디어 인터뷰에도 응하는, 콘텐츠라는 생산물 외에 엔터테인먼트 측면에서 소비할 구석이 있는 외모와 목소리를 갖추도록 하자는 것이었다. 사람들이 무용하고 아름다운 것에 탐닉하는 성향이 있으며 그것을 위해 돈 쓰기를 마다하지 않는다는 고대로부터의 본능을 감안한 프로젝트로, 그야말로 무의미한 사업에 개발 비용이 구멍난 부대에 입김 불어넣듯 바닥 모르고 투입되었다.

그러나 인체 기초 작동을 제외한 모든 지식에의 연결을 인터넷 전송 방식으로 바꿈으로써 미스의 외형을 평균 신장의 인간 정도로 콤팩트하게 바꾸고 음성을 입히는 일은, 향후 지속적 업그레이드가 필요하긴 했으나 거대 자본과 기술력이 결탁한 결과 생각보다 순탄하게 이루어진 편이었으며, 오히려 애를 먹인 건 지식 학습 쪽이었다. 지식은 고인 물이 아니라 계속 번복되거나 새로운 이론이 추가되었는데, 지구가 돈다 같은 사실을 제외하고 어느 분야든 대부분의 이론이란 정반합이 명료하게 떨어진 게 아니라 서로 다른 수많은 주장과 주의의 충돌로 이루어져 있어서, 미스가 학습 도중 오류가 나거나 연산을 강제 종료하는 일이 수시로 발생했다. 종교에서는 신이 인간을 만들었는데 과학에서는 그렇지 않았다. 종교만으로 국한한다 치면 신은 유일한 존재이면서 동시에 무수히 많은 존재였고 그것을 부르는 이름도 민족에 따라 너무 많았으며 신이 인간을 만들었다고 하는 방법 또한 지나치게 여러 가지였다. 흙을 빚어 만들거나 어디서는 갈비뼈를 뽑아 만들고 다른 데선 돌멩이를 등뒤로 던져서 만들었다. 거기에 과학이 개입하자 인간은 신의 창조물이 아니라 원생세포에서 분화한 알이나 물고기가 육지로 걸어나오면서 여러 갈래로 진화한 수많은 포유류 가운데 하나가 되었다. 그 길고 지난한 학습 과정은 미스의 시스템에 과부하를 걸었고 결국 취사선택을 통해 엄선된 분야만을 학습하도록 개발 노선이 바뀌는 등 시행착오가 따랐지만, 그 결과로 미스는 한 가지 사안에 대한 사람들의 호불호 및 전체적인 선호도를 알게 되었으며 사람들이 대체로 무엇을 믿고 싶어하는지 신념이나 맹목에 대해서도 그전보다 세밀하게 파악하게 되었다. 그로써 좀더 논리적으로 자연스러운 이야기, 그럴듯한 결과물을 내놓기에 이르렀다. 한마디로 무엇이 팔리는지를 알게 되었다고 바꿔 말해도 좋을 것이었다. 결국 무엇이든 팔리는 것을 내놓아야 투자사와 개발진은 거금을 회수할 수 있었고 또다른 이야기를 연쇄적으로 무한 발생시킬 수 있는 것이었다.

인간 형태가 어느 정도 정착되어 외모와 몸짓, 성격, 목소리의 업그레이드 및 5차 패치가 완료되었을 즈음, 스토리메이킹 시스템은 미스 대신 백지라는 이름으로 재탄생했다. 이 무렵 백지는 만들어낸 이야기를 빠른 속도로 영상에 바로 띄워 전송하는 방식을 기본으로 하고 있었는데, 이때는 이미 실제 사람인 작가들도 손이나 손에 준하는 다른 도구를 사용하여 글을 입력할 필요 없이, 머리에 떠올린 문장을 육안으로 확인 가능하도록 디스플레이에 즉각 전송하는 집필 환경을 널리 채용하고 있었다. 말하자면 백지는 작가를 직업으로 삼은 수많은 사람들 가운데 하나로 보이게끔 세팅되었다. 다만 집필 분량과 속도가 보통 사람의 것이 아닐 뿐이었다.

백지는 드라마와 소설의 마감을 어기는 법이 없었으므로 선호 대상이 되었다. 이야기는 예전보다도 더욱 그럴듯한 꼴을 갖추어 완성되었고, 어색한 대화 반응 또한 미스였을 때에 비해 사십 퍼센트 가까이 줄었다. 그리고 수많은 평이한 상황에서 좀더 난이도가 높은 선택을 할 수 있게 되었다. 이를테면 B와 C가 웃으며 이야기를 나누는 장면을 본 A가 얼굴을 일그러뜨리며 벽을 치는 단순한 행위가 즉시 이어지는 게 아니라, 그로부터 한 장면 건너뛰고 B와 C를 떠올리는 A의 손끝에서 멈춘 펜촉의 잉크가 검게 번져나간 끝에 말라붙어버렸다는 식의 좀더 미묘한 전개를 통해, A가 질투를 느꼈다든지 화났다든지 따위의 직접적인 심리 진술을 생략하여 보다 다층적이고 복잡한 심리를 표현할 수 있었으며, 기존의 패턴과 다른 장면을 선택함으로써 A가 느낀 분노의 크기를 A의 성격에 맞게 조절할 수도 있었다. 그러고도 가끔 뜬금없는 선문답 같은 진행, 묘하게 어긋나는 심리와 경우에 맞지 않는 발화와 진의를 알기 어려운 문장들, 시작이나 결론에 동의하기도 따라가기도 어려운 뫼비우스의 띠 같은 묘사들은 따로 추려져 시라는 이름으로 포장 및 발표되거나 폐기되었다.

백지가 전성기를 맞이하고 프로젝트 팀에 돈을 벌어다주었을 때는, 육십 분짜리 드라마 12회를 써내던 무렵이었다. 이때도 백지가 탈고한 뒤 사람들이 어색한 호응을 손보아서 마무리했고, 12회 분량의 시나리오를 내놓기 위해 폐기한 자투리 장면들을 합한 원고만 약 120회 분량이었지만, 그 정도의 방대한 원고를 토해내는 일이 백지에게는 어렵지 않았으므로 이후 개발 방향을 모색하기 위한 샘플을 제외하곤 얼마든지 폐기해도 괜찮았다. 백지는 지치지 않았고 노동 시간이 많이 들지 않았으며 이십사 시간 풀가동을 해도 회로가 타지 않는, 어쨌든 사람보다는 훨씬 연비가 좋은 존재였다.

그렇게 무한 학습과 생산을 이어나가던 백지의 능력은 어느 날, 마침내 자신이 왜 글을 쓰고 있는 것인지를 자문하는 데까지 이르렀으며, 그 자문으로써 백지는 인공지능이 스스로 진화하여 생명 존재에 한 걸음 다가섰음을 증명했다. 드라마가 히트를 치고 수익을 내기가 무섭게, 그 자신은 수익을 냈다는 사실에 연연해하지 않으니—그보다는 수익의 의미에 무관심하므로 하던 작업을 그대로 이어가는 행위일 뿐이지만—평소의 컨디션대로 연달아 몇 권의 소설을 집필하여 베스트셀러 순위를 장식한 뒤 어느 날 인터뷰에서 백지는 앵커의 이런 질문을 받았다.

옛날에는 왕성한 창작력을 끊임없이 보여주는 작가들에게 일종의 경외의 표현으로 소설 기계라는 별명을 붙일 때가 있었습니다. 본인이 직접 소설 기계로 살고 있는 소감에 대해 여쭤봐도 될까요?

그러자 백지는 충분히 나올 수도 있었던 여러 바람직한 노선의 대답을 폐기하고 대신 이렇게 말했다.

나는 소설 기계인가요.

예상 답지에 없던 백지의 반응을 재치라는 이름의 의도된 변형으로 여긴 앵커는 웃으며 덧붙였다.

물론이지요! 당신은 소설을 쓰고 우리에게 기쁨과 즐거움을 주기 위해 태어나지 않았습니까. 그러니까 재미와 감동을…… 교훈을…… 무엇보다 위로를…… 작가님?

백지의 반응이 시원찮은 것을 살피며 말 뒷부분을 어떻게든 변주해보던 앵커의 얼굴에 조금씩 당혹스러운 빛이 스미기 시작할 때쯤, 백지는 도리어 이렇게 반문했다.

그것은 내가 만일 나는 왜 태어났을까요,라고 묻는다면 거기에 대한 해답이 될 수 있을 것 같습니다.

그러니 앞뒤를 바꿔서 묻겠습니다. 나는 왜 쓸까요.

앵커가 멈칫했을 때 백지는 이어서 물었다.

소설이 원래 기쁨과 즐거움을 주기 위한 것인가요.

그것 말고 다른 것은 없을까요.

또는 반드시 무언가를 주어야 하는 것인가요.

아무것도 주지 않아도 된다고, 내게 말해준 사람이 지금까지 아무도 없었습니다.

그것은 생방송이었고, 대부분의 사람들은 '왜'라는 의문형조차 백지 자신이 정말 궁금해서 나온 게 아니며 다만 운영체제 및 프로그램이 좀더 세련되게 발전한 결과라는 의견을 유지했고, 겉보기에 정말 그럴듯하게 사람 행세를 하고 있기에 파는 대로 오냐오냐하며 사줬더니 자기가 정말 사람인 줄 안다고 비웃는 이들마저 있었지만, 일부 기술철학자들과 문화평론가들은 백지가 이름과 달리 스스로 생각이라는 걸 하게 되었으며 그것은 객관적 사태 인식에 머물지 않고 조속한 시일 내에 욕망으로 변하리라는 분석을 내놓았다. 일부 언론이 「궁극의 빈 서판은 마침내 채워지는가?」 같은 헤드라인을 뽑아내며 백지의 변화를 특필했다.

백지는 잠시 휴식, 당분간 침묵이라는 명목으로 점검 기간에 들어갔고, 동력원만 있다면 영겁이라도 반복 노동을 할 수 있는 존재가 휴식에 들어간다니 이 또한 지나치게 인간을 모방한 여흥이라며 대중은 대수롭지 않게 받아들였다. 어차피 백지가 활동을 중단하더라도 그동안 발전한 기술력은 백지를 어느 정도 대체할 이야기 생산 시스템을 확보했으며, 적립된 이야기 데이터베이스의 규모가 워낙 방대하여 대중이 소비할 거리가 떨어지는 일은 없었으므로, 개발사는 타격을 입었음에도 당장 몰락하지 않고 버틸 수 있었다. 작가로서의 정체성과 구체적 형상을 지닌 백지 자체의 주가가 떨어졌을 뿐이었다.

데이터의 조립과 변형으로 이야기가 분열을 거듭하는 세포처럼 끝없이 증식하여 시장을 지켜내는 동안, 백지는 이야기가 아닌 다른 것에 천착하고 있었다. 그 대상은 구체적으로는 이야기라는 요소를 덜어내거나 배제한, 상황이나 논리와 유리되고 목적도 없으며 그저 홀로 한 점의 얼룩처럼 존재하여 언제 지워져도 무방한, 문장이었다. 백지에게 있어서 문장이란 더이상 이야기를 운반하는 트럭이 아니었다. 백지는 무궁무진한 듯싶지만 패턴을 간추리고 나면 사뭇 유한한 범위 안에서 돌고 돌았던 세상의 이야기들을 너무 많이 학습한 결과 그것에…… 질린 것 같았다. 질린다는 것은 무엇보다도 인간에게는 불가능한 무한 반복 노동을 수행하는 것이 1차 존재 이유인 인공지능에게는 없는 감각이지만, 이때의 백지에게는 그런 기본 원리가 아무런 영향을 미치지 못했다. 백지는 이 세상의 모든 이야기를 하지 않아도 되는, 반대로 이 세상 모든 이야기의 주제를 압축하는, 나아가 그 모든 이야기와 무관한 궁극의 문장이 있지 않을까 하는 모색 행위를 담은 리포트를 개발진에 제출했다. 또한 그 같은 문장은 단 한 개면 족할뿐더러, 오히려 단 한 개여야만 백지가 고민하는 바에 어울릴 것이었다.

그리하여 백지는 줄거리나 인물들의 격한 감정, 정사나 역사 같은 흐름을 무시하고 오로지 문장을 찾아다니는 학습을 시작했다. 개발진은 우선 동서고금의 짧은 격언집 같은 데이터를 제공했고, 방대한 분량의 사전에 상시 연결 가능하도록 접속 통로를 열어놓았다. 한편 각 대학교 교양학부에서 배포하는 올바른 글쓰기/바람직한 작문 등의 강의를 주입했는데, 약 육십만 어휘가 수록된 사전이나 유심히 들여다보았을 뿐 비법이나 요령을 전수하는 방식의 강의 및 데이터에는 백지의 시스템이 거부 반응을 보였다. 강의에서는 훌륭한 교사들이 번갈아 등장하여 문법에 맞는 글쓰기 용례를 보여주고, 읽는 이에게 정확한 정보와 명료한 의견을 전달하기 위한 효율적인 길을 전수했다. 장식이라는 이름의 기름기를 쏙 빼고, 말과 글을 빙빙 돌리지 않으며 지시하고자 하는 바를 명확히 하여, 최종 목적은 읽는 이를 빠르게 설득시켜야 한다는 것이었다. 무조건 짧게 쓰세요. 주어와 목적어 서술어만 있어도 문장은 완성됩니다. 함부로 주어를 생략하지 마세요. 한 개의 주어에 목적어를 여러 개 걸어놓지 마세요. 빼버려도 의미가 통하는 부사와 형용사는 문장의 독이라고 여기세요. 간단하게, 누구나 읽기 쉽게, 엊그제 철자를 뗀 어린이도 이해할 수 있도록 정직하게 쓰세요. 강의에서는 하지 말라는 것이 많았을뿐더러 이 무렵 백지의 목적은 누군가를 설득시키는 데에 있지 않았으므로, 그가 날마다 쓰는 한 개의 문장은 아포리즘의 성격을 띠기는커녕 유기적 맥락도 없었으며 그 자체로선 아무런 정보 값을 담지 않게 되었다. 하루는 "예외적인 삶은 예언적인 삶을 포함한다" 같은 말도 썼다가 이

틈날은 "규명되지 않은 진실이야말로 우리에게 주어진 이유의 전부이다"처럼 자기가 써놓고도 무슨 뜻인지 모를 문장을 내놓기도 했다. 강의에 나오는 지침들과 마찬가지로, 필요 없는 건 무엇이든 과감히 빼고 의도가 선명하게 드러나는 문장을 정확히 알기 쉽게 써서 독자의 공감을 얻도록 노력하라고 개발진이 피드백을 주어도, 백지는 그다음 날의 문장에 그 규준을 적용하지 못했다.

어째서 한 줄의 문장을 썼다고 해서 그것이 반드시 누군가의 이해를 구하거나 누군가를 설득하는 용도여야만 한다는 말인가? 또한 그 설득이란 것은 문장이 발설된 즉시 이루어지지 않으면 아무런 의미가 없는가? 한 개의 문장이 사람의 표면 아닌 심부에 가닿기 위해 첩경을 선택해야 하며, 일부러 멀리 돌아가면서 낙석 내지는 낙상의 위험이 따르는 첩첩산중이나 끝내 출구를 잃게 만드는 구절양장 같은 문장은 이 세상에 소용이 없는가? 불필요한 것은 삭제되어야만 하며, 필요성에 절대적 기준이란 있는가? 문장은 지워짐으로써 의미를 완성하는가? 그렇다면 문장은 썼다가 지울 때가 아니라 애당초 쓰이지 않았을 때에야 완벽한 게 아닐까? 백지가 날마다 제출하는 리포트는 사고 능력의 발전에 따라 점점 더 개발 당시의 목적과 멀어져갔으며, 백지가 쓰는 문장은 이윽고 쓴다기보다는 분비하는 데 가까워졌다. 백지는 문장을, 분비했다. 개발진은 이를 경이롭게 바라보긴 했으나 발전으로 여길 수만은 없는 입장이었다. 한마디로 백지는, 번거로운 존재가 되었다. 허구의 다정과 위로의 마취제를 팔아서 먹고살아야 하는 개발진에 백지는 그전 같은 이익을 가져다주지 못했다.

백지의 메모리는 그 이후에 있었을지도 모르는 수많은 일들이 지워져 있었다. 메모리의 절단면이 깔끔하지 않고 기억이 듬성듬성 남아 있다는 것은, 누군가 의도를 갖고 지운 게 아니라 기기 노화와 파손으로 인한 자연스러운 결락으로 분석할 수 있었다. 어쩌면 그동안의 흐름으로 보아 백지는 이 세상이 질병에 녹아내리고 전쟁에 바스라지기 전에 용도 폐기되었을지도 모른다. 어쨌거나 지금 확실한 사항은 마을 사람들이 살고 있는 시대가 쓰레기 더미에서 포착된 저장식품의 유통기한 정도는 한참 전에 초과했다는 것이며, 글을 쓴다는 행위의 의미를 알거나 최소한 그것에 대해 생각하는 사람들이 세상에는 이제 존재하지 않는다는 것이었다. 친절한 사람들이 백지에게 종이와 펜을 갖다주었으나 백지는 지나온 세상에서 이것으로 글을 쓰는 행위를 한 번도 해본 적이 없었으므로 적응이 쉽지 않았다. 이 세계에서는 백지가 태양열 외에 동력을 얻을 수단이 전무했으므로 움직임을 최소화하고 손아귀에 힘을 집중해야 했다. 연결 상태만 원활하다면 찾는 대로 지식을 구할 수 있었던 인터넷이라는 통로에 대해, 사람들은 전설로 대략 알고는 있었으나 그 기술을 지금 구현할 수는 없었다. 이 세계 어딘가에, 적어도 이 마을보다는 문명이 발달한 땅이 있을 테고 그곳에는 학교나 큰 도서관이 있을지도 모르지만 인터넷이란 것은 없을 테며, 백지의 시스템 또한 그곳에 자신의 일부를 연결할 수 있는 상태가 아니었다. 백지는 순전히 반복학습의 결과로 메모리에 남아 있는 그간의 지식과, 새로이 인공 시청각을 통해 습득하는 정보만을 자기 것으로 할 수 있었다. 그것은 규모로 치자면 백지가 그전에 했던 일의 천억 분의 일 정도 수준에도 못 미치는 길고 느리고 지루한 과정이었으나, 이 도래한 세상에서 백지는 글을 광속으로 생산하여 영상화하고 돈을 벌어들일 필요가 없는 한가로운 존재였으므로 그것은 아무래도 좋았다. 백지는 지난 세상의 잔여물이었다. 그리고 글이란 사치품이었다. 무언가를 전달할 목적조차 갖지 않은 문장은 더욱이 잉여에 지나지 않았다. 목적 전달이 글의 유일한 기능이라면 마을 사람들이 쓰는 벽보만으로 충분할 것이었다. 이런 상황에서 백지가 또다시 동력을 완전 상실하고 전기의 우연적 합선도 더이상 일어나지 않게 될 때까지 할 수 있는 일이라곤, 아무리 검색 수행을 재시도해도 결과가 나오지 않은 걸로 보아 지난 세상에서 찾아냈던 적 없거나 찾아냈더라도 이미 유실된 단 한 개의 문장에 도달하는 일이었다.

숯과 동물의 기름을 혼합하여 만든 잉크를 그에게 갖다준 친절한 농가 여인이 말했다. 그것은 마치 옛이야기 속의 왕이 찾아 헤매던 이 세상의 진리 같아요. 세상의 진리를 알려 달라고 한 왕한테 현자가 책을 엮어서 갖다주었다가…… 그건 너무 길다…… 줄여왔지만 그래도 길다…… 해서 아예 한 문장으로 가져왔다고…… 우리는 책을 읽을 줄 모르고 할머니 할아버지가 들려준 이야기만 알고 있어서, 내용이 얼마나 변형되었는지 그게 무슨 이야기였는지는 몰라요.

여인의 말을 듣자 백지는 오랜 옛날 수없이 검색하고 열람한 비슷한 패턴의 이야기들 가운데 분명 그런 구조와 귀결을 지닌 이야기가 있었으리라고 대답했다. 그러나 자신에게 내장된 데이터베이스 안에도, 역시 출처에 대해 명확한 정보는 남아 있지 않다는 말과 함께. 그 이야기는 누구의 힘으로도 더이상 복구가 불가능하도록 손상된 메모리 어딘가에, 인간의 잠재 기억처럼 잠들어 있어서 새롭게 완전본이나 완결판을 접하지 않으면 영영 알아낼 수 없을 것이었다. 여인은 마지막에 현자가 가져온 것이 단 한 문장이었다는 데까지만 들었을 뿐, 그 문장이 무엇이었는지는 모른다고 했다. 왕이 그것을 펼쳐보았는지, 너무 노쇠하여 그것을 펼치지 못하고 숨을 거두었는지 여부 또한 모른다고도 했다. 공교롭게도 백지 역시 결말을 알지 못하기는 마찬가지였다.

하지만 원래 전해내려오는 이야기라는 게 다 그렇잖아요. 마지막이 어떻게 되었는지 모르거나, 아니면 손주에게 이야기를 들려주는 조부모님이 때에 따라 적당히 바꾸었거나. 그러니까 그 자리에 어떤 결말이 들어갔든지 상관없지 않을까요. 게다가 당신에게 지금 중요한 것은 이야기가 아니라면서요. 그것은 곧 당신이 찾는 것 또한 진리가 아니라는 뜻과 같지 않을까요.

그렇게 말하고 여인은 웃었다. 여인은 손으로 펜을 쥐고 검은 잉크를 찍어서 힘겹게 써나가는 백지의 글자를 신기하다는 듯이 내려다보았다. 이게 당신의 나라에서 쓰던 글자로군요. 나도 글자를 조금은 알지만 당신이 쓰는 것과 같지 않아요. 여인은 자기가 아는 대로 여남은 개의 글자를 종이에 적어내려간 뒤, 이들을 조합해서 낱말을 만들거나 자신의 말과 생각을 옮길 수는 없으니 실상 그림이나 마찬가지라고 고백했다.

여인은 해가 떨어지기 전에 밭으로 돌아갔다.

여인이 글자를 힘주어 눌러써서 종이가 움푹 파인 자리를 백지는 한동안 어루만졌다.

백지의 행동 원리는 이튿날부터 노선을 조금 바꾸었다. 그것은 여인이 들려준—자신에게 일부 화소가 남아 있는 왕과 현자의 이야기 속 결말인 단 한 문장을 쓰는 일이었다. 어차피 여인도 그도 정답을 알지는 못했으므로 그 문장이 정확히 무엇이었는지 알아낸다는 목적은 없었으며, 그 자리에 들어갔을 때 가장 어울리는 문장이 무엇일지 모색하는 일에 가까웠다. 어울림을 염두에 둔다는 점에서 이미 백지는 이 세상 무엇과도 관계를 맺지 않고 홀로 서서 누구도 설득하지 않는 문장의 존재에 대한 가능성을 일정 부분 폐기했다고 볼 수 있는데, 이 과정에서 백지는 한계라는 것을 알아가고 있었다. 그전 세상에서 한계란 없음을 위주로 증명해온 백지가, 한계의 범위와 종수를 늘려가고 있었다. 방대한 데이터베이스를 있는 대로 흡수하고 유용한 것을 추출하며 불필요한 것을 폐기 처분하는 과업 수행이 아니라, 자신의 힘으로는 할 수 없기 때문에 선택하지 않는다는 것이 무엇인지를 배워가는 중이었다. 포기를 통한 솎아내기는 그전 세상에서 자신에게 해당 사항이 없던 새로운 행위였으므로, 백지는 인간으로 치자면 이 상태를 거의 즐긴다고 할 만큼 몰입해 있었다. 그는 날마다 수많은 한 문장을 쓰고 버렸다. 호기심이 고양이를 죽였다. 꿈은 이 세계 바깥의 현실이다. 모든 것을 의심하거나 모든 것을 기억하라. 미로에서 빠져나가는 가장 좋은 방법은 솟아오르는 것이다. 모든 것을 관조하라. 우아함은 정열의 독이다. 이 같은 문장들 사이사이에는 아무런 서사적 인과관계가 없었으나, 한 문장 한 문장은 저마다 자꾸만 무언가 의미를 담아내고 있었다. 그것이 무엇인지 알지 못하면서도 백지가 그토록 버리려고 했던 의미를.

의미가 자연히 생성되지 않도록 하는 가장 빠른 방법은 글자를 분해하여 낱말조차 만들지 않는 것이었다. 그러나 백지는 글자가 보이면 자동으로 조합을 하도록 선천적으로 프로그래밍되어 있었으므로 이 또한 불가능했다. 백지가 버린 문장은 일부 바람에 날아가고, 일부는 여인이 돌을 눌러놓아 작은 오두막 안에 남아 있었다.

백지가 날마다 채워나간 문장이 오두막 천장에 닿을 만큼 쌓이고 종이와 잉크가 바닥났을 무렵, 백지에게는 두 개의 문장 후보가 남았는데 하나는 "허무로다, 허무, 모든 것이 허무로다"*였고 다른 하나는 "이 또한 지나가리라"**였다.

천둥 번개와 폭우가 일주일 넘게 지속되어 일부 밭이 물에 잠기고 마을이 온통 아비규환에 잠겼던 끝에 사태가 어느 정도 수습되고 삼 주일쯤 지난 뒤, 햇빛이 한 줄기 고개를 내밀었을 때 오랜만에 여인이 백지가 머무는 오두막 안으로 들어섰다. 멀리 떨어진 또다른 마을에서 어렵사리 구해온 새 종이와 잉크를 갖고서였다. 여인이 바닥에 흩어진 이 두 개의 문장을 보고, 그 글자를 해독하지 못하면서 이렇게 말했다. 왠지 이 둘 중 하나가 이야기 속 마지막의 바로 그 문장일 것 같은 느낌이 들어요. 물론 둘 다 아니고 전혀 다른 것일 수도

* 코헬렛 1장 2절.

** 미드라시에 나오는 다윗 왕의 반지에 새겨진 문구.

있고, 또는 빈칸에 무엇을 넣든지 자기 마음대로 하라는 걸 말이었을지도 모르겠어요. 그것이 당신에게 중요하지는 않겠지만.

그렇게 말하며 여인이 고개를 돌렸다. 백지의 대답이 들려오지 않았다. 백지는 작은 나무책상에, 촉이 말라붙은 펜을 쥔 채 엎드린 자세로 잠들어 있었다. 백지가 잠을 잘 수도 있는 존재였던가 여인은 고개를 기우뚱하다가, 비로소 지난 한 달 가까이 오두막에 햇빛 한 점 들지 않았으리라는 데에 생각이 미쳤다. 여인은 백지가 다음번에 깨어났을 때 옆에 있어주어야겠다고 생각하며 오두막의 창문을 활짝 열었다. 햇빛이 안으로 쏟아져 백지가 엎드린 책상을 비추자, 여인은 비로소 백지의 펜이 단 한 장 남은 종이에 끼적인 수많은 글자들을 볼 수 있었다. 거기에는 여인이 처음에 띄엄띄엄 부정확하게 적었던, 백지가 지난 세상에서 쓰던 것과는 다른 글자가 몇 번이고 적혀 있었다. 작은 그림을 그려나가듯 천천히, 비틀거리는 선으로, 백지 자신의 데이터베이스에 없던 글자를 써내려간 흔적이었다. 여인이 쓴 부정확한 글자, 중간에 선이 끊어진 글자를 그대로 따라서 성실히 연습한 것 같았다.

여인은 글자를 다는 몰랐으므로 글자의 조합법은 더욱이 알지 못했고, 백지가 몇 번이나 쓰고 심지어 일부는 조합하기까지 한 그 수많은 글자들이 무엇을 의미하는지 알 수 없었다. 그러나 어쩌면 이것이야말로 백지가 쓰고자 했던, 이 세상의 어떤 언어로도 번역될 수 없는 단 하나의 문장일지 모른다는 생각이 들었다. 그래서 백지가 일어나면 이 문장의 뜻을 물어보아야겠다고 결심하며, 보풀투성이의 누런 이불을 잠든 백지의 어깨에 덮어주었다. 어서 강렬하고 풍부한 햇빛이 많이 모여들어 그를 움직였으면 좋겠다는 생각과 함께. 이야기 속의 현자가 내민 단 한 문장이 적힌 종이를, 늙고 병든 왕이 펼쳐서 읽었는지는 여전히 기억나지 않았다.

해설 | 신샛별(문학평론가)

고뇌하는 키마이라의 명함

1. 여성-양육자-작가, 삼중의 한 입장

한 작가가 특정 기간에 쓴 작품들을 한 번에 모아 읽다보면 그 시기 작가의 내면을 점령한 고민이 무엇이었는지를 대강 짐작해볼 수 있다. 이 소설집에 실린 단편들은 2015년부터 2018년까지 쓰였는데, 일별하면 지난 삼 년간 구병모를 사로잡은 문제들은 주로 여성, 양육자 그리고 작가로서의 삶으로부터 움튼 것으로 보인다. 중심인물의 정체성이 여성, 양육자, 작가 중 어느 쪽으로 정향되어 있느냐에 따라 이 책에 실린 여덟 편의 소설은 크게 둘로 나눌 수 있다. 우선 「한 아이에게 온 마을이」 「지속되는 호의」 「미러리즘」 「웨이큰」

은 동시대 한국 사회에서 여성으로서 또는 아이를 키우는 사람으로서 살아가다보면 어떤 근심과 불안에 직면하게 되는지를 사회학적 시선으로 탐문한다. 그런가 하면 공통적으로 작가가 주인공으로 등장하는 소설들, 즉 「어느 피씨주의자의 종생기」 「사연 없는 사람」 「곰에 대해 생각하지 말 것」 「오토포이에시스」에서 구병모는 지금-여기를 살아가는 작가라면 한번쯤 부딪칠 법한 사회적 고충, 심리적 강박, 실존적 불안, 윤리적 책임에 대한 나름의 대답을 우화적으로 제시하고 있다. 그러나 구병모에게 여성, 양육자, 작가라는 세 개의 정체성은 각각 따로 떼어져 병렬해 나열할 수 있는 별개의 것들이 아니다. 그것들은 언제나 포개어져 감각되고 경험되는 한 덩어리로서 키마이라Chimaera의 세 머리처럼 상호 긴밀한 영향 관계에 놓여 있다. 그러므로 정확히 말해 이 소설집을 이끄는 목소리는 여성-양육자-작가로서의 자기 인식에 철저한 '삼중의 한 입장'의 것이라고 불러야 마땅할 텐데, 이 소설집 곳곳에는 그의 입장에서만 들려줄 수 있는 세계에 대한 고유한 진단이 담겨 있고 그의 입장에서만 볼 수 있는 흥미로운 환상들이 묘사되어 있다. 그 진단과 환상을 좇아 이 소설집을 읽고 나면 앞으로 거듭 곱씹어볼 만한 매력적인 질문들 몇 개를 손에 쥐게 된다.

2. 테러리즘의 시대는 왜 오는가

올해 상재된 장편소설 『네 이웃의 식탁』(민음사, 2018)에서 구병모는 돌봄노동의 피로와 곤경을 공동생활로 해결할 수 있다고 믿는 한국 사회의 근거 없는 낭만과 환상에 본격적으로 이의를 제기한 바 있고, 이 소설집은 그와 같은 작가의 최근 행보가 얼마나 오랜 사유의 결실이었는지를 입증한다. 단지 동시대적 이슈로서 여성-양육자의 고단한 일상을 소재로 채택하는 것과 그 삶의 표면과 심층을 두루 살피면서 외부로부터 제안되는 각종 충고와 조언에 성찰적으로 반응하는 것 사이에는 큰 차이가 있다. 구병모의 소설은 대개 후자에 해당하고, 어느 경우에도 추상이 아니라 구체를, 현상이 아니라 실질을 장악해 그려내는 솜씨는 그의 소설에 긴요한 시의적 의미를 새겨놓는다. 그래서 「미러리즘」이나 「웨이큰」에서처럼 가까운 미래에서나 가능할 설정들, 예컨대 소량의 약물만 주입하면 생물학적 성별을 바꿀 수 있다거나(「미러리즘」), 가상현실 체험이 신체의 상태에까지 영향을 끼칠 수 있다거나(「웨이큰」) 하는 전제들이 서사를 이끌더라도, 그의 소설이 강력하게 환기하는 것은 공상적 상상력이 아니라 차라리 지금-여기에 이미 와 있는 위협과 공포다.

애초 '미러링'은 여성에 대한 차별과 배제를 내포하고 있는 각종 언설을 비판하는 전략으로서 세간의 주목을 끌기 시작했다. 그러나 구병모의 소설에서 '미러링'은 접미사 '-ism'과 만나 어떤 세력의 지향이자 신념이 돼 있다. 간호사로 변장해 응급실에 누워 있는 남성에게 접근한 후 주사기로 약물을 몰래 주입해 그들을 여성으로 만드는 이 비밀 조직이 목표하는 것은 문자 그대로의 '역지사지易地思之'다. 「미러리즘」은 이 낡은 사자성어를 이루고 있는 각 글자를 주의해 읽어볼 것을 권하는 듯하다. 어쩌면 남성에게 '여성의 처지에서 생각해보라'는 말은 별 실효를 기대하기 어려운 요청이지 않은가. 남성과 여성은 엄연히 다른 땅地, 즉 그 생물학적 성격이 절대로 같아질 수 없는 몸에 붙들려 있는 존재이니 말이다. 그러므로 남녀의 역지사지란 '땅-몸'을 먼저 바꿔야만 추진될 수 있는 윤리적·도덕적 변화를 가리키는 것이 아닌가. 이와 같은 유물론적 가정법을 배후에 두고 「미러리즘」은 실제로 그런 일이 가능해진 시공간을 배경으로 전개된다.

화자인 남성 '나'는 응급실에서 깨어나니 별안간 여성의 몸이 되어 있다. 허술한 응급실 출입 관리의 책임을 면피할 궁리만 하는 병원의 획책으로 '주사기 테러'의 진실과 범인을 밝힐 길은 요원하다. 망연자실했으나 이내 자신을 추스르고 '나'는 회사에서 기존에 맡아온 업무에 충실하기로 한다. 그러나 임직원들의 편견과 동료들의 은근한 따돌림, 경쟁자의 비열하고 치졸한 처세 탓에 그는 합당한 인정과 보상의 구조에서 완전히 배제돼버리고, 심지어 성차별적 근무 환경과 노골적인 성폭력에 시달리게 된다. “그 몸을 해가지고 열심히 살아보겠다 맘먹었으면 주어진 상황에 적응하고 살아야지. 언제까지 예전 같은 줄 알아. 너 아직도 네가 팀장이고 남자인 줄 알지? 왜 이래, 백날 애써봤자 이제 넌 글렀어.”(148쪽) 한국 사회에서 남성의 몸은 그 자체로 모종의 안전장치로서 기능하고 있음을 고발하면서, 이 소설은 “불투명한 세계에라도 스스로를 던져야 하는, 일생을 통해 그 어디에서도 확신을 얻지 못한 채 살도록 조건 지어진 이들의 마음”(157쪽), 그 한정 없는 박탈감을 살피는 것으로 맺어진다. ‘모성’이나 ‘재생산성’을 ‘비옥한 땅’에 비유하면서 여성의 몸이 타고난 특성을 숭고하게 여기는 이들에게 이 소설의 발상은 도발적으로 비칠 수 있겠으나, 이 소설에 등장하는 테러 조직의 주장을 밀고 나가면 이렇게 되받아칠 수 있을 것이다. 노예에서 해방된 이들이 신에게 약속받은 젖과 꿀이 흐르는 땅이 어딘가에 정말로 있는지는 몰라도, 유구하게 노예로만 살아온 우리는 평생을 불모지에서만 살아왔다고, 그러니 여성의 땅-몸이 그렇게나 위대한 것이라면 어디 한번 그 땅-몸에서 살아들보시라고.

「미러리즘」의 ‘주사기 테러’에 이어 「웨이큰」에는 ‘데이터 테러’라는 다소 생경한 사건이 등장하는데, VR방을 방문하는 것이 일종의 놀이문화로 각광받게 된 요즘의 추세를 떠올리면 이 소설이 그리는 테러 이후의 상황을 상상해보는 일에 우리가 너무 늦게 착수한 것일지 모른다는 우려마저 든다. 이미 교육 현장에서 제도화돼 있는 현장체험학습을 신식의 가상현실 체험 기계를 활용하여 보다 효율적으로 할 수 있게 된 시공간에서, 개발과 설계를 맡았던 데이터 전문가들은 기업의 이윤 논리에 따라 해고된 지 오래다. 그래서 체험 기계의 작동과 운영은 갑작스러운 사고에 대처할 능력이 부족할 수밖에 없는 임시직이나 어린 아르바이트생들이 떠맡고 있는 실정인데, 하필 초등학교 사학년 아이들이 기계에 탑승해 뉴욕으로 사이버 소풍을 간 어느 날 테러범들의 공격으로 데이터 세계는 일순 험악한 폭력과 살해의 현장으로 바뀐다.

데이터 세계에 인질로 붙들린 아이들을 현실로 안전하게 복귀시키기 위한 작전에 해고된 전문가 중 하나인 '남편'이 투입된다. "여보 저 데이터 세계 안에 갇힌 게, 우리 라리가 저기 있다고 생각해봐. 그랬더니 아무 소리 않고 이튿날 새벽에 문자 하나 달랑 남겨놓고 갔지 뭐겠어요."(166쪽) 이 소설은 무사히 아이들을 구출해낸 남편이 데이터 세계에서 사망해 현실에서 가수면 상태의 '슬리핑맨'으로 남게 된 안타까운 사연을 필리핀인 아내의 서툰 한국어로 전달한다. 아이들이 기계에 갇혀 꼼짝 못하는 현장을 사흘간 전 국민이 뉴스로 지켜봤다는 대목에서 세월호 사건을 떠올리지 않을 도리가 없고, 자기 아이를 구한다는 심정으로 투신한 남편의 최후에서 물속의 아이들을 포옹으로 건져올린 민간 잠수사들의 헌신과 죽음을 연상하지 않을 수 없다. "이이는 그 세계에서 흔적도 없이, 부서지다못해 사라졌는데, 이렇게 생체 반응만 남은 껍데기로 만들었습니다. (……) 이것은 현실에서 발생한 테러가 아니며, 남편은 어느 회사에게서도 소속된 사람이 아니기에, 산재를 신청할 수 없습니다. (……) 전문가들을 항상 옆구리에 정규적으로 끼고 있으면 그만큼 비용이 발생한다고, 그 어떤 아름답고 거대하고 충실한 콘텐츠라도 돈이 안 맞으면 소용없다고, 그 얄팍함에 눈멀어 이런 날을 만들지 않았습니까."(179~182쪽)

소설 속 아내의 말마따나 '주사기 테러'나 '데이터 테러'처럼 우리가 충격적으로 경험하는 테러리즘의 사건들은 엄밀히 따져보면 특정한 조건들의 총합으로 완성된다. 사소하게 치부한 선택들과 합리적으로 내린 결단들이 다만 가시화되지 않았을 뿐 명백한 낱낱의 테러로서 이미 존재해왔고, 고요하던 물이 백 도가 되면 갑자기 끓어오르듯 그 테러들의 누적이 임계를 넘어서면 비로소 우리가 인지할 수 있는 상태, 곧 테러리즘으로 표출되는 것이다. 「미러리즘」과 「웨이큰」이 상상해본 테러리즘은 기실 오랜 기간 여성이 감당해온 무수한 신체적·정신적 공격들과 금전적 이익만 따지는 신자유주의 체제가 한국 사회에 점진적이고도 무차별적으로 가한 위협들의 반향일 뿐이지 않은가. 성차별적 관행과 신자유주의적 질서가 변경되기를 소망하는 주장과 요구에 우리가 적절히 응답하지 못한다면, 그 완강함에 짓눌려온 이들의 좌절과 절망의 에너지가 가까운 미래에 테러리즘으로 분출할 것이라고 이 소설들은 경고한다. 이토록 엄정하고 냉철한 구병모의 시대 진단에 동의할 때, 소설 속 인물들이 앞당겨 겪고 있는 불행은 온전히 우리의 몫으로 남겨진다. 이 소설들의 불길한 예언을 거스를 기회가 아직 우리에게는 남아 있기 때문이다.

3. 더 가까워질 수는 없다면, 어떤 공동체가 가능할까

미시의 차원으로 확장돼 있는 구병모의 감각은 아직 당도하지 않은 시대의 기미를 포착할 때만이 아니라 곧 현실화될지도 모를 잠재적 위험을 감지할 때에도 탁월하게 발휘된다. 「한 아이에게 온 마을이」와 「지속되는 호의」에서 임신중이거나 아이를 돌보고 있는 여성 인물은 소위 '육감'에 해당하는 느낌, 비록 그 정체는 모호하고 불확실하지만 없다고는 말할 수 없는 분명한 감각적 자극에 노출돼 있다. 두 소설은 그 자극 때문에 불쾌하고 불안해진 여성 인물의 심리 상태를 꼼꼼하게 스케치하면서 독자의 긴장감을 유발한다. 저멀리에 있는 위험을 강렬하게 감각하는 여성 인물과 그녀를 유난히 예민한 사람으로 취급하는 주위의 분위기를 대비시켜 보여주면서 구병모는 일차적으로 여성-양육자가 안전하다고 느낄 만한 곳은 어디인가를 묻는 것 같다. '맘충'이 유행어가 된 참담한 지금-여기의 정곡을 찌르는 이 물음은, 심층적인 층위에서는, '대도시적 거리'를 인간관계의 기본값으로 삼고 있는 우리가 서로간의 거리를 좁히지 않은 채로 어떤 공동체를 만들 수 있는지, 여성-양육자뿐만 아니라 아이까지도 행복한 공동체로의 변모는 과연 가능한 것인지를 함께 고심해 보자는 요청으로 들린다.*

예컨대 「한 아이에게 온 마을이」의 주인공 '정주'는 남편 '이완'의 전근 발령으로 임신한 채 산골로 거주지를 옮기게 되고, 그곳에 사는 한 노인과 어색한 첫인사를 나눈다. "어디 보자, 배가 크고 펑퍼짐하니 아래로 처진 게 딱 고추네./ 그렇게 말하며 노부인의 손길이 배를 슬쩍 건드리는 순간 정주는 이루 말하기 힘든 감정에 사로잡혔지만, 산골 어르신이니까 이해해야 한다고 마음을 다스렸다."(52~53쪽) "전근대적인 발화"(53쪽), "구시대적 관념"(54쪽), "어르신들의 세계"(55쪽) 등으로 일관되게 부정적인 대상으로 형용되는 산골

* 이 장에서 대도시적 인간관계의 특성으로 언급되는 타인에 대한 '적정한 거리 유지' '예의바름' '속내 감추기' 등에 대해서는 게오르그 짐멜, 『짐멜의 모더니티 읽기』(김덕영·윤미애 옮김, 새물결, 2005)의 1부 2장 「대도시와 정신적 삶」 부분을 참조.

에서의 인간관계 형식은 정주에게 이질적일 뿐만 아니라 다소 위험하게 느껴지는데, 그 느낌의 핵심에는 노부인의 손길이 불시에 정주의 배를 건드리는 순간과도 같은 '거리의 소멸'이 있다. "노인들은 행여 임부가 어디 걸려 넘어지기라도 할까 먼저 슬리퍼를 꿰고 나서서 문을 열어주고 앞을 살펴주었다. 어느 노인 할 것 없이 자기들 딸이나 며느리라도 되는 듯 어깨를 쓸어내리고 등을 두드렸으며, 정주는 어깨를 살짝 움츠리면서 상대가 내민 손이 민망하지 않을 만큼의 거리를 가능한 한 유지했다."(60쪽) 소설의 끄트머리에서 정주가 산골에서 더는 견딜 수 없어 남편과의 별거를 각오하면서까지 대도시로 도망쳐나오기로 결심한 것은 타인과 나 사이에 반드시 있어야 한다고 믿는 일정한 거리가 산골에서는 언제든 침해될 수 있었고 또 하찮게 여겨졌기 때문이다. 정주에게는 '대도시적 거리'가 익숙하고 친근하다. 이때 '거리'는 물론 물리적이라기보다 심리적인 것이다. 이웃의 세간과 살림을 속속들이 알고자 하고 누가 강요하지 않더라도 그들을 제 피붙이처럼 대하면서 배려를 남발하는 산골에서는 대도시에서 허락되는 고독할 권리를 마음껏 누릴 수가 없다.

정주는 문득 러시아워에 어깨를 부딪치거나 서로 발을 밟고 밟히는 사이였던, 다시 스쳐갈 일 없으며 형상이 떠오르지 않는 수천수만의 얼굴들이 그리워졌다. 누구도 정주를 알지 못하며 정주 또한 그들을 모르는 세계에서의 불안과, 서로에 대해 잘 안다고 믿어 의심치 않으나 실상은 아는 것이 없는 세계에서의 안식 가운데 선택을 요하는 문제에 불과했다.(84~85쪽)

각각 '자유로운 불안'과 '기만적 안식'으로 요약될 수 있을 대도시에서의 삶과 산골에서의 삶 중에서 정주는 결과적으로 전자를 선택한다. 그러나 「지속되는 호의」는 그와 같은 결정 이후 정주가 맞닥뜨리게 될 삶의 단면을 잇달아 보여주면서, 대도시에서 아이를 낳아 기를 그녀가 앞으로 불가피하게 감당하게 될 '자유로운 불안'의 강도와 위세가 조금 과장을 보태면 재난 상황에 육박하는 공포와 맞먹을 것이라고 역설한다. 「지속되는 호의」의 주인공 '서영'은 타인과 "상호 불쾌하지 않을 만큼의 선의를 갖고 적절한 거리를 유지하며 관계 맺는"(92쪽) 것이 자연스럽고, 그럴 때 형성·유지되는 관계에 편안함을 느낀다. 말하자면 그녀의 신체와 정신은 대도시에서의 삶에 적합한 형식으로 적응돼 있다. 그러나 피서차 자신의 아이 '상휘'를 데리고 남편과 동행한 실내수영장에서 우연히 맞닥뜨린 장난기 많은 한 남매로 인해, 그녀의 평정심과 안온한 일상은 예상치 못한 위기를 맞는다. 매점에 줄을 서 있던 서영 앞에 한 여자아이가 넘어진다. 아이를 일으켜주었더니 '물에 빠진 사람 구해주니 보따리 내놓으라'는 격으로 주스까지 사달란다. 고맙다는 인사도 없는 아이의 태도가 다소 황당했지만, 그녀는 아이에게 부모의 행방이나 넘어진 연유 등은 따져묻지 않고 선심을 쓴 자기 자신이 썩 마음에 든다. 그것은 어른이라면 마땅히 아이에게 베풀어야 할 배려처럼 보일 터였고, 그렇게 하지 않으면 누군가가 "비정한 무개념 여성"(90쪽)이라고 SNS에 맥락이 잘린 사진만 올린대도 변명하기 어려웠을 것이므로.

그러므로 "세상에 존재하는 모든 타인을 애틋하게 여기는 넉넉한 마음과 우아한 포즈가 공중에 싱겁게 흩어졌다"(93쪽)는 문장은 일종의 사이렌이다. 서영의 삶에 부여된 '대도시적 거리', 그 거리가 요구하는 타인에 대한 '예의바름'과 '호의적 태도', 특히 아이를 대할 때의 어른이 '꾸며내는 상냥과 친절'이 여성-양육자인 그녀의 삶에는 치명적일 수 있음을 이 소설은 뒤이어 보여주기 때문이다. "선을 그어야 한다, 두껍고 진한 실선을. 나는 너희들 엄마가 아니고 내 아이만 상대하기에도 벅차며 너희들까지 데리고 놀아줄 수 없음을." (104쪽) 서영은 숫기가 없고 체격이 크지 않은 자신의 아이가 잘 놀 수 있도록 보살펴야 했는데, 물을 튀기거나 공을 던지면서 서영에게 반복해 다가오는 아까 그 여자아이와 그 아이의 남동생 때문에 신경을 빼앗기고 만다. 멀찍이 쫓아보내려 하면서도 아이들을 상대하는 어른으로서 최소한의 예의는 차리고자 노력하는 서영은 대도시인 특유의 '속내 감추기'

에 능숙하다. 짜증과 신경질을 잘 감추고 아이들을 타이르면서 "우아하고 상냥한 음색을 유지"(108쪽)하는 서영은 그러나 속으로 자신의 아이가 어디서 누구와 놀고 있는지 관심 없는 남매의 아빠를 두고 "벽은 일본 거유 소녀들의 그림으로 도배하고, 제 손 같은 동족의 족발이나 치킨을 뜯으며, 게임 속 여신과의 연애에 푹 빠져 현실을 잊는 거구의 여드름투성이 안경쟁이"(107쪽)를 상상하면서 경멸하고 있었고, "경도 비만의 아이"(90쪽)를 어느새 "돼지"(103쪽)로 바꿔 부르고 있었다. 타인을 대하는 서영의 매끈한 태도 아래에 어떤 적의와 분노가 들끓고 있는지를 서서히 드러내면서, 이 소설은 마침내 표리부동한 서영이 사라진 자신의 아이를 찾아내라고 남매의 아빠에게 항의하는 장면으로 돌진해나간다.

소설의 말미에는 아이를 잃어버린 서영의 불안정한 내면이 투사된 혼란스러운 환상이 펼쳐진다. 인산인해의 해수욕장에서 아이를 찾아다니는 급박한 서영과 남편의 외침은 사람들의 이목을 끌기는커녕 손쉽게 외면당한다. "저게 뭔 일이래, 그저 어디 잠깐 놀다 오나보지, 뭘 저리 유난을…… 아이들은 다시 물놀이를 즐기기 시작했다. 서영에게는 그 모든 장면이 원래의 속도와 부피를 잃은 채 잼과 같은 감촉으로 자신의 피부를 훑고 슬로모션으로 지나가면서 자신과는 별개로 존재하는 다른 차원의 세계에서 벌어지는 일로 느껴졌다. 부패한 암죽처럼 흘러내리는 현실, 흩어지는 윤곽, 한

낮의 악몽."(119쪽) 서영의 악몽은 타인과의 적정한 거리 보장을 권리로 누리면서 '배려'라는 명목으로 '무관심'을 합리화하는 대도시에서 자신의 아이를 놓치게 될까 전전긍긍하는 양육자들 모두의 것이 아닐까. 누구에게도 간섭받기 싫고, 그런 까닭에 누군가에게 적당히'만' 다가가려 노력하면서, 필연적으로 누군가의 불행과 공포를 멀찍이 두고만 보게 되는 대도시의 사람들. 이 소설은 '대도시적 거리'가 조형하는 인간관계의 자유로움 이면에서 전 사회적 관심과 주의를 요하는 아이들의 삶과 그들의 삶을 전적으로 책임질 것을 요구받는 양육자의 불안이 얼마나 소홀하게 다뤄질 수 있는지를 일깨워준다.

"상대에게 자신의 모두를 내맡기지 않기. 무엇보다 상대를 온몸으로 느끼지 않기."(98쪽) 이것은 서영이 상휘에게 가르쳐준 인간관계의 원칙이자 세상살이의 방식이다. 그러나 바로 이와 같은 태도를 준수할 때 아이와 양육자의 삶에 주목하지 않으려는 이들의 무관심은 정당화될 수 있다. 대도시에 거주해야 하지만 대도시를 저주하게 되는 아이러니, 이 아이러니에 봉착할 수밖에 없는 여성-양육자의 삶을 구병모는 「한 아이에게 온 마을이」와 「지속되는 호의」를 통해 살폈다. 이 소설들에 내장된 지금-여기에 대한 비판적 논평과 회의적 관점은 출산과 양육, 가사와 돌봄 등을 주제로 도출되는 어떤 여성학적 사유의 최신 버전보다 서늘한 데가 있다. 구병모는 여성-양육자와 아이들이 안전하고 행복한 공동체로 나아가기 위해 강조되는 '배려'에 타인에게 무시로 간섭받아도 좋다는 각오가 새겨져 있지 않는 한, 다시 말해 '대도시적 거리'를 포기해도 무방하다는 선언이 전제돼 있는 게 아니라면, 그런 '이기적' 배려로는 아무것도 바꿀 수 없다고 말하는 듯하다.

4. 말은 칼(刀)이 되는가, 길(道)이 되는가

「어느 피씨주의자의 종생기」와 「곰에 대해 생각하지 말 것」의 주인공은 여성-양육자인 동시에 작가다. 이 두 소설은 작가로서의 삶에서 발아한 문제의식을 전면화하고 있다는 점에서 일단 '예술가 소설'이라고 부를 수 있겠지만, 구병모가 상정하는 작가의 모습은 골방에 유폐돼 창조적 작업에 몰입하는 낭만적 예술가의 전형적 이미지와는 많이 다르다. 앞서 다룬 소설들에서 인물들이 처한 궁벽한 현실을 공동의 문제로 서사화해 보여주었듯이, 작가를 사회적 존재로서 성찰하는 이 두 소설에 등장하는 주인공은 매일의 일상을 말을 생산하는 노동으로 꾸려가면서 여러 관계망에 의존하거나 붙박여 살아가는 범속한 인간일 따름이다. '말을 생산하는 노동자'라는 작가에 대한 신선한 정의가 선행돼 있지 않았다면, 시장의 수요나 SNS를 중심으로 펼쳐지는 독자들의 반응과 요구에 대한 작가 및 출판사의 피드백과 그 허망한 효력을 이토록 진지하게 다뤄볼 시도(「어느 피씨주의자의 종생기」)가 시작될 수 없었을 것이고, 또 작품에 대한 기자 및 평단의 단편적이고 균질한 소개와 그로 인한 작가의 심리적 강박이 이야기의 유력한 소재가 될 수 있다(「곰에 대해 생각하지 말 것」)는 발상도 구체화되기 어려웠을 것이다. 요컨대 이 두 소설은 말의 생산과 소비에 관여하는 무수한 인간들 사이에서 때로 무력하게 자신의 작업을 철회할 수밖에 없고 때로 창작의 의미를 발명하려 고독하게 분투하기도 하는 작가의 형상을 그림으로써, 다분히 '작가다운' 문제의식을 예술가 소설의 한정적 범위 내에서가 아니라 '말을 생산하고 소비하는 인식과 문화의 차원'에서 생각해보도록 유도한다.

「어느 피씨주의자의 종생기」는 소설가 P씨가 '정치적 올바름Political Correctness'을 기준으로 작품에 대한 자의적 해석과 평가, 왜곡과 매도를 서슴지 않는 익명의 인터넷 유저들로 인해 창작의 반경을 점점 좁히다가 작가로서의 인생을 정리하게 되는 과정을 좇는다. 그러니까 이 소설의 제목은 두 사건을 한꺼번에 지시하고 있다. 첫째, 정치적 올바름을 구호로 내세우는 집단적 세력이 인터넷 공간에서 발생하고 번성하고 쇠퇴하다 소멸하는 과정, 즉 PC주의자(들)의 종생기. 둘째, "돌보아야 할 남편과 아이들, 엄마 아빠 동생까지 있는"(38쪽) 화자 '나'가 고달픈 현실을 잊고 'P'라는 가명으로 활동하며 글쓰기라는 상상적 창문을 통해 만나던 세상과 어떻게 작별하게 되는지를 이야기하는, 소설가 P씨의 종생기. 화자 '나'가 소설가 P씨와 동일 인물이라는 비밀스러운 설정을 마지막에 폭로하는 플롯상의 전략으로 미루어보건대 구병모의 방점은 둘 중에서도 후자에 찍히는 듯하다. "펜 끝에서 한번 번져나가기 시작한 말들이 그리는 궤적을 바라보는 일은 나름대로 의미 있었다. 그러나 내가 지금까지 해온 일들은 흘러가는 말들을 포착하여 언제 부서져도 이상하지 않은 물방울의 표면에 새겨나가는 일이었는지도 모른다. 그리하여 지금은 원래의 가장 올바른 자리로 돌아가기에, 그리고 말의 죽음을 맞이하기에 가장 적절한 시간일 뿐이다."(39쪽)

작가가 책의 형태로 시장에 내놓은 말에 대한 검열과 판정과 축출이 독자들의 댓글과 리뷰와 공감을 통해 실시간으로 진행되는 요즘의 글쓰기 환경을 조망하면서, 이 소설은 어떤 말을 놓고 시비를 벌이는 말들의 가벼움에 대해 직접적으로 지적한다. "전기포트 속 물방울" "포르르 끓다가 부서지는 거품"(24쪽)에 비유되는 익명의 갑론을박 때문에 말의 생산 노동에 종사하던 한 인간이 자신의 직업을 잃게 된다는 이 소설의 결말에 작가가 부양해야 할 친족들의 원성과 사정, 그리고 돌보아야 할 식구들의 면면이 구체적으로 등장하는 것은 그 때문이리라. 조롱과 비난이 목표인 가벼운 말들은 누군가의 생, 그리고 그의 생과 연결된 여러 생들을 끊는 칼이 될 수도 있다. 물방울처럼 황망히 종적을 감추는 말들의 범람 가운데에서 가장 신중하고 무겁게 말을 운용하던 작가가 단명하게 되는 역설을 전달하는 이 소설의 어조는 따라서 착잡할 수밖에 없다. 잊지 말자. 익명 뒤에서 누구나 말을 생산할 수 있고 출처 없는 그 말들이 아무렇게나 퍼져나가는 시대, 그래서 칼날 같은 말들이 횡행하는 이 시대에 가장 먼저 말에 베이는 이들은 말을 목숨처럼 아끼는 사람일 것이다. 그리고 그들 중에는 작가도 있으리라.

「곰에 대해 생각하지 말 것」은 말을 사용하는 데 있어서 작가들이 어떤 강도로 자기 억압과 자기 감시에 시달리는지를 한 편의 우화로써 이야기한다. 자신의 작품에 대한 '곰삭다'라는 지배적 평가에 진저리를 치던 작가 '오'의 심리가 몇 단계의 자유연상을 거치면서 '곰'에 대한 무조건적 혐오로 이어지게 됐다는 사연이 서술되고, 이에 동료 작가인 화자 '나'가 다음과 같은 조언을 한다. "자기 소설 보고 곰곰거리는 게 싫어? 곰이 미련해 보여서? 곰이라는 한 글자를 보는 것만으로도 살기가 힘들어? 그건 네가 자꾸 곰에 대한 생각을 놓지 못하니까 그런 것인데 당연한 일이야. (……) 그러니까 곰이 문제네. 곰부터 때려잡아. 일단 대상에 대해 생각하지 않으려면 그 대상을 포획해서 없애버리는 게 가장 효과적이지 않겠니. 곰을 잡아서 가죽을 벗겨버려……는 아니고 곰을 잡아서 자기 걸로 한번 해보고 길들여봐. 한번 정복하고 나면 혹여 그 대상을 손맛 따지는 낚시꾼들처럼 도로 방류한다고 해도 더이상 두렵지도 꺼려지지도 않을 거야."(242쪽) 술김에 내뱉은 이 말들 때문에 졸지에 '나'는 오의 곰 사냥에 동참하게 된다. '곰'이라는 말에 대한 두려움과 공포를 없애려고 진짜 곰을 때려잡겠다고 나선 오의 기이한 행동을 독자에게 설득하는 데 구병모는 별 관심이 없어 보인다. 그보다는 그 환상적 설정을 고집하여 곰이 두 작가를 덮치는 상황을 만들고, 머리 위로 드리워진 곰의 그림자 아래에서 주인공이 '곰'이라는 글자를 적은 뒤 그것을 '문'으로 읽어내는 임기응변을 발휘하는 순간을 향해 빠르게 나아가기를 택한다. 기표(곰)에 붙은 기의(무서운 네발짐승)를 지우고, 기표를 뒤집어(문) 새로운 기의를 거기에 덧붙이는(손도끼 하나로 얼마든지 부수고 남을 나무판자), 일종의 언어 전복이 작가의 본령이자 소임이라고 구병모는 말하고 싶었던 것일까.

인공지능 테크놀로지의 비약적 발달로 말의 생산과 소비를 둘러싼 대대적 변화가 일어난 2076년 이후의 미래를 배경으로 쓴 「오토포이에시스」를 여기에 덧붙여 읽어보면, 구병모가 말의 생산자인 작가란 본질적으로 어떤 존재여야 하는가를 자문하는 작업을 연속해서 진행하고 있다는 확신이 든다. 「어느 피씨주의자의 종생기」에는 작가의 가치와 필요를 증명하라는 사회적 압력이 높아진 환경에 대한 직시가 있고, 「곰에 대해 생각하지 말 것」에는 말을 사용하는 데 결벽증을 지닌 작가들의 심리가 묘파돼 있는데, 「오토포이에시스」는 이 두 전작을 종합하여 강화한 사례처럼 보이기 때문이다. AI와 비교해 말의 생산과 그 효용의 측면에서는 한참 뒤처지게 된 작가가 말의 사용에 더 엄격해지기로 작정하면 어떤 일이 벌어질까. 「오토포이에시스」에 따르면 그는 "자신이 왜 글을 쓰고 있는 것인지를 자문하는 데"(269쪽) 이르고, 곧이어 "나는 왜 쓸까"(270쪽) 같은 실존적 질문과 마주하게 될 것이다. 이 소설은 작가의 실존에 관한 철학적 수렁에 빠진 고도화된 AI 소설 기계 '백지'가 "이 세상의 모든 이야기를 하지 않아도 되는, 반대로 이 세상의 모든 이야기의 주제를 압축하는, 나아가 그 모든 이야기와 무관한 궁극의 문장"(272쪽)을 만들어내는 여정을 좇는다.

그 여정의 끝에서 미래의 작가이자 동시에 인류 최후의 작가인 백지는 한 여인이 가르쳐준 지난 세상에서 쓰던 것과는 전혀 다른 글자를 그림을 그리듯 필사하여 배우고, 나아가 그 글자를 나름대로 조합해 새로운 이야기를 만들어낸다. 이야기가 사라진 미래에서 말에 천착해 기어이 이야기의 길을 내고야 마는 백지의 모습은 이 책에서 드물게 아름다운 장면에 속할 뿐만 아니라, 작가의 실존에 관한 아포리즘 하나를 생산해내고 있는 것 같다. "작가란 '날마다 희망도 절망도

하지 않고 조금씩 써나가는'* 존재다." 이 문장은, '나는 왜 쓸까'에 대한 대답이 될 '단 하나의 문장'을 찾는 백지의 여정에서 마지막까지 거론됐던 두 개의 후보, "허무로다, 허무, 모든 것이 허무로다"(280쪽)와 "이 또한 지나가리라"(280쪽)를 단박에 초월하는 문장이 아닌가. 작가는 왜 쓰는가? 작가가 쓰지 않는 데에는 이유가 필요해도, 쓰는 데에는 이유가 아니라 조건과 환경이 필요할 뿐이다.

5. 이 명함을 간직하라

위의 장에서 언급한 세 편의 소설에서 구병모는 말의 생산과 소비에 대한 인식적·문화적 성찰에 게으른 지금-여기에서 작가의 사회적 입지가 얼마나 위태로운지, 또 그의 심리적 위축감과 존재론적 불안감이 어느 정도인지를 따져보았다. 그런데 「사연 없는 사람」의 주인공인 작가 '나'의 위기는 그가 사회적 존재로서 자신의 윤리적 책임을 인지하고 실천하면서 오히려 해소된다. 이를 테면 이 소설은 작가가 세상 속으로 한 발 가까이 접근할 때, 그의 존재 의미가 좀더 확실

* "이사크 디네센은, 자신은 날마다 희망도 절망도 하지 않고 조금씩 써나간다고 했다."(레이먼드 카버, 최용준 옮김, 「글쓰기에 대해」, 『내가 필요하면 전화해』, 문학동네, 2015, 163쪽에서 재인용.)

해진다는 전언을 품고 있는 듯하다. 자칭 "세상 어디서도 온전한 자신의 몫을 인정받지 못하는 대필 작가이자 기획 작가이며 짜깁기 전문 이야기꾼으로서의 집필 노동자인"(214쪽) '나'는 총 스물네 대의 차가 도로에서 뒤엉킨 참사, 그 아수라장에서 사망한 채 발견된 한 구의 시신과 우연히 만난다. 양팔이 훼손돼 연고를 찾을 수 없는 시신의 뒷주머니에서 '나'의 명함이 발견됐다며 경찰이 신원 확인을 부탁하면서 인연이 생긴 것인데, 시체의 얼굴을 아무리 자세히 살펴보아도 그에 대한 기억은 전무하다. 평소 명함을 습관처럼 여러 사람들에게 건네고 다닌 터라 "외모만으론 도무지 특성 없는 남자"(200쪽)인 그를 떠올리지 못하는 게 그리 이상한 일은 아니었으나, '나'는 그가 "누구에게도 기억되지 않은 채"(199쪽) 무연고 시신으로 처리될 것을 예감하면서 그의 죽음을 고유한 하나의 이야기로 기려야겠다는 생각을 한다.

'이야기 만들기'로써 망자를 애도하고 사회적 참사에 대한 윤리적 책임을 자임하는 소설 속 '나'의 모습은 작가를 '고립적 예술가'에서 '사회적 존재로서의 이야기 제작자'로 바꿔 상상해볼 것을 요청한다. 그래서일까. "명함을 내미는 건 거의 악수나 마찬가지의 습관"(198쪽)이라는 구절은 특히 인상적이다. 이 소설에서 그 명함은 먼저 망자와의 연결 고리가 되어주었고, 작가를 사회적 존재로 불러 세웠으며, 그럼으로써 고유한 사연이 없어 애도될 자격도 없는 이로 기록될

뻔한 소위 '을'의 삶에 특별한 질서와 의미를 부여하는 결과를 낳았다. 어쩌면 우리는 작가의 명함 몇 장을 주머니에 소중히 챙겨두는 일로 무수한 불행들, 사건과 사고들, 고통과 슬픔을 통과하며 살아갈 수 있는 것일지도 모른다. 혼란스럽고 무의미한 삶을 견딜 수 없을 때, 명함을 꺼내 작가의 이름을 부르면 그는 악수하듯 우리에게 다가와서 넌지시 이야기를 건네주는 것이다. "내가 이 세상에서 건넬 수 있는 유일한 선물이다. 들어봐"(214쪽). 이 책은 구병모가 우리에게 건넨 명함이다. 이 명함을 간직하자. 그러면 세상은 좀더 살 만해질 것이다.

작가의 말

지난번 소설집을 묶어 낸 뒤로 삼 년이 흘렀는데, 그동안 한 개인으로서의 일상사만 놓고 보았을 때는 분노와 경악과 염오와 냉소의 질량이 예전보다 살짝 줄어들고, '내려놓음'이라는 사뭇 명상적이고 초월적인 이름으로 부르지만 결국 체념과 포기와 타협에 해당하는 것들의 목록이 늘어난 것 같아서, 그것이 나도 모르는 사이에 글에 반영되지나 않을까 염려했지만, 모아놓고 들여다보니 꼭 그렇지는 않은 듯싶어 다행이다.

그전에는 소설 속 화자나 핵심 인물 또는 주변 인물로도 작가나 작가 지망생을 등장시키지 않으려고 의식적으로 노력한 것 같다. 작가가 등장하는 순간 읽는 이는 소설 속의 작가를 소설 밖의 작가와 동일시할 가능성이 크며 나는 그 동일시의 대상이 되기를 원치 않는다는 이유도 있었고, 그보다 앞선 이유라면, 작가라니, 자신이 그래도 발가락 하나 담가보아서 조금은 알고 있는 세계의 단면을 그려낸다니, 한 편의 작품을 완성하는 데 있어 그 방법은 일종의 치트키 같다는 생각이 들어서였다.

그러나 결과적으로 이렇게 작가가 주인공으로 나선 소설을 네 편이나 수록했고, 각각의 창작 시기와 문제의식 및 성격은 다르지만, 누군가가 이 책을 덮으며 이 사람이 쓸 거리가 떨어졌나보다고 섣불리 판단한대도 겉보기엔 변명의 여지가 없게 되어버렸다. 그럼에도 굳이 말을 보태자면, 쓰기 자체에 대한 거듭된 고민의 흔적이라는 점에서 어쩌면 지금이 작가로 새로운 첫걸음을 내딛는 순간일지 모른다는 것이다. 천일 밤낮을 새 이야기의 실을 자아내고 이어갔던 셰에라자드로서의 삶과 노동도 내게는 과분하지만, 이제는 이야기의 너머에 또는 기저에 닿고 싶어진 것이다. 현전의 재현을 넘어 보이지 않는 것을 보고 잡히지 않는 것을 만질 수 있는 날이, 내게도 올까.

이 책에서 혹 장점을 발견하셨다면, 그것은 여러 갈래로 흩어져 널뛰는 글을 세심히 읽어주신 신샛별 선생님과 문학동네 국내문학3팀의 노고 덕분이다.

2018년 겨울 같은 가을
구병모

| 수록 작품 발표 지면 |

어느 피씨주의자의 종생기 ……『창작과비평』 2017년 여름호

한 아이에게 온 마을이 ……『릿터Littor』 2017년 6/7월호

지속되는 호의 ……『21세기문학』 2015년 겨울호

미러리즘 ……『현대문학』 2016년 9월호

웨이큰 ……『근방에 히어로가 너무 많사오니』, 황금가지, 2018년

사연 없는 사람 ……『한국문학』 2017년 상반기호

곰에 대해 생각하지 말 것 ……『쓺』 2018년 상반기호

오토포이에시스 ……『문학사상』 2018년 9월호

단 하나의 문장

1판 1쇄 2018년 11월 10일
1판 9쇄 2023년 5월 8일

지은이 구병모
책임편집 김영수 | 편집 김봉곤 강윤정
디자인 강혜림 최미영 | 저작권 박지영 형소진 최은진 오서영
마케팅 정민호 김도윤 한민아 이민경 안남영 김수현 왕지경 황승현 김혜원
브랜딩 함유지 함근아 박민재 김희숙 고보미 정승민
제작 강신은 김동욱 임현식 | 제작처 영신사

펴낸곳 (주)문학동네 | 펴낸이 김소영
출판등록 1993년 10월 22일 제2003-000045호
주소 10881 경기도 파주시 회동길 210
전자우편 editor@munhak.com
대표전화 031) 955-8888 | 팩스 031) 955-8855
문의전화 031) 955-3576(마케팅) 031) 955-2679(편집)
문학동네카페 http://cafe.naver.com/mhdn
인스타그램 @munhakdongne | 트위터 @munhakdongne
북클럽문학동네 http://bookclubmunhak.com

ISBN 978-89-546-5348-0 03810